超能生死门
VICIOUS

[美]维多利亚·舒瓦/著

露可小溪/译

重庆出版集团
重庆出版社

Vicious
Copyright © 2013 Victoria Schwab
Published by agreement with Baror International,
Inc., Armonk, New York, U.S.A. through The Grayhawk Agency
Simplified Chinese translation copyright © 2016 by Chongqing Publishing House Co., Ltd.
All rights reserved.
版贸核渝字（2015）第214号

图书在版编目(CIP)数据

超能生死门／（美）维多利亚·舒瓦著；露可小溪译.—重庆：
重庆出版社，2016.7
书名原文：vicious
ISBN 978-7-229-11071-0

Ⅰ.①超…　Ⅱ.①舒…　②露…　Ⅲ.①长篇小说—美国—当代
Ⅳ.①I712.45

中国版本图书馆CIP数据核字（2016）第057344号

超能生死门
CHAONENG SHENGSI MEN

[美] 维多利亚·舒瓦　著　　露可小溪　译
责任编辑：肖飒　唐凌
封面插图：飞行猴CF
责任校对：刘小燕
装帧设计：谢颖设计工作室

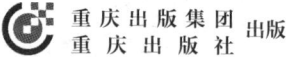
重庆出版集团
重庆出版社 出版

重庆市南岸区南滨路162号1幢　邮政编码：400061　http://www.cqph.com
重庆出版集团艺术设计有限公司 制版
重庆市鹏程印务有限责任公司 印刷
重庆出版集团图书发行有限公司 发行
E-mail：fxchu@cqph.com　邮购电话：023-61520646
全国新华书店经销

开本：890mm×1230mm　1/32　印张：10.75　字数：220千
2016年7月第1版　2016年7月第1次印刷
ISBN 978-7-229-11071-0
定价：38.80元

如有印装问题，请向本集团图书发行有限公司调换：023-61520678

版权所有　　侵权必究

献给米里亚姆和霍莉，时间一次次证明她们的非凡。

生活——其本来面目——并非善与恶之争,实乃恶与大恶之战。

——约瑟夫·布罗茨基

Part One

水、血,以及浓稠之物

I
昨夜
梅里特墓园

维克托整了整扛在肩上的铁锹，轻手轻脚地走过一座年深日久、行将坍塌的坟墓。此时他正伴着哼鸣声穿行于梅里特墓园，风衣随着步伐微微飘动，衣摆扫过一座座墓碑的顶部。哼鸣声借着夜风在黑暗中荡漾，听得希德妮浑身战栗。她身披一件大得出奇的外套，穿着七彩紧身裤，脚蹬冬靴，步履沉重地跟在维克托身后。两人犹如在墓地出没的幽灵，同样的白肤金发，容易使人误以为他们的关系不是兄妹就是父女。其实不然，但相似的容貌自有用处，因为维克托并不方便告诉大家，这个孩子是几天前他从暴雨洗礼后的街边捡回来的。当时他刚刚越狱，而她刚刚遭到枪击，如此偶遇，真是天意。说起来，正是因为希德妮，维克托才由衷地接受了宿命的存在。

哼鸣声戛然而止，他抬起脚，轻轻地踩上一块墓石，在黑暗中搜寻。与其说他所使用的是肉眼，不如说是皮肤，更准确地说，是潜行于皮肤下、扰动在脉搏里的某种东西。此刻他或许并未发出哼鸣声，但那种感知却是无休止的，它发出的犹如电流涌动的微弱声响，只有维克多能听见、感受和理解。他由此知道附近是否有人。

希德妮见他微微皱起眉头。

"这儿还有别人吗？"她问。

维克托眨眨眼，眉头随即舒展，神色一如往常的静若止水。他抬脚离开那块墓石。"只有我们和死人。"

他们一路走进墓园深处，随着步伐起落，扛在维克托肩上的两把铁锹发出轻微的碰撞声。经过一座特别古老的坟墓时，希德妮踢开了一块业已脱落的墓石，其中一面刻有残缺不全的碑文。她想知道上头写的是什么，但墓石飞快地滚进了野草丛中，而维克托仍在墓园里疾步穿行。她紧跑几步赶上去，冰霜满地，好几次害她差点摔跤。这时他站住了，低头观察一座坟墓。坟墓是新修的，翻挖出来的泥土堆在一旁，墓碑尚未竖起，只有一个临时标记。

希德妮呻吟了一声，显然极度的不安感压迫着她，而且这并非是因为刺骨的寒冷。维克托扭过头，似笑非笑地望着她。

"打起精神，希德，"他漫不经心地说，"会很有趣的。"

说实话，维克托一样不喜欢墓地。他对死人毫无好感可言，主要是因为他不能对死人施加影响。而希德妮正好相反，她不喜欢死人，是因为她对死人拥有过于显著的影响力。她的双臂紧紧环抱在胸前，戴手套的拇指摩挲着上臂某处，那是遭到枪击的部位。这已经成了她的习惯性动作。

维克托回头将一把铁锹插进土里，另一把则扔给希德妮，她赶紧松开胳膊，差点没接住。铁锹几乎跟她一般高。她再过几天才满十三岁，但对于十二岁又十一个月的孩子来说，希德妮·克拉克算矮的。她本来就不怎么长个头，死后更是一英寸未增。

这时，她吃力地举起沉重的铁锹，五官都变了形。

"你这是拿我开心吧。"她说。

"我们挖得越快,就能越早回家。"

说是家,其实只是酒店的房间,里面有偷给希德妮的衣服、米奇的巧克力牛奶,还有维克托的文件,但这并不重要。此时此刻,只要不是梅里特墓园,任何地方都可以是家。希德妮握紧木头把子,望着坟墓,迟迟没有动手。维克托已经开挖了。

"如果……"她吞了吞口水说,"……如果那些人一不小心醒了呢?"

"不会的,"维克托轻声说,"专心挖就是了。另外……"他抬起头来,"你什么时候开始害怕尸体了?"

"我不怕。"她的反驳迅速而有力,一听就是习惯了妹妹身份的口吻。她确实是妹妹,但不是维克托的。

"这么说吧,"他打趣道,顺手铲了一锹土扔到草丛里,"就算你真的吵醒了他们,他们也哪儿都去不了。快挖吧。"

希德妮弯下腰,任由一头短短的金发搭在眼前,开始动手了。两人在黑暗中干着活,夜空中只有维克托时而发出的哼鸣声,以及铁锹插进泥土的声响。

嚓。

嚓。

嚓。

Ⅱ
十年前
洛克兰大学

维克托画下一条平直的黑线，涂掉了"奇迹"这个词。

印刷用纸十分厚实，墨汁不容易洇透，只要按压的力度不是太大。他正在重读校正过的文字，忽然痛得眉头一拧，原来是铁条戳到了后背——这玩意儿插满了洛克兰大学的围栏。学校向来以其乡村俱乐部结合哥特庄园的建筑风格为荣，认为这道华丽过头的围栏更是极力彰显了大学独有的风情以及旧世界的美感，然而在维克托看来只是成功地诠释了何为矫揉造作以及压抑窒息。他想到的是精巧别致的笼子。

维克托换了个姿势，又重新把书搁在膝盖上，一边转动记号笔，一边感叹书本的厚度。这是全套为五本的励志书的其中一本，是声名卓著的维尔博士夫妇的新作。没错，正是眼下举办世界巡回演讲的维尔夫妇。在成为最受欢迎的"励志大师"之前，他们的日程表就已经排得满满当当，完全是在百忙之中抽空才生下了维克托。

他拨动书页，找到刚刚做的记号，然后读了起来。涂改维尔的书却不为消遣,这倒是头一回。真的,这是为了学分。维克托情不自禁地笑了。划去那些华而不实的励志段落,唯余简洁到令人发指的信息,他通过删改父母的作品获得了极大的自豪感。维克托从十岁左右就开始做这种事,迄今已有十余年,虽然辛苦,却也乐在其中。不过,这项工作直到上周才计入学分,从而有了实在的好处。那天他吃过午饭,不小心把仍在进行的作品忘在了艺术工作室——洛克兰大学设置了艺术必修学分,就连未来的医生和科学家也不例外——等他回去取时,发现他的老师正在细读那本书。他原以为挨一顿训斥在所难免,比如涂改他人作品所造成的文化损失或是纸张消耗等等。没想到,老师竟视其为艺术,甚至为此解释了一通,使用了"态度表达"、"个性意识"、"现成艺术"和"原形重塑"等诸如此类的术语。

维克托只是点点头,用一个完美的词结束了老师罗列的术语清单——"改写"——而他的艺术结业论文的选题就这样定了。

记号笔嘶嘶作响,他又画下一条线,涂掉了该页中间的几个句子。这本大部头压得他的膝盖微微发麻。如果某人真想要励志,应当挑一本薄而易读的书,表里如一才对。不过也许有人不是这样想的。也许有人偏偏喜欢在书架上搜寻最厚重的那一本,认为页码越多,意味着可以获得的情感和心理帮助就越多。他扫了一眼,又找到一个可以涂掉的段落,不禁面露微笑。

当第一声钟声响起时,维克托的艺术选修课结束了。此时,他已经把父母关于如何开始一天的演讲稿改成了:

迷失。放弃。屈服。到最后我们应该在一切还未开始前就投降。迷失。迷失之后你便不会在乎自己能否被找到。

他不小心涂掉了"能否",只好费力地通篇搜索,总算又找到一个相同的词。费力也值了。在"你"、"能否"和"被找到"之间尽是绵延的黑线,恰到好处地表现出颓废疏离的感觉。

维克托听见有人靠近，却未抬头。他快速翻到书的后半部分，此处的修改工作也在同时进行。记号笔逐行逐句地画过又一个段落，刮擦纸面的声响犹如呼吸般平稳而缓慢。他早就为此惊叹过——父母的著作确有励志的功效，只不过并非是以他们所希望的那种方式。亲手毁灭这些字句，令他感到极大的快慰，与冥想有异曲同工的妙用。

"又在破坏公物？"

维克托抬起头，看见伊莱站在面前。他拿起书的时候捏皱了馆藏图书专用的塑料封面，只见书脊上印着醒目的"维尔"两字。他没打算花费25.99美元买书，因为洛克兰大学图书馆收藏的维尔励志学书籍多得可怕。伊莱接过书，读了起来。

"也许……对我们……最好的是……是屈服……放弃……而不是浪费……笔墨。"

维克托耸耸肩。他还没改完。

"'屈服'的前面，多了一个'是'字。"伊莱说着，把书扔了回来。

维克托接住了。他皱起眉头，手指循着临时拼凑的句子，找到了那处错误，然后熟练地涂掉了多余的字。

"你太闲了，维克。"

"时间必须花费在重要的事情上，"他背诵道，"因为是它们定义了你：你的热情，你的进步，你的笔。拿起来吧，写下属于你自己的传奇。"

伊莱微微皱眉，盯了他很久。"真可怕。"

"这是序言里的，"维克托说。"别担心，我已经涂黑了。"他翻动书页，纤细的字体和粗黑的线条交错闪动，最后他翻到了前面。"他们彻底杀死了爱默生。"

伊莱耸耸肩："我只知道，这本书是吸毒者做的白日梦。"他说。这话没错，维克托用四支记号笔把书变成了艺术，同时也使其沾附了极其刺鼻的气味，维克托对此爱恨交加。他确实从毁灭文字的行为中获得了强烈的快感，但这种气味又增加了作品的复杂性，是意料之外的元素，至少艺术老师有可能这样诠释。伊莱背靠围栏，耀眼的阳光洒在他浓密的棕发上，反射出红色甚至是金色的光线。维克托的头发则是浅金色，迎着阳光也没有什么色彩可言，反倒愈发暗淡，整个人看起来像是老照片上的旧肖像，而不是活力四射的大学生。

伊莱仍低头盯着维克托手里的书。

"记号笔有没有破坏背面的字呢？"

"你这样想很正常，"维克托说，"但他们用的是特别厚重的纸张，就像他们希望自己说的话也这么有分量。"

第二声钟响盖过了伊莱的大笑，在空落落的院子里回荡。这种低沉的教堂钟声当然不是电子蜂鸣器发出的——洛克兰大学是特别讲究的——而是来自校园中央的心灵中心，声响震耳欲聋，近乎不祥。伊莱骂了一句，拉起维克托，转身走向那片科研教学楼——外墙醒目的红砖多少掩盖了它们枯燥乏味的本质。维克托却不慌不忙。在最后一声钟响之前，他们还有一分钟时间，就算他俩迟到了，老师们也不会记名字。伊莱只用微笑。维克托只用撒谎。两种办法都相当奏效。

··✝··

维克托坐在课堂后面学习研究方法，或者说，接受有关研究方法的教育。他上的是综合科学研讨班，课程旨在帮助各门学科的学生完成毕业论文。如今学生们人手一台笔记本电脑，而对维克托来说，在屏幕上打字难有快感可言，他转而关注起周围的同学们——有人打盹，有人随手涂画，有人满脸倦意，有人认真听讲，还有人交换数字笔记。当然了，这种兴趣没能持续太久，他的视线很快就越过同学们的头顶，飞出窗外，飞过草坪。越过一切。

当伊莱举起手，他的注意力终于回到了课堂上。维克托没有听到问题，但他看见这位室友在回答前露出了那种无可挑剔的、美国政客竞选时的标准笑容。伊莱奥特·卡代尔——昵称伊莱——最初现身时并不受待见。大二生活刚开始一个月，当维克托看到那个瘦高的棕发男孩站在宿舍门口时，他一点儿也不开心。他的第一个室友在第一个星期就改变了心意（当然完全不是维克托的错）然后迅速退学了。或许是因为缺少生源，也有可能是马克斯·霍尔同学在校内数据库小试了一次黑客技术，导致档案错误，总之，没有学生替补进来。原本极其狭窄的双人间，变成了相当宽敞的单人间。到了十月初，伊莱奥特·卡代尔——维克托一眼就认定此人笑得太多——提着箱子出现在了门外的走廊里。

起初，维克托考虑的是如何在一个学期之内，再次夺回他的卧室，但他还没来得及付诸行动，就发生了奇怪的事情。伊莱开始……引起了他的兴趣。伊莱为人世故，魅力四射，属于那种天赋非凡、头脑机敏、人见人爱的家伙。他生来就应该参加各种球队和俱乐部，然而出乎所有人意料，尤其令维克托震惊的是，他对此连一丝一毫的兴趣也没有。这种行为多少有些蔑视俗世规范，伊莱因此赢得了维克托的几分敬重，而且立刻勾起了后者的好奇心。

但最令维克托着迷的是，伊莱在某些方面完全不对劲。他就像一幅在细节上错误百出的图画，你只有从各个角度反复观察才能发现异样，尽管如此，你仍然免不了有所遗漏。从表面上看，伊莱再正常不过，但维克托偶尔能捕捉到一丝裂缝，有时候不经意的一瞥，就发现这位室友的面色和言语、神情和表意，在某一瞬间并不完全吻合。这些一闪而逝的片断令维克托深深地着迷。就好像看到了两个人，一人藏身于另一人之中，而他们的皮肤太过干燥，随时可能裂开，暴露本色。

"非常机智，卡代尔先生。"

维克托没听见提问和回答。他抬头看时,莱恩教授正对着其余的毕业班学生拍了拍手,表示告一段落。

"好了。是时候申报论文题目了。"

按照老规矩,学生们集体发出一声呻吟。班上大多是医学预科生,还有少数有志气的物理系学生,以及一个工程系的——但不是安吉,她被安排到了别处。

"行了,行了。"教授打断嗡嗡的抗议声,"你们选课的时候就知道会有今天。"

"不是我们选的,"马克斯说,"这是必修课。"他的话引起了众人的连声附和。

"那么我深表歉意。但是既然你们都来了,不如就趁现在——"

"下周更好!"托比·鲍威尔喊道。他是一个膀大腰圆的冲浪运动员、医学预科生以及官二代。马克斯得到的响应只是一阵低语,而托比的话引起了哄堂大笑,足以体现他的人气之高。

"够了!"莱恩教授说,课堂随即安静下来。"虽说在洛克兰,我们鼓励一定程度的……必要的勤勉,也给予学生们适当的自由空间,但我个人有此忠告。我教授论文研讨班已有七年了。你们要是为了保险,选择一个无关痛痒的主题,那必然没什么好处。然而,一篇特立独行的论文也不是光靠特立独行而得分的。你们的分数取决于论文的完成状况。选择一个你们比较感兴趣的、言之有物的主题,不要挑那种自以为专精的方向。"他朝着托比撇撇嘴。"就从你开始吧,鲍威尔先生。"

托比捋了捋头发,一时词穷。教授的一番话,显然动摇了他对论文选题的信心——无论他事先是如何打算的。他匆忙查看着笔记,嘴里嗯嗯啊啊的不知所谓。

"呃……辅助性T细胞17与免疫学。"他尽量压抑末尾的语调,以免变成了问句。莱恩教授沉吟了片刻,众人拭目以待,看他会不会对托比露出"那种表情"——微微扬起下巴,歪过脑袋。这已经成了他的标志性表情,而这种表情意味着,或许你该再试一次。不过,教授还是微微颔首,以示通过。

他移开目光。"霍尔先生?"

马克斯刚一张嘴,莱恩就打断了他:"不要技术的。科学可以,技术不行。好好想想再定。"马克斯立刻闭嘴,陷入沉思。

"可持续能源中的电能效力。"在短暂的犹豫之后,他说道。

"软件中的硬件。非常好的题目,霍尔先生。"

莱恩教授继续挨个点名。

遗传模式、平衡态和辐射相关的题目全都顺利通过,而酒精、烟草、非法药品的效用,脱氧麻黄碱的化学特性,身体对性行为的反应则得到了"那种表情"。论文题目一个接一个地被提出来,要么通过,要么更换。

"下一个。"莱恩教授喊道,他的幽默感已经消耗殆尽。

"化学烟火制造技术。"

沉默良久。该选题是亚尼内·埃利斯提出的,上次实验过后,她的眉毛还没有恢复原状。莱恩教授叹息一声,同时露出了"那种表情",但亚尼内只是微笑以对,莱恩也无话可说。一年级生埃利斯是课堂上年龄最小的学生之一,她发现了一种全新的、异常耀眼的蓝色烟火,如今全世界的烟火企业都在使用。既然她不惜火烧眉毛也要冒险,那就是她自己的事了。

"你呢,维尔先生?"

维克托望着教授,默默地排除选项。他不擅长物理,而尽管化学很有意思,但他真正的兴趣在生物——解剖和神经学。他希望选一个需要做实验的题目,但又不愿意烧了眉毛。说起来,这几周他在极力保住名次的同时,来自各个医学院、研究生项目和研究实验室的录取通知书源源不绝地寄来（已经私底下交涉了好几个月）。他和伊莱用那些信件装点了宿舍的玄关。不，不是通知书，是先行寄来的信件，还有手写的附言，可谓极尽赞美和诱惑之能事。但他们俩都不需要依赖那几张纸来改变世界。维克托瞟了一眼伊莱，对他可能选择的题目感到好奇。

莱恩教授清了清嗓子。

"肾上腺的诱导因素。"维克托沉默片刻后说道。

"维尔先生，我之前已经否掉了一个与性交有关的题目——"

"不是的，"维克托摇着头说，"肾上腺素及其物理构成、情绪诱导因素及其影响。生物化学意义上的阈值。比方说选择战斗还是逃跑，诸如此类。"

他观察着莱恩教授的脸，等待对方的表示。终于，莱恩点了点头。

"不要让我后悔。"他说。

然后他的目光移向伊莱，最后一个需要回答问题的学生。"卡代尔先生。"

伊莱淡淡地笑道："超能者。"

原本，随着学生们依次提交了论文题目，课堂上的窃窃私语声越来越大，此时却全都安静下来。嗡嗡的交谈声、键盘敲击声和摇晃椅子的吱呀声瞬间消失。莱恩教授换上了一副全新的表情，介于惊诧和困惑之间，他尚未失态仅仅是因为一个事实——伊莱奥特·卡代尔向来是全班最顶尖的学生，甚至在整个医学预科部都罕有敌手，就连……好吧，他和维克托总是轮流坐头把交椅。

十五双眼睛在伊莱和莱恩之间来回闪动，随着沉默滋长，气氛逐渐尴尬。伊莱不是那种在课堂上公然开玩笑或者存心试探的人。但这个回答实在不像是认真的。

"恐怕我要请你说明一下。"莱恩缓缓地说。

伊莱的笑容没有丝毫变化："关于存在超能者的理论论证，涉及生物、化学和心理学规律。"

莱恩教授歪着脑袋，扬起下巴，然而说的却是："好自为之，卡代尔先生。我已经告诫过，光靠特立独行是不能得分的。我相信你不是拿我的课堂开玩笑。"

"这算是通过吗？"伊莱问。

第一声钟响。

有人把椅子往后挪了一英寸，但没人站起来。

"行吧。"莱恩教授说。

伊莱的笑容更灿烂了。

这也行？ 维克托心想。他看了看教室里其他同学的表情，全是好奇、惊讶和嫉妒。这是个玩笑，毫无疑问。然而莱恩教授只是挺直身子，恢复了一贯的镇定。

"去吧，各位同学，"他说，"去创造新的未来。"

话音刚落，教室里便喧闹声四起。椅子被拖拉凌乱，课桌被撞得歪斜不齐，书包腾空而起，维克托随着人流走出了教室，涌进走廊。他四处张望，发现伊莱还在教室里，正与莱恩教授轻声交谈，整个人显得生气勃勃。这一刻，他惯有的沉着冷静消失了，双目炯炯有神，充满渴望。但当他离开教室，走到维克托身边时，那种精气神又不见了，掩藏于漫不经心的笑容底下。

"那该死的命题是什么东西啊？"维克托问，"我知道论文不重要，但也——你是在开玩笑吗？"

伊莱耸耸肩，没等维克托追问，他的口袋里传出手机的电子摇滚铃声。伊莱掏出手机的同时，维克托颓然靠在墙上。

"嗨，安吉。是啊，我们在路上了。"他不等对方回答就挂断了。

"我们接到传召了。"伊莱伸出胳膊，勾住维克托的肩膀，"我的好姑娘饿了。我可不敢害她久等。"

III
昨夜
梅里特墓园

不断地挥舞铁锹,让希德妮的胳膊发酸了,不过一年来她头一回没感觉到冷。她脸颊发烧,汗水渗进了外套,还有种生机勃勃的感觉。

话说回来,这算是挖尸体的唯一好处了。

"我们不能去干点别的事吗?"她倚着铁锹问道。

她知道维克托会如何回答,也能感觉到他耐心耗尽,但还是要问,因为提问等于谈话,而谈话是唯一能够分散注意力的事情。要知道,她的脚底下有一具尸体,她非但不能撒腿跑开,还要一铲子一铲子地将其挖出来。

"消息必须传出去。"维克托说着,手上的动作却未停下。

"那么,也许我们可以换个方式传递消息。"她声若游丝。

"必须完成,希德。"他终于抬起头来,"想一些开心的事吧。"

她叹了口气,又开始挖。扔了几铲子泥土过后,她停下来。她有点不敢提问了。

"你在想什么,维克托?"

他的脸上掠过一抹阴冷的笑意:"我在想,今晚的夜色真美啊。"

他俩都知道这是假话,但希德妮决定还是别知道真相为好。

· · ✝ · ·

维克托想的不是夜色。

寒意透进外套,但他毫无知觉。他满脑子都在设想伊莱收到消息时的表情,设想那种震惊、愤怒以及与之伴随的恐惧。恐惧是因为消息的含义极其明了。

维克托出来了。维克托自由了。

维克托动身追捕伊莱了——说到做到。

铁锹插进霜冻的土地,嚓的一声,格外满足。

Ⅳ
十年前
洛克兰大学

"你真的不打算告诉我,这到底是怎么回事?"维克托跟着伊莱穿过一扇巨大的双开门,走进洛克兰大学国际餐厅——他们通常称它为美食城。

伊莱顾不上回答,在食堂里东张西望,寻找安吉。

在维克托看来,这地方酷似主题公园,每家餐馆都被打扮得俗不可耐,相邻的塑料板和石膏墙大小不一,极不搭调。共有十一家餐馆围绕在方方正正的用餐区外,各自用不同的菜单加以不同的字体和装饰风格标榜出来。门边是一家酒馆,有一扇低矮的小门作为排队时的等候线。隔壁的那家播放着意大利音乐,柜台后面的几个比萨烤炉张嘴以待。对面的泰餐馆、中餐馆和寿司店充满纸灯笼的暖色调,亮堂堂地招徕客人。还有汉堡店、烧烤台、美食厨房、沙拉吧、思慕雪店和一家普通的咖啡馆。

安吉·奈特就坐在意大利餐馆旁,正一边用叉子搅拌意面,一边读着压在餐盘底下的一本书，一头铜色的卷发懒散地搭在眼前。维克托看到她时全身微微发麻，这是偷窥带来的刺激感，你可以无所顾忌地打量毫不知情的对方。但等伊莱也看到了她，两人的目光于无声中交会，一切就结束了。他俩就像磁铁，维克托心想，自带吸引力。每一天，他们都在课堂上、校园里吸引着所有人，连维克托都能感觉到。而当他俩彼此靠近……瞧吧，安吉就这样搂住了伊莱的脖子，两人的嘴唇贴在一起。

维克托扭开头，给他们片刻的私人空间——其实挺荒唐的，他们在大庭广众之下秀恩爱可真是……毫不避讳。隔着几张桌子，一位正在看一叠报纸的女教授抬起头，拧着一边眉毛，故意哗啦哗啦地翻页。最后，伊莱和安吉不情不愿地分开了，她抱了抱维克托算是打招呼，随意但不失真诚，温暖却缺乏热情。

这也没啥。他并未爱上安吉·奈特，对方也不是他的女友。尽管他们相识在前，而且是他先吸引的安吉。那是大一的第一周，就在美食城里，安吉袅袅婷婷地朝他走来。那年九月热得诡异，两人都在喝思慕雪，她面色红润是因为尾随他而至，他也面色红润，是因为她。尽管直到大二，维克托带着新室友来吃晚饭时，她才认识伊莱，但缘分毕竟天注定。

该死的缘分，他正想着，安吉抽开身子，悠悠地回到了座位。

伊莱要了炖汤，维克托买来中餐，他们吃着饭，有一搭没一搭地聊天，食堂里渐渐人声鼎沸。维克托还是很想知道，伊莱的脑筋究竟是怎么转的，才会选择超能者作为论文题目。但维克托心知肚明，最好别当着安吉的面盘问他。拥有一双长腿的安吉·奈特不仅魄力十足，她的好奇心也是十分的惊人，维克托还没遇到过比她更甚的人。她才二十岁，自从拿到驾照，就成为顶级学校趋之若鹜的招入对象，收到了十多张商务名片，而后又有十多份录取通知书随之而来，以及数量相同的跟进信，明着暗着地许以各种好处，但她选择了洛克兰大学。最近她收到了一家工程公司的聘书,毕业后,她将是那家公司最年轻的——维克托敢打赌,也是最聪明的——员工。而她甚至还没到合法饮酒的年龄。

况且,就伊莱提出论文题目时在场学生的表情来看,消息很快就会传到她耳朵里。

这顿饭吃吃停停,伊莱还时不时丢个眼色警告维克托,等到钟声敲响时,安吉要去上课了。本来没有课,但她自行加了一门选修课。伊莱和维克托坐在原位,目送她那头如云的红发一弹一跳地飘走,欢快的劲头就像是去吃蛋糕,而非研究法医化学或机械效力之类的学科——天知道这次她挑了什么课程作为业余爱好。

准确地说,是伊莱目送她离开,而维克托盯着伊莱。他的肚子有点绞痛,不仅是因为伊莱横刀夺爱抢走了他的安吉——这已经够难受的了——还因为安吉横刀夺爱抢走了他的伊莱。那个有趣得多的伊莱。不是如今这个唇红齿白、动不动就满脸堆笑的货色,而是藏在其中的,那个闪闪发光、锋锐无敌的、有如碎玻璃一样的家伙。正是在那些参差不齐的棱角中,维克托看到了某种熟悉的东西。危险而饥渴的东西。但当伊莱和安吉在一起的时候,那种东西丝毫不曾显露。他是模范男友,关怀备至,体贴入微,当然也无趣透顶。此时,维克托端详朋友的专注度不输安吉,他努力寻找着伊莱还"活着"的迹象。

沉默了几分钟后,食客们渐渐散去,美食城空旷了许多,维克托终于失去耐心,在木桌底下踢了伊莱一脚。他的目光懒洋洋地离开眼前的食物。

"怎么?"

"为什么是超能者?"

伊莱的脸极其缓慢地"打开"了,当看到他的黑暗面——那个隐藏在表皮下的另一个伊莱开始向外窥探时,维克托感到胸口一松,非常欣慰。

"你相信他们存在吗?"伊莱一边问,一边在盘子里的残汤中写写画画。

维克托嚼着一块柠檬鸡肉,没有作答。超能者,即拥有超凡能力之人。他听说过这种人,但都是些捕风捉影的说法,源自那些信徒的网站,还有几期午夜播出的揭秘节目——"专家们"煞有介事地分析各种模糊不清的视频片段,比如一个抬起汽车的男人,或是一个置身火海却毫发无伤的女人。然而,听说过超能者的事迹与相信超能者的存在,是截然不同的两回事,从伊莱的语气,无法判断他属于哪个阵营,也听不出他希望维克托选择哪个阵营,所以这个问题太难回答了。

"说啊,"伊莱逼问道,"你相信吗?"

"我不知道,"维克托实话实说,"如果只是相不相信的问题……"

"凡事都是从相信开始的嘛,"伊莱打断他的话,"或者说是信仰。"

维克托感到局促不安。伊莱有宗教信仰,这在他的内心是一个解不开的疙瘩。维克托尽量忽略这件事,但两人的谈话常常因此受阻。伊莱肯定察觉到了他的疏远。

"那么琢磨呢,"他换了个问法,"你琢磨过吗?"

维克托琢磨过很多事情。他琢磨过自己(比如自己垮掉与否,特殊与否,进步与否,退步与否),也想过别人(比如他们的愚蠢是不是表里如一)。他琢磨过安吉——如果他表白了内心的感受会怎样,如果她选择了自己又是怎样的光景。他还琢磨过生命、人类、科学、魔法,以及上帝,不论他是否相信以上种种。

"当然有过。"他慢慢地回答。

"好,当你琢磨一件事儿时,"伊莱说,"是不是意味着你内心有一点点想要相信它? 我认为,在人的一生中,我们更倾向于证实,而不是证伪。我们希望自己可以相信它。"

"所以你想要相信超级英雄的存在。"维克托小心翼翼地说道,尽量不流露出鲜明的态度,却克制不住一抹爬上嘴角的微笑。他希望伊莱不要视其为冒犯,只当是心情愉悦时的随性之举,而不是有意嘲讽。可惜事与愿违。伊莱的脸突然"关闭"了。

"好吧,是的,太愚蠢了对吧?真是败给你了。我才不在乎什么论文选题呢。我只是想看看莱恩会不会纵容我,"他皮笑肉不笑地说着,站起身来。"仅此而已。"

"等等,"维克托说,"我不是这个意思。"

"就是这样。"

伊莱转身倒空托盘,不等维克托再说点什么,他就走掉了。

··✝··

维克托的裤袋里天天揣着一支记号笔。

此时他徘徊在图书馆里的书架之间,寻找论文所需的资料,摸出记号笔的渴望令他手指发痒。维克托的焦虑缘于他与伊莱那场不欢而散的对话,他想要不紧不慢地抹掉别人的铅字,从中找回内心的平静、安宁和禅意。他耐着性子来到医学区,挑了一本讲人类神经系统的书,与先前找到的心理学书放在一起。维克托又找了几本讲肾上腺和基本冲动的小册子,便去办理借书手续了。图书馆员检查书本的时候,他小心翼翼地藏住手指尖——因为从事艺术项目的缘故,指尖始终沾有墨渍——插在口袋里,或是放在柜台下。他在洛克兰大学期间接到过好几次有关图书的投诉,用的字眼不是"破坏"就是"损毁"。图书馆员的目光越过书堆射向维克托,仿佛他的罪行就写在脸上而非手上,然后低头翻看了一遍,才把几本书递给了他。

维克托回到与伊莱合住的学生宿舍,走进卧室里跪在地上,打开书包,把那本做了记号的励志书塞进书架底层,与另外两本已经校改过的书作伴——他暗自高兴,因为图书馆尚未要求归还。有关肾上腺的那本书他搁在桌上了。这时传来了房门开关的声响，过了几分钟，等他走进起居室，发现伊莱歪在沙发里。学生用的咖啡桌上放着一摞书，以及几叠装订成册的打印纸，可当他看到维克托走进来时，便随手抄起一本杂志，假装漫不经心地翻看。那些书可谓五花八门，内容包括压力之下的脑功能、人的意志、人体解剖、身体反应……打印件的内容更是特别，维克托拿起一叠，缩进椅子里读起来。伊莱见状，眉头微蹙，但并未阻止。原来那些都是从网站、留言板和论坛上复制的资料，根本不能作为可采信的来源。

"告诉我真相。"维克托说着，把打印件扔到他们中间的桌上。

"什么真相？"伊莱心不在焉地应道。维克托的蓝眼睛一眨不眨，死死地盯着伊莱。最后，伊莱终于丢开杂志，抬起身子坐正了，双脚稳稳地踩在地上，摆出与维克托一样的姿势。"因为我认为他们可能是真实存在的。"他说，"可能，"他又强调了一次，"但我愿意考虑这种可能性。"

朋友的诚恳态度令维克托大吃一惊。

"接着说。"他竭力换上一副"相信我没错"的表情。

伊莱伸手抚过那一摞书："你可以这样理解。在漫画书中，成为英雄有两种方式。先天的和后天的。比如超人，生来如此，而蜘蛛侠就是后天变成的。能听懂吗？"

"当然。"

"如果上网随便搜索一下超能者……"他指了指打印件，"你也会发现类似的情况。有人认为超能者生来就拥有超能力，也有人认为是放射性物质和有毒昆虫造成的偶然现象。如果你找到了一个超能者，便不必再证明他们是否存在，问题就变成了他们是如何存在的。他们是天生如此，还是变异而成？"

维克托注意到，伊莱谈论超能者的话题时，两眼放光，语调变得低沉而急切，面部肌肉时而抽搐，显然是兴奋难捺的表现。还有嘴角泄露的热诚、眉目散发的迷恋以及颔部呈现的活力，朋友巨大的变化令维克托着迷。大多数的表情，他可以模仿得惟妙惟肖，但也仅仅是模仿，他知道自己永远表现不出这般……狂热。试都不用试。所以他尽力保持镇定，神色专注，洗耳恭听，如此一来，伊莱才不会泄气，才不会退缩。

维克托最担心的就是他临阵退缩。将近两年的友谊，使得维克托终于可以透过伊莱阳光帅气的外表，窥见那个深藏不露但必在无疑的东西。眼下，两人低头垂肩对坐于桌前，那一叠叠低分辨率打印的网站截图，不过是一帮住在父母家地下室的成年人捣腾出来的可笑玩意儿，但伊莱奥特·卡代尔仿佛找到了上帝。这样比喻还不够，仿佛他发现了上帝的存在，企图保密却又无能为力。这简直就像一团明亮的光透过他的皮肤射出，不可阻挡。

"那么，"维克托放缓了语速，"我们假设超能者确实存在，你打算找出他们存在的方式。"

伊莱的笑容很迷魅，连宗教领袖都自愧不如："正是这个想法。"

V
昨夜
梅里特墓园

嚓。

嚓。

嚓。

"你在监狱蹲了多久?"希德妮忍不住打破沉默。在维克托不发出哼鸣声的时候,单调的铲土声只能加重她的不安。

"很久。"维克托回答。

嚓。

嚓。

因为长时间紧抓铁锹,她的手指麻木了:"你是在哪儿遇到米奇的?"

米奇——米切尔·特纳——就是在酒店房间里等他们回去的彪形大汉。不是因为不喜欢墓地,他信誓旦旦地解释。真不是,但必须有人留下来照顾多尔,此外还有事情要做。事情很多。真的不是因为尸体。

回想起他千方百计辩解的样子,希德妮忍不住发笑。想到米奇,她的心情稍微好了些,那家伙的块头堪比一辆小轿车——说不定举起一辆小车也轻而易举——可就是见不得死物。

"我们是狱友。"他说,"监狱里有很多坏透了的家伙,希德,没几个正派人。米奇就是其中之一。"

嚓。

嚓。

"那你是坏透了的家伙?"希德妮问。那双水灵的蓝眼睛直勾勾地盯着他,一眨不眨。答案对她而言不一定重要,真的,但她就是想知道。

"有人这样说。"他回答。

嚓。

她的目光片刻不离:"我不觉得你是个坏家伙,维克托。"

维克托边挖边说:"取决于你怎么看。"

嚓。

"说到监狱,是他们……放你出来的吗?"她的语调异常平静。

嚓。

维克托把铁锹插在土里,抬头看着她,微微一笑——希德妮早有察觉,他经常在撒谎前这么干——然后说:"当然。"

VI
一周前
赖顿监狱

监狱本身并不重要,重要的是它给予维克托的东西。说白了,就是时间。

五年的单独关押,给了他足够的时间思考。

四年集体生活(多亏预算不足,也没有证据表明维尔精神异常)给足了他时间练习。供他练习的是四百六十三名狱友。

最近的七个月,给了他谋划这一刻的时间。

"你知道吗?"维克托浏览着一本从监狱图书馆借来的解剖学书(他认为监狱收藏此书尤为愚蠢,竟然让囚犯有机会了解人体要害的位置,但无所谓了),"如果你消除了一个人对痛感的惧怕,也就消除了他们对死亡的惧怕?在他们看来,你使他们获得了永生。当然不是真的永生,但老话是怎么说的来着?如无意外,人皆永生?"

"好像是这么说的。"米奇有点心不在焉。

米奇和维克托在赖顿联邦监狱同住一间牢房。维克托喜欢米奇,一方面是因为米奇完全不关心监狱政治，另一方面他很聪明。别人以为他四肢发达头脑简单，但维克托了解他的才能，而且善加利用。比方说，米奇正在试图造成监控探头短路，他用的是一张口香糖纸、一根香烟和维克托三天前搞到的一小段电线。

"好了。"过了一会儿，米奇说。维克托正翻看讲神经系统的章节，听到米奇的话他把书搁到一边，然后单手握拳，等警卫走过侧廊。

"走吧?"嗡嗡声响起之时，他问道。

米奇慢悠悠地环顾了一圈他们所住的牢房，点头道："你先走。"

Ⅶ
两天前
街上

雨水一波一波地冲刷着汽车。雨势凶猛，雨刷无力扫除，只能在车窗上将其拨弄来拨弄去，但米奇和维克托并没有抱怨。毕竟，车是偷来的，而且事后很顺利——他们是从距离监狱几英里的一个停车场偷来的，开了将近一周，平安无事。

汽车驶过一处路标，上面写着"梅里特距此23英里"。

米奇负责驾驶，维克托盯着窗外，透过倾盆大雨，看外面的世界飞逝而过。太快了。在牢里关了十年，一切都显得太快。一切都充满了自由的气息。最初几天，他们漫无目的地四处转悠，只要挪地方就行，去哪里并不重要。维克托还不知道开到哪儿才好。他也还没决定从哪儿开始寻找。十年时间足够策划越狱的诸多细节：不到一小时，他就换上了新衣服；不到一天，他又搞到了钱。但一周过去了，他仍然不知道如何寻找伊莱。

直到今早。

他在加油站拿起一张全国发行的《国家标志报》，心不在焉地翻阅着，命运女神忽然向他微笑。确实有人向他微笑——照片上的人。照片左侧写着显眼的新闻标题：

平民英雄拯救银行

银行所在的梅里特市幅员辽阔，坐落在赖顿的铁网高墙与洛克兰的铁栅栏间的半路上。他和米奇正前往那里，倒也不为什么，只是值得一去。那儿有满城的人可供维克托询问、劝说和胁迫。况且梅里特已经出现了胜利的曙光，他想着，拿起折好的报纸。

他买了一份《国家标志报》，但只取出那一版，几近虔诚地塞进文件夹。开张了。

此时，维克托闭着双眼，头靠在椅背上，米奇正在开车。

你在哪里，伊莱？他心想。

你在哪里你在哪里你在哪里你在哪里？

这个问题在他脑海里反复回荡。十年来，他每天都在思考。有的日子缓和些，但大部分时间他都充满强烈的渴望，令他痛苦万分。那是维克托所无法忽视的、真正的痛苦。他靠在座椅里，看着车窗外的世界飞逝而过。他们没走高速公路——大多数逃犯都明白这个道理——可惜双车道公路限速，难以令人满意。但无论怎样都比不走强，他想着想着，视线渐渐模糊。

不知过了多久，汽车驶过一个小坑，颠簸感惊醒了维克托。他眨眨眼，扭头望向路边一晃而过的树木。他不顾米奇的抗议，摇下半边车窗，迎着飞溅的雨水，尽情享受疾驰的快感。维克托完全不在乎雨水打湿座椅，他需要去感受这一切。时值黄昏，借着最后一丝天光，维克托瞥见一个影子走过路边。影子非常瘦小，低着头，抱紧胳膊，步履艰难地在路肩上行进。不等维克托皱起眉头说话，汽车已经驶过了那个影子。

"米奇，后退。"

"干什么?"

维克托回头看着负责开车的大个子:"别逼我说两遍。"

米奇没再说话。他开始倒车,轮胎在湿漉漉的路面打滑。他们再次驶过那人,不过这次是倒退。米奇驱动汽车,跟在影子旁边慢慢移动。维克托摇下整个车窗,雨水乘隙而入。

"你没事儿吧?"他透过雨幕问道。

影子没有回答。维克托察觉到有什么东西嗡嗡作响,触动他的感官。疼。不是他疼。

"停车。"他说。米奇这次二话没说,立刻刹车——动作快得有点过了头。维克托下车,将外套的拉链拉到顶,然后走到陌生人身边。他足足高出对方两个头。

"你受伤了。"他看着对方的湿衣服说。他之所以知道,不是因为那人的双臂紧抱于胸前,不是因为一只袖子上的深色污渍连雨水都遮掩不住,也不是因为当他伸出手时那人连连后退的强烈反应。维克托嗅到了疼痛,犹如狼嗅到了血腥味。堪称共鸣。

"站住。"他说。这一次,那人犹犹豫豫地停下脚步。冰冷的雨水丝毫没有减弱,紧紧地裹住他们。"上车。"

那人抬头看他,湿透的兜帽随之滑落,搭在细瘦的肩膀上。这是一张年轻的脸,卷曲的金发湿淋淋地贴在两颊,脏兮兮的黑色眼线底下,一双水蓝色的眼睛射出凶猛的目光。维克托太熟悉疼痛的滋味了,这种不屑一顾的神情、牙关紧咬的姿态是骗不过他的。她顶多十二岁,也许有十三岁。

"来吧。"他指着停在身边的汽车,催促道。

女孩瞪着他,没有反应。

"你害怕什么呢?"他问,"不会比你经历过的更糟糕了。"

她一动不动,没有上车的意思。维克托叹了口气,指向她的胳膊。

"让我看看。"他伸出手,指头刮过女孩的外套。他手边的空气如往常一样噼啪作响,女孩幽幽地吁了口气,轻到几不可闻。她隔着袖子揉了揉。

"嘿,别动,"维克托斥道,把她捂住伤口的手拍开。"我还没治好。"

女孩的目光在他的手和自己的袖子之间跳跃,又投向维克托。

"我冷。"她说。

"你好啊,冷,我是维克托。"他说。女孩露出一抹虚弱无力的笑容。"我们还是别淋雨了,你觉得呢?"

VIII
昨夜
梅里特墓园

"你不坏。"希德妮重复了一次,把泥土扔在洒满月光的草丛里。"伊莱坏。"

"是的。伊莱坏。"

"但他没进监狱。"

"没有。"

"你觉得他能收到消息吗?"她指着坟墓问道。

"确定无疑,"维克托说,"即使他没收到,你姐姐也会。"

一想到塞雷娜,希德妮只觉得胃里绞痛。在她的印象中,姐姐是两个截然不同的人,两幅画面重叠在一起,模糊不清,令她头晕脑涨无比难受。

一个是去湖边之前的塞雷娜。上大学的前一天,那个塞雷娜跪在地上——两人心知肚明,她即将抛弃希德妮,把妹妹留在有毒的空房子里——用拇指擦去希德妮脸颊上的泪水,一遍又一遍地说,我又不是不回来了，我又不是不回来了。

　　一个是从湖边回来的塞雷娜。这个塞雷娜眉目冰冷，笑容空洞，仅凭三寸之舌即可害人。她把希德妮骗到野外与一具尸体同处，轻声细语地说服其施展身手，然后神情哀伤地旁观。当男友端起枪，她却背过身去。

　　"我不想见到塞雷娜。"希德妮说。

　　"我知道，"维克托说，"但我想见伊莱。"

　　"为什么?"她问，"你杀不了他。"

　　"可能吧。"他握紧了铁锹，"但做任何事儿，其中有一半的乐趣是在于尝试。"

IX
十年前
洛克兰大学

　　距离春季学期开学还有几天，伊莱驾车到机场接维克托，他挂在脸上的那种笑容令维克托深感不安。伊莱的笑容千变万化，堪比冰淇淋店售卖的各种口味，而那种笑容说明他有一个秘密。维克托本不想在意，可又欲罢不能，就快克制不了这逐渐膨胀的好奇心了，他决定至少不能赤裸裸地表现出来。

　　伊莱整个假期都泡在学校里，为他的论文搞调查研究。安吉对此颇有怨言，因为两人本该一起度假；正如维克托所料，安吉不喜欢伊莱的论文，不管是论文题目，还是他所投入的时间。伊莱宣称，之所以利用假期搞调研，是为了安抚莱恩教授的情绪，表明他对待论文的态度是严肃认真的，而令维克托不悦的是，如此一来，伊莱抢在了前头。还有，其实他也申请留校，希望获得相同待遇，结果遭到了否决。他竭尽全力按捺怒火。他多想把伊莱的生活一笔划掉，据为己有。然而，他终究只是耸耸肩，付之一笑。伊莱也保证说，只要在他们——伊莱说的是"他们",不是"他",这多少宽慰了维克托受伤的心——感兴趣的领域有任何新的发现,一定告诉他。可是整整一个假期过去了,他没有收到只字片语。到了维克托快要预订返校机票的时候,伊莱终于打来电话说他有所发现,但死活不肯在电话里透露,非要等到两人回校再说。

维克托本想预订更早的航班(他迫不及待地想摆脱父母的陪伴,他们这是头一次坚持要全家人一起过圣诞节,然后每天唠叨他们所做的牺牲,因为假期是巡回演讲最受欢迎的时间),但又不希望表现得那么急不可耐,所以他废寝忘食地研究自己的肾上腺选题,以打发余下的日子。相比之下,他的论文有点补充说明的意味,涉及的无非是因果是非之类的问题,而且有案可查的数据极其之多,所以算不上多大的挑战。他所做的就是修正。没错,论文条理分明、措辞优美,但在维克托看来,充满了无趣且乏善可陈的臆测。莱恩教授早先就认为他的论文结构非常扎实,维克托赢在了起跑线上。可伊莱都要起飞了,维克托不希望自己只是起跑。

所以,等他在副驾驶位上坐定后,手指便激动地在膝盖上叩个不停。他急忙活动了一下手指,企图克制住这种神经质的动作,结果手指刚一碰到腿,又焦躁不安地敲打起来。在飞速行驶的路途中,维克托费了不少工夫冷却自己的情绪,就是为了避免见到伊莱时"快告诉我"这句话会脱口而出。然而两人刚见面,他就乱了阵脚。

"噢,对了,"维克托企图装出一副漫不经心的口吻,却并不成功,"你的发现是什么?"

伊莱握紧方向盘,驾车驶向洛克兰。

"创伤。"

"创伤怎么了?"

"在所有较为可信的超能者案例中,这是我找到的唯一共性。总之,身体因为压力产生了各种奇怪的反应。如你所知,肾上腺素之类的。我认为,创伤能够引起身体发生化学变化。"他的语速加快了,"但问题是,创伤的定义太模糊了,对吧?这个概念真的太宽泛了,而我需要的是确指。每天都有成千上万的人受伤,感情上,身体上,这样那样。就算只有一小部分变成了超能者,他们的人数也相当可观。如果真是如此,超能者就不是一种假设了,我们不能再打引号,因为他们的存在成了事实。我确信,肯定有某种比较明确的条件。"

"特定类型的创伤,比如车祸?"维克托问。

"没错,十分正确,但是没有明确指示出是哪种常规性创伤。没有显而易见的公式。没有参数。最开始的时候什么都没有。"

伊莱卖了个关子。维克托把已经调低音量的收音机关掉了。伊莱几乎一直在驾驶座上扭来扭去。

"后来呢?"维克托催促道,无法抑制的好奇令他颇为难堪。

"后来我进行深度研究,"伊莱说,"在仅有的几个案例当中——当然了,全是非官方的,真令人丧气——那些人不仅仅是受到创伤,维克。他们死了。最初我没有注意到,是因为如果一个人没有死掉,十之八九不会记录为NDE。见鬼,一半的人都意识不到他们有过NDE。"

"NDE?"

伊莱斜睨了维克托一眼:"濒死经历。会不会超能者并非是由什么创伤造成的结果呢?会不会是他们的身体对最强烈的生理和心理创伤做出了反应?也就是死亡。想想吧,我们说的转化不可能是单纯的生理反应,或者单纯的心理反应。它需要肾上腺素、恐惧和意识的巨量流变。我们说的是意志的力量,我们说的是精神和物质的超越,但并非一方超越另一方,而是同时超越。心灵和身体都对迫近的死亡做出了反应,在这些案例当中,两者的反应都足够强烈,也必须强烈。我说的是遗传倾向和生存意志——我想你应该对超能者有一定的概念了。"

在聆听伊莱这套理论的同时,维克托的脑海里风起云涌。

他收缩十指,紧紧地揪着裤子。

有道理。

不仅有道理,而且讲得简单明了。维克托特别不爽。最不爽的是这应该由他先发现,由他推定出来。肾上腺素是他的研究方向。唯一的区别是,他研究的是短时流变,而伊莱则大胆迈进,提出的是永久性改变。怒火在他胸口腾起,但愤怒毕竟改变不了任何事情,他转而平心静气地寻找起这套理论里的瑕疵。

"你倒是说点什么啊,维克。"

维克托紧皱眉头,小心翼翼地开口了,尽量避免带有伊莱的那种狂热语气。

"你提出了两个相关因素,伊莱,但你不知道还有多少未知因素。就算你可以确定地说,濒死经历和强烈的生存意志是必要因素,你想想看其他的因素可能还有多少。老天,主体要产生超能力,说不定需要一二十个条件呢。而且你现有的两个相关因素也过于含糊了。光是遗传倾向,就涵盖了几百种不同的特性,其中任何一个,甚至所有的特性,都有可能起到决定性的作用。主体需要的是自然提升的化学水平,还是不稳定变化的腺体?他们当前的身体状况重要与否?是不是只有他们身体的先天反应发生改变?至于精神状态,伊莱,你又怎么计算心理方面的因素呢?强烈的意志是由什么构成的?这属于哲学范畴。然后还有机会的因素。"

"我并不是不想考虑这些因素,"伊莱有点泄气,此时车已经开进学校的停车场,"这只是一种可能性,不是演绎理论。这很有可能是极其关键的发现,我们就不能庆祝一下吗?超能者必须有濒死经历。要我说啊,这一发现真是太赞了。"

"但还不够。"维克托说。

"是吗?"伊莱反问,"这只是开始。所以是有意义的。任何理论都需要一个开端,维克。这套濒死经历假说——精神和身体对创伤的双重反应——是合乎逻辑的。"

在伊莱解释的同时,一个危险的念头闪过维克托的脑海,并且逐渐清晰。他有主意了,可以把伊莱的发现变成他的发现,至少是他们俩的。

"另外,我只是写论文,"伊莱接着说,"为超能者现象寻找一个合理的科学解释。我又不是要创造超能者。"

维克托抽动嘴角,挤出一丝笑容。

"为什么不呢?"

·· ✞ ··

"因为那是自杀。"伊莱嚼着满嘴的三明治,含糊不清地说。

此时他们坐在美食城里,因为还没开学,这儿空空荡荡的,只有意大利餐馆、美食厨房和咖啡馆还在营业。

"嗯,是的,必须的。"维克托喝了一口咖啡,"但如果成了……"

"真不敢相信,你居然提出这种建议。"伊莱感叹道。但他的语气里除了惊讶,还有别的东西。好奇。活力。那是维克托曾经感受过的激情。

"假设你的理论是对的,"维克托不依不饶,"我们面对的就是一个简单的方程式:一次濒死经历,着重在濒死,外加一定程度的体能水平,以及强烈的意志——"

"可你也说过,没有这么简单,肯定有很多别的因素。"

"噢,当然还有。"维克托说。伊莱终究注意到他了。他喜欢得到伊莱的重视。"谁知道有多少因素呢?但我愿意承认,在生命遭受到威胁时,身体会发生惊人的变化。这就是我的论文题目,记得吗?也许你是对的,也许身体可以进行根本性的化学位移,在最危急的时刻,肾上腺素使我们拥有类似超人的能力。瞬间的力量爆发,也许有办法使其成为永久性的改变。"

"这简直是疯了——"

"你不相信。不全信。话说回来,这是你的论文。"维克托说。他撇了撇嘴,低头看着面前的咖啡:"顺便说一句,你要是涉及到了这一层,可以得个A。"

伊莱眯起眼睛:"我的论文是在理论上——"

"是吗?"维克托的笑容充满了激将的意味,"你的信仰哪儿去了?"

伊莱紧蹙双眉。他张了张嘴,正要回答,两只纤细的胳膊绕上他的脖子。

"我的好小子们怎么这样严肃?"维克托抬起头,看见了安吉的赭色卷发、雀斑,还有微笑。"为假期结束而伤心吗?"

"才不是。"维克托说。

"嗨,安吉。"伊莱应道。维克托看见他眼中的亮光忽地收敛了,然后他搂过安吉,来了一个电影里常见的热吻。维克托暗暗地骂了一句。他好容易逼出了那点亮光,可安吉只用一个吻,就转移了伊莱的全部注意力。他懊恼地一推桌子,站了起来。

"你去哪儿?"安吉问。

"累了一天,"他说,"我要回去了,行李还没收拾……"他没再说下去。安吉根本没听。她的纤纤玉指在伊莱的头发里搅弄,两人的嘴唇紧贴在一起。他就是这样失去两个朋友的。

维克托转过身,走了。

X
两天前
君子酒店

维克托拉住酒店房间的门,米奇把满身血迹、湿淋淋的希德妮抱进去。米奇虎背熊腰,胸膛的宽度堪比这女孩的个头,他的脑袋剃光了,裸露在外的皮肤上几乎布满文身。希德妮自己能走,但米奇认为抱着她比搀扶她容易得多。他手里还提了两个箱子,顺手放在门边。

"我觉得挺不赖。"他快活地环顾着这间豪华套房。

维克托放下一个尺寸小很多的箱子,脱下湿透的外套挂了起来,然后一边卷袖子,一边指引米奇把女孩放进浴室。穿过房间的途中,希德妮在米奇的怀里伸长脖子四处张望。君子酒店位于梅里特市区,房间内却空得出奇,她下意识地怀疑他们是不是把家具都扔出去了,于是不自觉地低头查看地板,看有没有摆放过椅子或沙发的凹痕。地板是木质的,或是形似木头的材料,浴室里则是石板和瓷砖。米奇把她放进淋浴间——这儿空间宽敞,铺满大理石,但没有门——然后走出去了。

她浑身颤抖,只觉得遍体充盈着令人压抑的寒意。几分钟后,维克托出现了,抱着一堆式样各异的衣服。

"至少有一件合适你。"他说着把那堆衣服放到盥洗盆旁边的台子上。等他走到浴室门外,希德妮脱去湿衣服,一边在衣服堆里翻找,一边好奇这些新衣服是打哪儿来的。看样子他们似乎打劫了一家干洗店,不过衣服干爽暖和,她没什么好抱怨的。

"希德妮。"她喊道。此时有件衬衫套在她脖子上,又隔了一道门,声音模糊不清。"我的名字。"

"很高兴认识你。"维克托站在过道里说。

"你是怎么做到的?"她一边在衣服堆里翻找,一边问道。

"做到什么?"他问。

"让我不疼了。"

"这是一种……天赋。"

"天赋。"希德妮悻悻地咕哝道。

"你以前见过有天赋的人吗?"他隔着门问。

希德妮没有回答,沉默中只有衣服翻动、提起和丢下的声响。当她再次开口,只说了一句话:"你可以进来了。"

维克托应邀进门,见她穿着一条宽大的运动裤和一件过长的吊带衫,暂时也能凑合。他让希德妮坐在台子上不动,以便检查她的胳膊。等维克托擦去血迹后,他的眉头皱紧了。

"怎么了?"她问。

"你中枪了。"他说。

"显而易见。"

"你玩枪走火了吗?"

"不是。"

"什么时候的事?"维克托用指头按住她的手腕。

"昨天。"

他的目光始终没离开希德妮的胳膊："你打算告诉我发生了什么事吗？"

"什么意思？"她闷闷地问。

"听我说，希德妮，你的胳膊里有一颗子弹，而且对于你这个年龄来说，你的脉搏慢了一点，体温也低了五度。"

希德妮神色一凛，却什么也没说。

"你还有别的地方受伤吗？"他问。

希德妮耸耸肩："我不知道。"

"那么我现在让你恢复些痛感，很轻微的，"他说，"看你哪儿还有伤。"

她紧张地轻轻点了点头。维克托手上稍稍加力，那种压抑的、无处不在的寒冷，慢慢变成了痛感，然后逐渐聚集，在身体各处产生剧烈的疼痛。她大口大口地喘着气，但还能强忍着说出最疼的部位。在她的注视下，维克托的动作特别轻柔，似乎害怕一不小心折断了她的身子。一切都那么轻柔——他的皮肤、头发、眼睛，还有在空中挥舞的双手，只在必要时触碰到希德妮的肌肤。

"好了，"维克托给她缠上绷带，又消除掉残留的痛感，然后说道："除了枪伤和踝关节的扭伤，你看起来状态不错。"

"就是中了一枪。"希德妮冷冷地说。

"相对而言嘛。"维克托说，"你还活着。"

"是的。"

"你打算告诉我发生什么事了吗？"他问。

"你是医生吗？"她反问。

"本来是要当医生的。很久以前的事了。"

"发生了什么事？"

维克托叹了口气，倚着毛巾架说："那就交换。你一个问题，我一个问题。"

她犹豫了，但还是点点头。

"你多大？"他问。

"十三。"她撒谎了，因为她讨厌十二岁，"你多大？"

"三十二。你遇到什么事了？"

"有人想杀我。"

"这我看得出来。可别人为什么要杀你？"

她摇摇头："还没轮到你问。你为什么没当医生？"

"我进了监狱。"他说，"为什么有人要杀你？"

她提起脚后跟，蹭了蹭小腿，这是她撒谎前的习惯性动作，但维克托当时并不知情："不知道。"

希德妮很想问问监狱的事儿，但又临时改了主意："为什么要带上我？"

"我见不得有人在外边游荡。"他说。接下来的提问令希德妮大吃一惊，"你有天赋吗，希德妮？"

许久过后，她摇摇头。

维克托低下头，希德妮看到他的脸蒙上了一层阴影，自从那辆汽车停在她身边后，这还是她头一次感到害怕。不是那种吞噬全部身心的害怕，而是轻浅的持续性恐慌，在她的皮肤上蔓延开来。

随后维克托抬起头，阴影瞬间散去："你该休息了，希德妮。"他说，"最顶头的房间给你用。"

她还来不及说声谢谢，维克托就转过身，走开了。

··✠··

维克托走进套间的厨房——此处与起居室只隔了一张大理石台子——从酒箱里取出瓶子，倒了一杯酒。这些酒是他和米奇离开赖顿后搞到的,米奇刚从车上提进来。女孩说了谎,这一点他很清楚,但他克制住冲动,没有采取惯用手段。她还是孩子,而且吓得半死。她受到的伤害已经够多了。

维克托把另一间卧室给了米奇。这个彪形大汉实在不适合睡沙发,而且维克托睡得不多。如果真的感到疲倦了,他绝对不介意在软和的沙发上休息。这也是他对监狱最不满意的一点。不在于人,不在于食物,甚至不在于蹲监狱的事实。

但那张小床实在不能忍。

维克托拿起杯子,踩着房间里的复合地板来回踱步。地板的样子够逼真,却没有嘎吱声,而且他能感觉到底下的混凝土。他的腿脚和混凝土相处太久了,无比熟悉。

起居室有一整面墙都是落地窗户,正中间是一扇对开的阳台门。维克托推开门,走到狭窄的七楼阳台上。室外空气清新,他尽情地呼吸着,胳膊肘搁在结冰的铁栏杆上,手里还拿着酒杯,尽管水使得玻璃杯冷到足以冻伤他的手指。但他并没有感觉到。

维克托凝望着梅里特市。夜已深,城里依然生机勃勃,人声鼎沸,热闹的气氛扑面而来。但此时此刻,处在寒冷、充斥着城市铁锈味的空气、成千上万个有生命有呼吸有感知的身体的包围中,他压根不关心其中任何一样事物。他的目光在楼宇间游荡,而思绪早已飘到远方。

XI
十年前
洛克兰大学

"怎么样?"当天晚上,维克托问道。他已经喝了一杯。好吧,是两杯。他们在厨房里存了一架子啤酒以供聚会时喝,还在浴室盥洗台底下的抽屉里藏了几瓶烈酒,专为大喜或大悲的日子准备。

"不可能的。"伊莱说。他看到维克托端着酒杯,便也走进浴室倒了一杯。

"哪有这么绝对。"维克托说。

"不可能完美地控制实验进程。"伊莱深深地抿了一口酒,解释道:"也不可能确保实验体幸存,更别说任何形式的超能力了。濒死经历依然需要濒临死亡。这太冒险了。"

"但如果成了……"

"万一没成……"

"我们可以控制好,伊莱。"

"远远不够。"

Part One·水、血，以及浓稠之物

"你曾经问我有没有想过相信什么。我有，我想要相信这件事。我想要相信的不止如此。"维克托凑在杯沿嘬了一口威士忌，"我们能做的不止如此。老天啊，我们可以成为英雄。"

"我们可能会死。"伊莱说。

"这是所有生命都要面对的风险。"

伊莱捋了捋头发，他神色紧张，犹豫不决。维克托就喜欢看他这个样子。"目前还只是理论。"

"你所做的任何事情，伊莱，都不以停留在理论阶段为目标。这一点我是了解的。"只用一句话就展示出了敏锐的观察力，维克托为此深感自豪，毕竟他已经醉得不轻。但是，他不能再多说了。他不喜欢让别人知道他常常近距离地观察、比照和模仿他们。"我看出来了。"他又淡淡地接了一句。

"我觉得你喝多了。"

维克托低头凝视着杯中琥珀色的液体。

跨越生与死的时刻，并非总是显而易见的。这种时刻未必有大呼小叫，十之八九也没有绳子可以钻过，没有终点线可以冲撞，没有鲜血契约，没有花里胡哨的公函。这种时刻也未必那么漫长、沉重而意味深远。不过抿了两口酒的工夫，维克托犯下了这辈子最大的错误——一句话，总共三个字。

"我先来。"

在从机场回学校的路上，他坐在车里问过自己。在他们共进午餐时，他想过；饭后端着咖啡在校园里漫步时，他想过；经过学生宿舍，走向高年级学生公寓时，他一路都在想。在他喝完第三杯之后，第四杯还没送到唇边之前，问号变成了句号。这不是什么选择题。没得选。要想成为伊莱这项伟业的参与者，而不仅仅是旁观者，只有一个办法可行。以身试水。

"你都有些什么？"他问。

"什么意思？"

维克托挑起一边淡色的眉毛，却丝毫没有戏谑的意味。伊莱虽不嗑药，但他手里有货，这是在洛克兰的校园里——维克托敢说，随便哪座校园都一样——来钱最快的法子，也可以说是交朋友最快的法子。伊莱好像看出了维克要去哪里。

"不行。"

维克托已经钻进了浴室，出来时手拿一瓶威士忌，整瓶未动。

"你有什么？"他又问。

"不行。"

维克托叹了口气，摇摇晃晃地走到咖啡桌前，扯下一张便条，草草写了几个字。**看看书架最底层的书。**

"给。"他说着，递给了眉头紧蹙的伊莱。维克耸耸肩，又灌了一口酒。

"我费了很多的心血，"他借助沙发扶手稳住身子，解释道："它们是诗。我想不出比它们更好的遗书了。"

"不行。"伊莱的回答依旧未变。尽管语气沉闷且冷漠，但他的眼睛却越来越亮："这样是不会成功的。"他一边说，一边走向他的房间，走向那张边桌，维克托知道那是他用来藏毒品的地方。

维克托一推沙发，借着劲儿站起来，跟了上去。

· · ✝ · ·

半小时后，维克托卧倒在床，手边的桌上搁着一瓶空了的杰克威士忌，还有一瓶空了的止疼药，他怀疑自己干了蠢事。

他的心跳急如鼓点，压迫血液快速流动，视线也渐渐模糊。他闭上眼睛。干傻事了。他猛地坐起来，正要呕吐，有人把他按倒在床上，牢牢地压住了。

"别吐。"伊莱说。等维克托咽了回去,双眼瞪着房间的吊顶,伊莱才松手。

"记住我们说过的话。"伊莱继续说着,提到了什么抵抗,还有意志力。

维克托没有听,除了自己的脉搏,他什么也听不清,为什么心跳如此剧烈?他不再怀疑自己有没有干蠢事了。他已确定无疑。活了二十二年,这无疑是有生以来最糟糕的计划。**这根本就是错误的方法**,维克托残存的理性告诉自己,而肾上腺素、疼痛和恐惧正是他研究的课题。他不该用威士忌混服安非他命,不应该为了缓解痛苦,做任何钝化神经和感官的蠢事,但他太紧张……太害怕。此刻,他开始感到麻木,这比疼痛还要可怕,因为麻木意味着他正在……消逝。

慢慢消逝,最后不知不觉地死亡。

错了错了错了……然而呼喊声渐渐远去,取而代之的是飞散、下沉——

这样能成。

透过残存的恐慌,他强行拉回了思绪。这样或许能成,如果*真的*成了,他希望拥有力量,得到坚实的证据。他希望自己能成为证据。没有证据,伊莱就麻烦了,而他不过是伊莱未能实现想法的障碍。有了证据,他就成为了麻烦本身,成为伊莱那套理论的精华所在、无法割舍的一部分。他尝试计算瓷砖的块数,但集中不了精神。他的心脏达到了极限,思维却如糖浆一般流泻,旧的还尚未消失,新的又涌进来。数字开始重叠,变得模糊不清。一切都变得模糊不清。他感到指尖发麻,非常不对劲。并不是因为寒冷,好像是从他身体最末端的部位开始,逐步回收能量,准备罢工。好消息是,恶心感也随之消退。唯有疯狂的脉搏在告诫他,他的身体一败涂地。

"你感觉如何?"伊莱凑近了问,他先前搬来一把椅子,坐在床边。他一口酒也没有喝,但两眼亮晶晶的,炯炯有神。看样子他并不担心,也不害怕。当然,快死的人又不是他。

维克托感到嘴巴不好使。他必须使出吃奶的力气才能吐出字来。

"不太好。"他费劲地说。

他们之所以采取这种药物过量的陈旧做法,是有好几个方面的考量。一旦实验失败了,这样容易解释。还有,伊莱可以等到状况危险时再打电话。太早进医院就不存在濒死经历了,只能算一次特别难受的体验。

麻痹感不断地啃噬维克托的躯体,从四肢向上蔓延,钻进他的大脑。

他的心跳时而漏拍,时而出奇地猛烈。

伊莱又说话了,声音低沉而急切。

维克托每次眨眼,都感觉越来越难睁开。有那么一刻,恐惧席卷他的全身。那是对死亡的恐惧。对伊莱的恐惧。对可能产生后果的恐惧。对没有产生后果的恐惧。恐惧来得突然而又强烈。

不过,麻痹感很快连恐惧也吞噬了。

他的心跳又漏拍了,这时应该有痛感才对,但他先前喝多了,压根感觉不到。他闭上眼睛,专心抵抗,然而黑暗已经将他淹没。他能听见伊莱说话,而且肯定是很重要的话,因为伊莱正前所未有地扯着嗓子喊叫,而维克托慢慢下沉,透过躯壳,透过床板,向黑暗坠落。

XII
两天前
君子酒店

维克托听到一声脆响,低头一看,发现因为握得太紧,酒杯碎了。他捏了一手碎玻璃,红色的涓流渗出指缝。他松开手掌,碎玻璃从阳台上洒下,落到一楼酒店餐厅外的灌木丛中。他低头看着仍插在掌心的玻璃碴。

他什么感觉也没有。

维克托走进房间,站在盥洗台前,从皮肉里挑出几块最大的碎玻璃,看着它们躺在不锈钢水槽里闪闪发亮。他感到手指有些麻木,动作也迟钝了,却又挑不出较小的玻璃碴,于是闭上眼睛,轻吸一口气,唤回疼痛的感知力。很快,手掌如火烧火燎般,布满压抑的痛感,以便他确定残余玻璃碴的具体位置。他清理完残渣后,一动不动地盯着血淋淋的手掌,一波接一波的微弱痛感向腕部荡漾而至。

超凡能力者。

正是这个词开启了——同时毁灭了、改变了——一切。他皱起眉头，调高了神经敏感度，犹如拨弄刻度盘。痛感迅速加剧，针刺般的疼痛从掌心辐射而出，下至指尖，上至手腕。他再次拨动刻度盘，针刺般的疼痛席卷全身，而且不再压抑，如刀割一般尖锐。维克托痛得五官扭曲，双手发抖，但仍不断地拨动刻度盘，直到他灼烧、破裂、粉碎。

他双膝一软，赶紧伸出沾满鲜血的手掌，扶着盥洗台。痛感抽离，如同被突然切断的保险丝，维克托如坠黑暗之中。他尽力稳住身子。血还在流，他知道应该取来医疗箱处理一下，那是他们为了给希德妮包扎，从车里拿来的。维克托多么希望与伊莱交换超能力，这种想法已经不是第一次了。

动身之前，他先擦净了台子上的血迹，又倒了一杯酒。

XIII
十年前
洛克兰医疗中心

疼痛什么也没有带来。

不是后来维克托所了解、掌握和使用的疼痛，而是纯粹的、特别人性化的疼痛，缘于操作不当导致的药物过量。

最开始是疼痛和一片黑暗，继而变成疼痛和彩色的，然后是疼痛和刺眼的医院灯光。

伊莱坐在维克托床边的椅子上，与在宿舍里时一样。没有酒瓶，没有药。只有嗡鸣的仪器、薄薄的床单，和前所未有的剧烈头痛——包括那个夏天，维克托·维尔决定趁父母还在欧洲巡回演讲，对他们的藏书搞突然袭击。伊莱垂着头，双手松松垮垮地相扣，正是他祈祷时的姿态。维克托不知道他是不是在祈祷，如果是，但愿他能停下来。

"你等得不够久。"当他确定伊莱并不是在与上帝交流，便低声说道。

伊莱抬起头："你停止呼吸了。心电图几乎成了直线。"

"但我没死。"

"很抱歉，"伊莱揉着眼睛说，"我没法……"

维克托瘫在床上。他觉得应该感谢伊莱这么做，早点犯错总好过为时过晚。但他并不这样想。他伸出了一根手指，插在胸膛和监测器之间。如果成功了，他会不会有异样的感觉？仪器会不会失灵？荧光灯会不会粉碎？病床会不会起火？

"你感觉如何？"伊莱问。

"糟透了，卡代尔。"维克托没好气地说。伊莱面露尴尬之色，维克托的语气是一方面，更多的是因为他直呼其姓。当初，三杯酒下肚，在嗑药之前，他们借着探秘猎奇的兴奋劲儿，决定等实验成功了，伊莱就不再姓卡代尔，改姓伊弗，因为那样听起来更酷，漫画英雄们的名字很重要，常常压头韵。如果他们俩都想不出什么好名字怎么办？在当时看来，这似乎非常重要。维克托头一次产生了优越感，尽管这只是微不足道、可有可无的小事，但他的名字符合要求，伊莱的却不行，这令他颇为享受。也许伊莱并不是特别在乎，也许他只是配合维克托保持清醒，可当维克托喊出"卡代尔"时，伊莱有点受伤，这就够了。

"我一直在想，"伊莱凑近了说。他看样子没什么气力，双手扭在一起，两腿在椅子里微微抖动。维克托尽量集中注意力听伊莱说话，而不是观察他的身体。"下一次，我想——"

有个女人站在门口清了清嗓子，他立刻闭嘴。那人不是医生——没穿白大褂——但胸前挂着小名牌，看来更糟的事儿来了。

"维克托吧？我是梅拉妮·皮尔斯。洛克兰医院的住院心理医生。"

伊莱背对着她，朝维克托眯起双眼，以示警告。维克托不屑地摆摆手，示意伊莱离开，同时也保证不会乱说话。毕竟都到这一步了。伊莱站起身，咕哝着说什么要给安吉打电话，然后走出房间，关上了门。

"维克托。"皮尔斯女士轻声细语地叫出他的名字，同时捋了捋棕灰色的头发。是那种南方中年妇女常做的发型，蓬蓬大大的顶在头上。她的口音难以分辨,但语气相当傲慢:"这儿的工作人员告诉我,他们联系不上你的紧急联系人。"

维克托内心狂喜,嘴上却淡淡地说:"是我的父母吧?他们正在巡回演讲。"

"既然是这样的情况,我必须告知你——"

"我不是要自杀。"半真半假。

她毫不掩饰地抽了下嘴角。

"我只是玩得有点过头了。"彻头彻尾的假话。

她歪过脑袋。头发纹丝不乱。

"在洛克兰压力很大,我需要放松。"真话。

皮尔斯女士叹了口气:"我相信你。"她说。假话。"但是等我们放你出院——"

"什么时候?"

她噘嘴:"你必须留院观察72小时。"

"我还有课。"

"你要休息。"

"我要去上课。"

"没有商量的余地。"

"我不是要自杀。"

她的语气忽然变得生硬,少了点友好,多了些实诚、焦躁和正常人的调调。

"那不如告诉我,你到底做了什么。"

"犯了个错。"维克托说。

"是人都会犯错。"她说。维克托感觉有点难受,不知道是药物过量的余波,还是她不为人知的心理治疗方式造成的。他的脑袋陷进枕头里,眼睛也闭上了,但皮尔斯女士接着说道:"等我们放你出院,我建议你去见见学校的辅导员。"

维克托呻吟了一声。彼得·马克老师，没有姓氏，只有两个名。此人毫无幽默感，还有狐臭。

"真没必要。"他咕哝道。父母强加给他的心理治疗已经够多了，那种滋味下下辈子都不想再体会。

高傲的表情又回到了皮尔斯女士脸上："我觉得很有必要。"

"如果我答应了，你现在能放我回去吗？"

"如果你不答应，洛克兰就不欢迎你回去。你要留院72小时，这期间我们还会见面。"

接下来的几个小时，他盘算的不是如何自杀，而是怎么杀人——特别是皮尔斯女士。如果坦白告诉她，说不定她会认为治疗有了成效，但维克托怀疑还是别说为好。

XIV
两天前
君子酒店

维克托端着酒杯的手刚刚缠好绷带，此时他来回踱步，杯中酒水也随之晃荡。他从酒店房间的一头走到另一头，可无论折返多少次，那种躁动不安的感觉非但没有平息，反而愈加强烈。在他走动的同时，脑袋里不断有静电的噼啪声。他忽然有种冲动，想要大喊大叫，或者胡踢乱打，又或者把斟满的酒杯掷向墙壁，但他终究闭上眼睛，强迫双腿做出最不情愿的动作：停下。

维克托静立在原地，拼命地吞咽能量、混沌和电流，让它们停下来。

他在监狱里也经历过同样的时刻，恐惧的阴影犹如巨浪涌起，凶猛地向他拍打。*结束吧*，黑暗嘶声引诱他。记不清有多少个日夜，他克制住动手的欲望——不是真的手，是体内的*东西*——那是摧毁一切、摧毁所有人的冲动。

但他不能这样做。那时不行，现在也不行。他离开单人间的唯一办法，是彻底打消管理人员的怀疑，认为他是手无缚鸡之力、毫无危险可言的普通人，至少不比其他463个囚犯更危险。但在身陷囹圄的黑暗时刻，破坏掉周围每一个人的恶意总会迅速滋长——破坏掉所有的人，然后大摇大摆地走出监狱。

和当年一样，他抱紧身体，竭尽全力忘掉自己拥有一种影响他人的力量，一种锋锐如玻璃的意念。和当年一样，他命令躁动的身心即刻平息，不许妄动。和当年一样，当他闭上双眼，等待静默降临之时，两个字慢慢地浮现于脑海，提醒他为何不能肆意破坏——那是宿敌的名字。

伊莱。

XV
十年前
洛克兰医疗中心

伊莱一屁股坐进维克托床边的椅子里，把双肩包扔在脚边的复合地板上。维克托刚刚结束了与住院心理医生皮尔斯女士的会面，两人探讨了他和双亲的关系，这位皮尔斯女士毫无意外的是他俩的粉丝。皮尔斯收获颇丰，她认为这次会面成效显著，维克托还答应帮她搞到一本签名书。但维克托收获的则是头痛，以及至少见三次辅导员的要求。经过一番讨价还价，他将72小时的"刑期"减到了40小时，代价就是那本签名书。此时他正与医院的腕带作斗争，却怎么也取不下来。伊莱俯身靠拢，展开一把折刀，搞定了这种塑料混合材质的古怪纸张。维克托摩挲着手腕，刚一起身就痛得龇牙咧嘴。看来濒临死亡确实不好受。身体的每个部位都在没完没了地抗议。

"准备好离开这里了吗？"伊莱背上背包，问道。

"当然啦。"维克托说，"包里装着什么？"

伊莱笑了："我一直在想，"当两人走过七弯八拐的无菌走廊，他说道,"轮到我了。"

维克托胸口一紧:"哦?"

"失败乃成功之母。"伊莱说。维克托不爽地咕哝了一声,但伊莱没理会:"喝酒是不对的。止疼药同样不行。疼痛和恐惧离不开惊慌,而惊慌有助于产生肾上腺素以及其他应激性化学物质。你懂的。"

维克托眉头一皱。是的,他懂。但他喝醉的时候才不管这么多。

"只有在极少数的情况下,"他们一边穿过一扇自动玻璃门,走进寒冷的室外,伊莱一边说道,"我们能得到足量的惊慌和足够的控制力。一般而言,这两样是彼此排斥的,至少可以说,两者和平相处的概率很低。控制力越强,惊慌就越弱,诸如此类。"

"包里装着什么?"

他们走到车旁,伊莱把那包神秘的东西扔进后座。

"我们需要的一切。"伊莱笑得更灿烂了,"好吧,就差冰块了。"

・・✝・・

原来,"我们需要的一切"就是一打肾上腺素注射器,也就是常说的肾上腺素笔,还有两打一次性取暖片,就是猎人塞在靴子里、球迷冬天看球时放在手套里的玩意儿。伊莱抓了三支注射器出来,在厨房的台面上一字排开,旁边是一堆取暖片。然后他退了一步,夸张地摆手示意,仿佛是在邀请维克托参加宴会。水槽旁边靠着五六袋冰块,寒气液化成一条条细小的水流,打湿了地板。这些是他们在返回的路上买的。

"你偷来的?"维克托拿起一支注射器,问道。

"以科研的名义借来的。"伊莱回答。他拿起一块取暖片,翻过来检查用来激活加热机制的小塑料片。"我从大一起就在洛克兰医院实习。他们根本就不管我。"

维克托的脑袋又"嗡"了一声。

"今晚吗？"听过伊莱的计划后，他已经问了好几次。

"就今晚。"伊莱说定了，从维克托手里抽走注射器，"我考虑过把肾上腺素直接溶进生理盐水，你再帮我静脉注射，那样的话分布比较均匀，但相比肾上腺素笔来说，速度太慢了，而且依赖血液循环的状态。此外，考虑到计划的性质，我觉得最好选择相对容易的操作方式。"

维克托琢磨起来。肾上腺素笔用起来倒是简单，胸部按压就有点难了，而且容易造成伤害。维克托受过心肺复苏的训练，对人体也有直观的了解，但还是有风险。对这种事情而言，医学预科训练和天赋还不足以使一名学生做好充分的准备。杀人简单，救人可远远不止测量和用药。救人好比烹饪，而不是烘焙。烘焙需要的是方法，烹饪需要的是爆发力，外加一点点艺术感和一点点运气。而这种烹饪需要大量的运气。

伊莱拿起余下的两支肾上腺素笔，依次在手掌上摆好。维克托的目光从注射器移到取暖片，又投向冰块。这些工具太简陋了，真有这么容易吗？

伊莱又说了什么，维克托回过神来。

"什么？"他问。

"时候不早了。"伊莱重复了一遍，指向水槽后面的窗户，天光正迅速地收敛。"赶紧开工吧。"

·· ✟ ··

维克托摸了摸冰水，又迅速缩回手。身边的伊莱撕开了最后一袋冰块，看着袋子泄完气，再把冰块倒进浴缸里。刚开始，几袋冰块一下水就炸裂开了，融化了不少，但是浴缸里的水温降得很快，足以使后来的冰块保持原样。维克托走回去，靠在盥洗台前，三支肾上腺素笔在掌中搓来搓去。

至此，他们已经讨论过好几次操作顺序了。维克托的手指不自主地打战,他赶紧抓着盥洗台的边沿,企图借力克制住。伊莱则依次脱掉牛仔裤、毛衫和衬衣,露出背部那一片已然褪色的伤疤。都是陈年旧伤,如今看来不过是一道道阴影,维克托以前就见过,但从未问起缘由。此时此刻,这有可能是他最后一次与朋友聊天,好奇心占据了上风。他尽量问得委婉些,却是白费力气,因为伊莱毫不犹豫地回答了。

"是在我小的时候,父亲弄的。"他轻声说。维克托屏住呼吸。两年多来,伊莱从未提过他的父母。"他以前是部长。"伊莱的声音听起来很遥远,维克托注意到他用了"以前"。过去式。"我好像没有告诉过你。"

维克托不知道说什么,于是说了世上最没意义的话:"很抱歉。"

伊莱扭过头,耸耸肩,背部的伤疤随之弯曲变形:"没事了。"

他走到浴缸旁,膝盖抵住瓷盆的外沿,低头看着波光粼粼的水面。维克托则看着他凝神观望的样子,一种混杂着兴奋和担忧的情绪涌上心头。

"你害怕吗?"他问。

"怕得要死。"伊莱说,"你当时不怕吗?"

维克托依稀记得那一闪而过的恐惧,犹如火柴转瞬即灭,被毒品和威士忌的影响所淹没。他耸耸肩。

"你想喝一杯吗?"他问。伊莱摇头。

"酒精会让血液升温,维尔。"他的目光仍然不停留在冰水上。"正是我现在不能要的。"

维克托不知道伊莱是不是真能做到,也许寒冷会冻裂那张淡定从容而又富有魅力的面具,暴露出藏于其后的平凡少年。浴缸的把手淹没在水里,但他们在晚饭前预演过——两人都不怎么饿——伊莱爬进了还没盛水的浴缸,紧紧抓住把手,脚趾顶在浴缸的另一头。维克托建议用绳子之类的东西把伊莱捆在浴缸里,伊莱拒绝了。维克托不确定他这是故作勇敢,还是担心身体承受不了。

"听凭差遣。"维克托打趣道,试图缓解紧张的氛围。伊莱没有动,也没有露出假惺惺的笑容迎合他。维克托摸向马桶盖上的笔记本电脑,打开音乐播放器,点击播放,瓷砖包围的狭小空间顿时充满了摇滚乐的重低音。

"你检查脉搏的时候最好关掉那玩意儿。"伊莱说。

然后他紧闭双眼,嘴唇微微翕动。尽管双手还垂在两侧,但维克托知道伊莱正在祈祷,他有点摸不着头脑,一个人岂能在戏弄上帝之前向他祈祷?不过他当然不愿意在这种时候打扰朋友。

等伊莱慢慢睁开眼睛,维克托问:"你对他说了什么?"

伊莱低头看着冰水,抬起一只光脚,跨过浴缸边沿:"我把命交到他手里。"

"那么,"维克托真诚地说,"希望他再还给你。"

伊莱点点头,短促地吸了口气——维克托似乎捕捉到了一点点动摇的意味——然后爬进了浴缸。

· · ✝ · ·

维克托坐在浴缸边上,手执一杯酒,俯视着伊莱奥特·卡代尔的躯体。

伊莱没有尖叫。他脸部的四十三块肌肉——维克托在解剖课上学到的——扭曲变形,全都写满了痛苦,然而伊莱最差的表现,只不过是在浸入冰水的刹那,从紧咬的牙缝里挤出了一声低低的呻吟。维克托仅仅用手指试了试水,冰冷所导致的疼痛就一触即发,侵袭了整条胳膊。而伊莱是如此镇定,维克托真的很想因此而恨他,甚至有那么几分希望——几分而已——他无法承受这种痛苦。希望他中断实验,举手投降,要维克托扶他出来,再来一杯烈酒驱寒,然后两人坐下来总结失败的教训,等过一阵子,他们便不再介怀,笑谈当年为科学精神而遭的罪。

维克托又抿了一口酒。伊莱的肤色极不健康，苍白到发青。

时间没有他预料的那么久。几分钟前，伊莱就没了动静。维克托关掉了音乐，脑海里却仍有重重的回响，他这才明白是自己的心跳。为了检查伊莱的脉搏，他把手伸进冰水——寒冷刺骨，他拼命忍着没有喘气——发现没有脉搏。他又等了几分钟，其实是倒酒去了。如果伊莱能够逃过此劫，就不能指责维克托操之过急了。

看到浴缸里那具躯体显然已经不可能自我复生，维克托便放下酒杯，开始干活。把伊莱从浴缸里拖出来是最费力的，因为伊莱比维克托高了几英寸，而且身体僵硬，还沉在一盆子冰水里。他手忙脚乱地左拉右拽，心里暗骂了无数次（维克托生性安静，有压力的情况下更是不爱说话，同龄人往往以为他清楚自己在做什么，哪怕有时候他是真不知道），最后跌倒在瓷砖地上，伊莱的躯体则摔落一旁，死肉与地板的沉闷撞击声令人作呕。维克托浑身直打哆嗦。他没动那几支肾上腺素笔，而是拿来毛毯和取暖片，按照伊莱的指示，迅速擦干他的身体，然后激活取暖片，置于他身体的关键部位：头顶、颈后、手腕和腹股沟。这就是计划当中最需要运气和艺术感的部分。维克托必须判断身体热到什么温度再开始做心肺复苏，早了就意味着体温过低，那么肾上腺素会对心脏等脏器造成过大的压力；迟了就意味着等待的时间太久，那么伊莱活过来的可能性就非常低了。

尽管维克托浑身冒汗，他还是抬手打开了浴霸，又从盥洗台上抓过三支注射器——三支已经是极限，他知道如果全都不管用，那心脏也没救了——放在旁边的瓷砖地板上。维克托将它们重新排列好，摆成一条直线，这个小细节使他在等待期间有了一点掌控感。每隔一阵子，他便检查伊莱的体温，不用体温计，仅仅用自己的皮肤来感受。他俩在预演时发现宿舍里没有体温计，伊莱却坚持要维克托自行判断，他如此缺乏耐心倒是头一次。这样一来很可能导致死亡，但伊莱信任维克托，因为洛克兰的每个人都相信维克托和医学有种不寻常的联系，他可以轻而易举地理解人体结构（其实远非轻而易举，但是维克托确实擅长联想思维）。身体就是一台机器，所有的零件各司其职，从肌肉和骨骼到化学物质和细胞，各个层级的元件负责人体的动作和反应。对维克托来说，这样的比方很形象。

等伊莱的体温足够高了，维克托开始给他做心肺复苏。他感受到手掌底下的皮肤温度慢慢升高，伊莱的身体先前冷得像冰棍，现在恢复了死尸样儿。在维克托的按压下，肋骨发出断裂声，他有点胆怯，但并没有停止动作。他知道如果肋骨未与胸骨分离，说明他动作太轻，或是距离不够，尚未触及心脏。几组按压动作过后，他抓起一支注射器，刺进伊莱的腿部。

一，二，三。

没有反应。

他又开始按压，尽量不去想逐渐碎裂的肋骨，以及伊莱看样子已经死透了的事实。维克托感到胳膊酸胀，很想回头看一眼手机，但还是忍住了——在他使出吃奶的力气把伊莱拖出浴缸的时候，手机从口袋里掉了出来。他闭上眼睛，一边计数，一边用交握的拳头不断按压，在伊莱胸口一上一下，一上一下，一上一下。

没用。

维克托拿起第二支注射器，戳进伊莱的大腿。

一，二，三。

还是没反应。

终于，恐慌攫住了维克托的心脏，一股苦涩的胆汁翻涌而上。他强行咽下，再次进行胸部按压。浴室里只有他计数的低语声和脉搏的跳动声——他的脉搏，不是伊莱的——还有手掌底下的奇怪响动。他抱着残存的希望，竭力帮助这位好朋友的心脏再次恢复跳动。

不断地尝试，不断地失败。

维克托的希望之光渐渐逝去。机会已耗尽，肾上腺素笔就快用完了，只剩最后一支。他的手从伊莱胸前滑开，蜷曲的手指微微颤抖。他拿起注射器，定格在半空中。身下，躺在瓷砖地板上的，是没有一丝生气的伊莱·卡代尔。这个伊莱，在大二那年，提着箱子，满脸笑容地出现在宿舍门口。这个伊莱，和维克托一样，信神的他内心有头怪兽，但也知道如何不露声色地隐藏。这个伊莱，无论做什么都能逃脱惩罚，不仅闯进他的生活，还抢走他的姑娘，外加他的第一名和愚蠢的假期研究补助金。尽管如此，在维克托心中，这个伊莱仍然占有一席之地。

他吞了吞口水，把注射器插进尸体的胸部。

一，二，三。

毫无反应。

就在维克托打算放弃，伸手去拿手机的时候，伊莱喘了一口气。

XVI
两天前
君子酒店

维克托听见身后有赤脚在地板上走动的声响，是米奇进来了，窗玻璃上映出了巨大的影子。他对米奇的感觉和对任何人的感觉一样，似乎他们全都浸在水中，包括他自己，一举一动激起阵阵涟漪。

"你在出神。"米奇与映在玻璃窗上的维克托四目交接。

这是一个再熟悉不过的短句，在监狱时米奇经常说，只要他发现维克托微眯着眼睛，从铁栅的缝隙里向外凝神张望，似乎想要透过高墙，看到远方的什么东西。不管是什么，一定很重要。

这时，维克托眨眨眼，目光从窗户和米奇的鬼影上移开，投到仿木地板上。他听见米奇的脚步声移向了厨房，冰箱门被轻轻地打开了，有拿纸盒的声响。巧克力牛奶，这是米奇出来后唯一想喝的，因为在赖顿根本喝不到。维克托挑起一边眉毛，但还是随他去吧。监狱总能给人留下一种强烈的饥渴感。每个人所特有的、出自本性的渴望。

维克托也有渴望。

他渴望看见伊莱流血。

米奇把胳膊肘撑在台子上,默默地喝着牛奶。维克托原以为这位狱友出来后有自己的计划,比如见见什么人,但他只是看着维克托坐在偷来的汽车前盖上,问了句"接下来呢"。如果米奇真有一段不堪回首的过去,那么显然他至今仍在逃避,同时,维克托也很乐意给他一点儿事情做。他喜欢利用别人办事。

最后,他的目光越过米奇的影子,投向梅里特的夜空,快要喝干的酒杯在他手里转动,冰块叮叮作响。他们俩相处了很久,知道何时对方想要说话,何时需要思考。唯一的问题就是大多数情况下,维克托需要思考,而米奇想要说话。维克托可以感觉到米奇在难挨的沉默中有些躁动不安。

"夜景不错。"他把手里的酒杯一歪,示意窗外。

"是啊,"米奇说,"好久没有这么开阔的视野了。真希望接下来去的地方还有这样的窗子。"

维克托心不在焉地点点头,前额靠上冰冷的窗玻璃。他无力思考下一步行动,以及之后怎么办。他花费了太多精力用来思考这一刻,等待这一刻。在他的意识里,他和伊莱之间的下一步行动短暂得可怕,转瞬即逝,荡然无存。

米奇打了个哈欠:"你真没事吗,维克?"他一边说着,一边把纸盒子放回了冰箱。

"好着呢。晚安。"

"晚安。"米奇慢悠悠地走向自己的房间。

维克托望着米奇的影子在窗玻璃上移动,忽然看到两个苍白的斑点——那是他自己的眼睛,在黝黑建筑物的映衬下犹如鬼魅——然后回过神来。他转身离开玻璃墙,喝光了剩下的一点酒。

皮沙发旁的边桌上搁着一个文件夹,几张纸滑落出来。照片上的人

Part One · 水、血，以及浓稠之物

目光沉静，右眼和面颊被文件夹遮住了。维克托把空酒杯放到桌上，打开文件夹，露出那人的脸。这是早上带过来的那份《国家标志报》。

平民英雄拯救银行

标题底下刊登的是那个少年老成的人，如何在正确的时间和正确的地点，冒着生命危险在一家银行阻止持械劫匪犯案的新闻。

作为梅里特市北部金融区的地标建筑，史密斯和劳德银行于昨日遭遇惊险一幕，一位平民英雄成功地挡住了蒙面劫匪，保住了银行财产。这位要求不具名的市民向当局透露，他在距离银行几个街区外就注意到劫匪形迹可疑，不祥的预感促使他一路跟随。劫匪走进银行之前掏出了一张面具，等该市民赶到的时候，劫匪已经冲了进去。随后该市民也勇敢无畏地进入银行。据在场的客户和银行员工所述，劫匪刚现身时手无寸铁，然后使用不明武器向天花板的彩色玻璃射击，致使玻璃粉碎，玻璃碴掉落到人们的头上。接着此人打算对付银行金库，但是计划被随后赶到的市民打乱。据银行经理所述，劫匪持武器向介入此事的市民瞄准，随后发生了混乱。枪声大作，客户和员工在混乱中纷纷逃出银行。等警察赶到现场，混乱已经结束。那名劫匪，经查是名为巴里·林奇的社会闲散人员，已在混乱中死亡，该市民并未受伤。这是不幸的一天，却有一个美好的结局，因为这位梅里特市的市民展现出非凡的勇气，毋庸置疑，拥有这样的英雄是本城的幸运。

维克托依照惯用的手法，把大部分文字涂黑了，只剩下了这些：

━━━━━一幕━━━━━━━━━━━━━━━━━━━━━━━━━━━━━━━
　　━━━━平民英雄━━━━━━━━━━━━━━━━━━━━━━━━━━━━
　　━━━━━━━━━━━━━━━━━━━━━━━━━━━━━不具名，
　　━━━━━━不祥的预感━━━━━━━━━━━━━━━━━━━━━━━
　　━━━━━━━━━━━━━━━━━━━━━━━━━━━━━━━━━
　　勇敢━━━━━━━━━━━━━━━━━━━━━━━━━━━━━无畏
　　━━━━━━━手无寸铁━━━━━━━━━━━━━━━━━━━━━━
　　在混乱中━━━━━━━━━━━━━━━━━━━━━━━━━━━━━
　　并未受伤。━━━━━━━━━━━━━━这是━━━━━━━━━━━
　　━━━━━━非凡的。

　　划掉这些词句，让维克托的内心找到了些许平静，但是修改后的新闻并没有改变原文中明显有误的部分。第一是劫匪，巴里·林奇。维克托让米奇做过调查，从为数不多的信息来看，巴里有好几个符合超能者的条件。他不仅经历过濒死状态，而且在接下来的几个月内，他多次逃脱警方的追捕，罪名都是持不明武器进行抢劫。警察从未在他身上搜到过武器，所以只好放了他；维克托怀疑巴里本身就是武器。

　　相比疑似超能者，他更关心的——也更感兴趣的——是平民英雄的照片。他请求不具名，但是不具名和匿名是不一样的，尤其对报纸而言，而且报道底下还附有一张照片。这是一张模糊的照片，上面的年轻人正扭头避开事发现场和镜头，却没能掩饰住那一瞬间他望向媒体记者的、满怀骄傲的回眸。

　　那人的笑容洋溢着青春和自信，和过去他常常对维克托露出的笑容一样，绝对不会认错。那种一模一样的笑容。

　　因为伊莱奥特·卡代尔丝毫没有衰老的痕迹。

XVII
十年前
洛克兰大学

伊莱一边大口大口地吸气,一边揉着胸口。他拼命地睁大双眼,企图聚焦视线。他环顾浴室四周,又望向遍地的毛毯,最后把颤颤悠悠的目光定格在维克托脸上。

"嗨。"他有气无力地说。

"嗨。"维克托应道,恐惧和惊慌余威未散。"你感觉怎么样?"

伊莱闭上眼睛,脑袋晃来晃去:"我……我不知道……我还好……我感觉。"

还好? 维克托压裂了他的肋骨,摸上去至少断了一半,伊莱却感觉*还好?* 先前那一次,维克托感觉跟死了一样。比死还难受。就好像体内的每一根筋都被拔出,被扭曲,被夹断。还有,维克托*没死*,对吧?刚才伊莱可不是那样的。他好好地坐在旁边观察过,确定了伊莱奥特·卡代尔已经是一具冻僵的尸体。也许是摔的那一下,或是三管肾上腺素的功劳。必须是的。但即便是摔了一下,外加远超正常剂量的肾上腺

素……还好?

"还好?"他大声问。

伊莱耸耸肩。

"你能……"维克托不知道该怎么问。如果他们那套荒诞的理论起效了,而伊莱莫名其妙地通过死而复生获得了某种超能力,他自己知道吗?伊莱似乎明白他想问什么。

"我是说,我的意念还没有点火启动,还没有制造大地震什么的。但至少我没死。"维克托听出来了,他言语中带有一点点侥幸。

两人坐在一堆湿毯子里,浴室的地板上全是水,整个实验看起来蠢毙了。他们怎么愿意冒如此大的风险?伊莱又长长地轻吸一口气,然后站起来。维克托赶紧扶住他的胳膊,但伊莱甩开了。

"我说了我还好。"他说话时目光有意避开浴缸,然后走出浴室,进房间找衣服去了。维克托最后一次把手伸进装满冰水的浴缸,拔起塞子。等他清理完毕,伊莱穿戴整齐地出现在起居室里。维克托看到他正照着墙上的镜子,眉头微微皱起。

伊莱忽然晃了晃,他一手扶着墙,稳住身子。

"我觉得我需要……"他开口道。

维克托以为这句话会以"看医生"结尾,结果伊莱从镜子里与他对望,然后微微一笑——并非那种灿烂无比的笑容——说:"喝一杯。"

维克托尽力扯动嘴角,佯装微笑的样子。

"这我办得到。"

· · ✟ · ·

伊莱坚持要出门。

维克托却觉得,他们可以舒舒服服地待在公寓里喝个痛快,但因为伊莱经历了两次创伤实验,似乎特别想出门庆祝一番,维克托也就由着他了。此时他们俩都还没有喝醉——至少维克托没有;看样子伊莱精确计算过他所吸收的酒精量——在从酒吧返回公寓的便道上,他走得晃晃悠悠,但也没到需要叫车的地步。

尽管气氛不错,两人还是尽量避免谈及先前的实验和伊莱的运气——其实他们俩都是——有多么好。看样子两人对于这个话题兴味索然,况且一点儿超能力的迹象都没有——只有运气挺超常的——两人除了谢天谢地,也没有洋洋得意的理由。他们还真这么干了,在跌跌撞撞走回家的路上,两人遥对天空,装模作样地摆出敬酒状,然后把想象中的满满一杯酒水倒在路面上,不管是敬献给大地、上帝还是命运等怪力乱神,总之感谢各路神灵大发慈悲,让他们俩尽了兴,还保住了小命,明白了这几天的折腾不过是一场闹剧。

尽管雪花飞舞,维克托却感觉暖洋洋的,浑身充满活力,就连前次濒死经历所残留的一丝疼痛也不恼人。伊莱晕晕乎乎地仰望夜空,然后跨过人行道的边沿——应该说企图跨过——但脚后跟绊了一下,他顿失平衡,跪倒下去,双手撑在一块满是污雪、车辙和碎玻璃的地上。他倒吸一口气,猛地缩回手,维克托一眼就瞥到血了,一抹猩红在铺满积雪的肮脏街道上格外刺眼。伊莱顺势坐在人行道边,掌心对着附近的路灯,以便看清伤口,只见啤酒瓶的碎渣嵌在肉中闪闪发亮。

"哎呀。"维克托俯身查看那道割伤,却险些摔倒,还好眼疾手快扶住了路灯。伊莱轻声咒骂着,取出最大的一块碎玻璃。

"估计我得缝几针了吧?"

他举起血糊糊的手掌给维克托看,那意思好像是更信得过维克托的观察和判断。维克托眯起眼睛,正打算装腔作势地说两句,突然发现情况不对。

伊莱掌心的割伤慢慢地合拢了。

先前在维克托眼中旋转的世界戛然静止。纷纷扬扬的雪花定格于半空，呼出的白雾挂在唇边。世间万物全都凝固不动，只有伊莱的皮肉在神奇地愈合。

伊莱肯定也感觉到了，因为他放下手掌，搁在膝上。在两人的注视下，那道从小指斜拉到拇指的割伤竟然自行合拢了。不过片刻的工夫，血止住了——已经流出的血在皮肤上渐渐干涸——伤口变成了一条皱巴巴的纹路、一道浅浅的疤痕，又过了一会儿，几乎看不见了。

伤口就这样……消失了。

他们眨巴着眼睛愣了半天，才理解到这件事意味着什么、他们实现了什么。这是超自然现象。

这正是超能力。

伊莱还在用拇指摩挲着新生的皮肤，维克托先开口了。他镇定的语气和生动的表达，与此情此景完全契合。

"真是见鬼了。"

··✠··

维克托仰头盯着公寓楼的屋顶与阴沉夜空的交界处。他只要闭上眼睛，就有种摔倒的错觉，似乎就快栽倒在砖头地上了，所以他努力睁大眼睛，聚精会神地望着半空中那条神奇的接缝。

"你进不进来？"伊莱拉着房门催促道。

他眼里闪烁着狂热的光芒，迫不及待地想要进去找点东西，好把自己弄伤。维克托并不怪他，只是没什么心思整晚旁观伊莱自残。在回宿舍的途中他就没停过手，伤口愈合前流出的鲜血，点点滴滴地在雪地里洒了一路。维克托已经见识过这种能力。伊莱是超能者，有血有肉（血肉可以再生）的超能者。在伊莱刚刚恢复元气、尚未表现出超能力的时候，维克托有一种如释重负的感觉。然而回宿舍的这一路上，当伊莱的新能力一次次闯进他醉醺醺的视线，维克托只感到一阵阵恐慌。他势必降级为助手、记录员和听凭伊莱颐指气使的摆设。

不。

"维克,你到底进不进来?"

好奇和嫉妒同时啃噬着维克托的心,要做到完全不露声色,克制住残害伊莱的冲动——至少是有所企图——唯一的办法就是走开。

他摇摇头,却又站住了,天旋地转的晕眩感再度袭来。

"你接着玩,"他挤出一丝微笑,眉眼却全无笑意。"再找些锋利的玩意儿玩玩。我要去走走。"他迈步走下台阶,三步之内有两次差点摔倒。

"你能走路吗,维尔?"

维克托向屋子里的伊莱挥挥手:"我不开车。就是去透透气。"

说完,他走进夜色中,脑子里冒出两个念头。

第一个很简单:尽量与伊莱保持距离,以免做出什么让自己后悔的事儿。

第二个比较难办,稍微一想就觉得浑身疼痛,但他别无选择。

他必须制订下一步的濒死计划了。

XVIII
两天前
君子酒店

我想要相信的不止如此。我们所能做的不止如此。老天啊,我们可以成为英雄。

看到新闻照片上伊莱那张容颜依旧的面孔,维克托胸口一紧。这种情况着实诡异——伊莱在他脑海中的模样是十年前的,竟与现实完美契合,犹如这张报纸照片的复印件。不管怎么看,过去的伊莱和现在的伊莱一模一样……其实也有些微的差别。岁月在维克托身上刻满沧桑,却未能影响到伊莱。他的模样丝毫没有衰老,但学生时代常挂嘴边的傲慢笑容,如今多了几分残酷的意味。好似他终于摘下那张佩戴多年的面具,露出了深藏其后的真容。

维克托擅长观察分析,擅长推断事物运作的方式,尤其是对他。此刻,维克托看着照片,内心……十分矛盾,憎恨这个词不足以形容他的感受。鲜血、死亡和科学,把他和伊莱紧紧联系在一起。他们过去非常相似,如今更甚。维克托想念过伊莱,想见他,想看他受罪,想在亲手造就痛苦时,直视伊莱的双眼。维克托想吸引他的注意。

伊莱就像扎在维克托肉里的一根刺,疼得钻心。他可以关闭体内的全部神经,但对于想起卡代尔时心里的痛,他无能为力。最大的坏处是,知觉上的麻木屏蔽了一切疼痛,却唯独带不走这难受的情绪,令他抑制不住地想要伤害、破坏和杀戮,可怕的欲望如浓稠的糖浆般将他裹住。惊惶下,他只好恢复身体的知觉。

如今,距离伊莱如此之近,这根刺似乎扎得更深了。伊莱在梅里特做什么?十年时间不算短。十年足以脱胎换骨地塑造一个人,有维克托为证。伊莱呢?他变成了什么样的人?维克托忽然有种强烈的冲动,想要烧掉照片或是将它们撕个粉碎,似乎破坏了这张报纸就能伤害到伊莱。这当然做不到,怎样都做不到。于是他坐下来,把报纸搁得远远的,以免勾起他的破坏欲。

新闻称伊莱为*英雄*。

维克托忍不住笑了。用词固然荒唐可笑,另外还造成了一个问题,倘若伊莱是英雄,打算阻止他的维克托岂不成了坏蛋?

他狠狠地灌了一口酒,脑袋一仰,靠在沙发上,*即便如此,也无妨*。

XIX
十年前
洛克兰大学

次日,当维克托从实验室回到宿舍时,发现伊莱正坐在餐桌旁割自己的肉。他穿着运动裤和衬衫,还是昨晚看到的那一身——夜里维克托醒了几分酒,打定主意后,最终还是从实验室走回了宿舍。维克托拿起一根巧克力棒,把背包挂在餐椅的靠背上,然后一屁股坐下去。伊莱的行为实在令人倒胃口,但他还是撕开包装,尽量不去多想。

"你今天不是要去医院实习吗?"维克托问。

"完全意识不到。"伊莱满怀虔诚地喃喃道。他拔出小刀,胳膊上的伤口随之愈合,一抹殷红转瞬即逝,仿佛某种恶心的魔术。"我阻止不了组织的再生。"

"真可怜,"维克托冷冷地取笑道,"如果你不介意……"他拿起巧克力棒。

伊莱割到一半,停了下来:"情绪不稳定?"

维克托耸耸肩:"就是有点心神不宁。"他说,"瞧你那形象,睡觉了没？吃饭了吗？"

伊莱眨眨眼，把小刀放到一边："我一直在思考。"

"光靠思考可活不下去。"

"我思考的是这种能力，自愈能力。"他说话时眼里异彩闪烁，"潜在能力有那么多，我为何偏偏有了这种能力。也许不是随机分配的，也许和一个人的性格有关，也许是他们精神的投射。我想搞清楚——"他抬起沾满血污却完好无损的手，"我投射出这种能力的原因。他为什么给我——"

"他？"维克托不敢相信自己的耳朵。一大早的，他没心情谈论上帝。"根据你的理论，"他说，"是大量涌入的肾上腺素和求生的渴望，给了你天赋。不是上帝。这不是神学，伊莱。这是科学和概率。"

"从某个角度来说可能是的，但当我踩进冰水里的时候，我就把命运交到他手里——"

"不，"维克托打断他的话，"你把命运交到了*我*手里。"

伊莱半晌无言，手指轻轻地敲击桌子。过了一会儿，他说："我需要一把枪。"

维克托刚咬了一口巧克力，差点噎住："干什么？"

"严格地测试一下自愈的速度。这还用问。"

"不用问。"维克托吃完了零食，看着伊莱离开桌子，倒了杯水。"其实，我也一直在思考。"

"思考什么？"伊莱靠着台子问道。

"轮到我了。"

伊莱眉头微皱："你试过了。"

"再试一次，"维克托说，"我想今晚就办。"

伊莱歪着头端详维克托："我认为这不是个好主意。"

"为什么？"

伊莱一时语塞。"你住院时手腕上的勒痕还没消呢，"他终于开口了，"至少等你好些了再说。"

"说实话，我感觉不错。好多了，好得不能再好了。我感觉自己就像阳光下闪闪发亮的玫瑰。"

维克托·维尔当然没有闪闪发亮的感觉。他浑身肌肉酸痛，血管异常缺氧，还有挥之不去的头痛——从他在医院的白光照耀下睁眼醒来时，就开始难受了。

"你安心养养身子，好吗？"伊莱说，"然后我们再谈接下来的事。"

这番话没什么可挑刺的，但维克托不喜欢他说话的方式，就是那种拐弯抹角否决对方的语气，本来说的是"不"，偏要委婉地换成"先不要"。真不该这样。伊莱又开始摆弄起刀子，不再理会维克托。

他紧咬牙关，忍着没破口大骂。短暂地沉默后，维克托慢慢地耸了耸肩。

"好吧，"他说着，把背包甩到肩上，"也许你说得对。"他打了个哈欠，露出倦怠的笑容。伊莱也笑了笑，随后维克托便转身走向起居室，进了自己的房间。

半路上，他顺手摸了一支肾上腺素注射器，关上了房门。

· · ✝ · ·

维克托讨厌嘈杂的音乐，也讨厌成群的醉鬼，而聚会上两者都有，这对想要保持清醒的维克托来说简直难以忍受。不喝酒，这次坚决不喝。他希望——同时也需要——保持敏锐的感观，尤其是他打算单独行动。伊莱十有八九还在宿舍里割肉，他肯定以为维克托在房间里生闷气或是搞学习，又或是一边生闷气一边搞学习。其实维克托早从窗户翻了出去了。

他觉得自己回到了十五岁，在学习日的晚上溜出去参加聚会，而他的父母还坐在起居室里，对着电视上那些愚蠢的节目傻笑。不过维克托觉得，既然要神不知鬼不觉地溜出去，也只能这样做。不给留在家里的人逮到他的机会。

维克托在人群中穿行，并未引起多少关注，但也不是完全无人理会。有那么几个人回头扫了两眼，主要是因为他很少出席这种场合。他选择当局外人，必要的话，也能像模像样地混进社交圈子，但一般情况下，他更愿意远远地观望，大多数同学倒也喜闻乐见。

这次他来了，在人堆里闪躲穿梭，在音乐声中踩着黏糊糊的地板前行。外套的内袋里装有那支肾上腺素注射器，上面贴着一张小小的便签纸，写的是"请使用"。此时，维克托置身于灯光、噪声和人群之中，感觉自己穿越到了另一个世界。普通的毕业班学生就是这么过日子的吗？喝酒，跳舞，人和人像拼图似的紧紧相扣，在嘈杂的音乐声中什么也不想？大一那年，安吉带他参加过几次聚会，但和这次不一样。他不记得音乐和啤酒了，只记得她。维克托眨了眨眼，回到现实中来。他用汗涔涔的手拿起一个塑料杯，把里面的东西倒在一钵早已枯萎的盆栽里。拿点东西是有用的。

有那么一会儿，他站在联谊会大楼的阳台上，低头看着冰层底下缓缓流动的湖水。这景象令他止不住地颤抖。他知道，要得到最理想的结果，应该效仿伊莱才对，复制已有的成功，但维克托不能——也不愿——那样做。他必须找到自己的方式。

他离开阳台的栏杆，回到大楼里面，又在各个房间来回穿梭，一边张望，一边盘算。他惊讶于可选择的自杀方案如此之多，而能确保活下来的选项又是如此之少。

然而，维克托打定了主意：不完成这件事，他决不离开。他不愿意回到他和伊莱的宿舍里，眼巴巴地看着伊莱兴高采烈的样子，为其永生不死的异能大惊小怪，而他自己却没有尽到**全力**。维克托不愿意傻站在那儿,卑躬屈膝地帮伊莱做记录。

维克托·维尔才不是什么操蛋助手。

他第三次绕场一周时,搞到了据他估算足以造成心脏停跳的可卡因(他不大确定,因为缺乏相关经验)。维克托是分别从三个学生手里买到的,每个人都只有很少的量。

他第四次在房间里转悠,正在积攒使用可卡因的勇气,忽然听到有人喊话。前门打开了——音乐声太响,他听不到开门声,但他在楼梯上感觉到了涌进来的寒气——有一个女孩尖叫道:"伊莱!你来了!"

维克托轻声骂了一句,赶紧上楼。他在人群中穿行时,又听见有人提到他的名字。他挤过人群,来到二楼的平台,发现有一间顶头带浴室的卧室,里面没人。他走到半路,停下脚步。墙上有一排书架,正中央醒目的大写字母跃入眼帘——是他的姓氏。

他从书架上抽出一本厚重的励志书,然后打开窗户。这是一套专讲情绪活动与反应的丛书,他扔下去的是九本当中的第六本,它落在覆盖薄雪的地面上,发出一声悦耳的闷响。维克托关上窗户,走进浴室。

他在盥洗台上把东西按顺序摆好。

首先,是他的手机。他编辑好了给伊莱的诗发送短信,随时备用。第二,肾上腺素注射器。那时他的体温会升高,但愿一次直接注射就能起效。只是身体可能有点吃不消,但他打算做的事情没一件是好受的。他把注射器放在手机旁边。第三,可卡因。他先把它们堆在一起,然后用一张从口袋里摸出来的旅馆房卡,将其一条条分开——房卡是某年冬天被父母拖去旅游时的遗留物。实际上,这种教育方式可能导致大多数孩子嗑药,而维克托从未想过沉迷其中,不过,他对于如何嗑药还是相当清楚的,这要感谢罪案电视剧的耐心讲解。他照搬电视剧的镜头,把可卡因分成七条后,从钱包里抽出一美元的纸币,卷成了细细的吸管。

他望向镜子。

"你想活下去。"他对着镜子里的自己说。

镜子里的他看起来半信半疑。

"你必须撑过去,"他说,"必须的。"

然后他吸了口气,弯腰准备吸第一条。

一只胳膊凭空出现,突然勒住他的喉咙,向后一拉,把他摔到镜子对面的墙上。维克托急忙稳住身子,正好看见伊莱伸手扒拉价值数百美元的可卡因,把它们统统扫进了盥洗池里。

"他妈的干什么?"维克托嘶声吼道,扑过去阻止。可惜他的速度不够快。伊莱抬起沾满可卡因的手掌,把他推了回去,抵着墙按住,在他前胸的黑衬衫上留了一个白手印。

"搞什么鬼?"伊莱重复他的话,语气冷静得可怕,"他妈的干什么?"

"你不该来这儿。"

"你一来参加聚会,他们就注意到你了。埃利斯看到你就给我发了短信。然后马克斯发短信说,场子里的可卡因都被你买光了。我可不傻。你想什么呢?"他用另一只手抓起盥洗台上的手机,看了看短信,发出一阵似笑非笑的怪声。然后他揪紧了维克托的衣领,把手机扔进淋浴间,手机被摔成了好几块。

"如果我没听见手机响怎么办?"伊莱放开了他,"然后呢?"

"然后我就死了。"维克托故作平静地说。他的余光扫向肾上腺素笔。伊莱也注意到了。维克托还来不及行动,伊莱一把抓起注射器,插进自己的腿部。液体涌进体内,冲击他的心肺,但伊莱只是咬紧牙关,发出一声低低的呻吟,片刻工夫就恢复如常。

"我只是要保护你。"伊莱说着,把用完的注射器丢到一边。

"真不愧是英雄,"维克托低声吼道,"现在你可以滚了。"

伊莱端详着他,说道:"我不会把你一个人丢在这里。"

维克托的目光越过他,扫向盥洗台,边沿还有残余的可卡因。

"我们楼下见。"他指了指身上的衣服,还有盥洗台和手机。"我要收拾一下。"

伊莱没有动。

维克托冷冷地与他对视:"我身上什么都没了。"一抹笑意在他唇边闪过,"不信你搜。"

伊莱轻笑一声,表情却极其严肃:"这么做是不行的,维克。"

"你怎么知道?就因为冰有效果,不代表别的方法都没——"

"我不是说方法,我是说一个人。"他抬起没沾粉末的手,搭在维克托的肩膀上,"你不能一个人尝试。向我保证,你再也不这么干了。"

维克托没有移开视线:"我保证。"

伊莱走过他身边,进了卧室。

"五分钟。"他说完便出去了。

维克托听到伊莱打开房门,嘈杂的声响涌了进来,随着他关上房门,声响又瞬间消失。维克托走到盥洗台前,摸了摸台子,白色的粉末随之掉落。他握紧拳头,砸向镜子。镜子破了——正中央出现一道长而平滑的裂缝——但没有粉碎。维克托感到指关节刺痛,他顺手在盥洗台底下乱摸,想找条毛巾擦掉残留的粉末。忽然,他不知碰到了什么东西,一阵刺痛从指尖传导上来。他本能地缩回手,发现墙上有个插座,旁边贴着一张便笺,潦草地写着"插座已坏,切勿触碰"。

还有人用红笔加了一个标点。

维克托皱起眉头,他的手指因为小小的刺激而阵阵发麻。

随后,时间凝固了。他肺里的空气,水槽里的水,卧室窗外的风雪。所有的一切都定格了,正如昨晚他和伊莱在街上晃悠时一样,但这一次不是伊莱的手,是维克托的手,因为电击产生了轻微的灼烧感。

他有主意了。维克托从淋浴间的地板上捡起摔成三瓣的手机,拼好后开始编写短信。维克托保证过他不会一个人尝试。说到做到。但他不要伊莱帮忙。

救我，他写道，又写了联谊会大楼的地址。

然后，他按下发送键。

XX
两天前
君子酒店

走廊尽头的房门后，希德妮·克拉克蜷缩在一堆毯子里。她听见了维克托从另一间房里传来的脚步声，如水滴般缓慢、轻柔而笃定。她听见了玻璃的破碎声，水龙头的流水声，紧接着又是一阵啪嗒啪嗒的脚步声。然后她听见了米奇沉重的步伐，含糊不清的对话，以及透过墙壁传来的语调。最后她听见米奇回到了走廊，随后，一切都安静下来。一种诡异的寂静取代了维克托啪嗒啪嗒的腘步声。

希德妮信不过寂静。她越来越相信，寂静是坏事，是一种错误的、反常的、僵死的事物。她从陌生酒店的陌生大床上坐起来，一双水蓝色眼睛望着房门的方向，似看非看，同时竖起耳朵，透过木头和外面的寂静，仔细聆听。还是什么都没有。她溜下床，套着偷来的宽大卫衣，光着脚出了房门，走进敞阔的套房起居室。

维克托那只缠着绷带的手搭在一张靠窗的沙发扶手上，一只浅口玻璃杯松松垮垮地吊在他指间，里面还剩一小口酒，看样子多半是融化的冰水。希德妮蹑手蹑脚地绕过沙发，来到他正对面。

他睡着了。

他的睡相并不安宁，但呼吸轻浅而均匀。

希德妮爬上一把椅子，端详着这个救了她……不，她是自救……但找到了她，带她进来的男人。她不知道这人是谁，也不知道该不该害怕。虽然希德妮并不害怕，但她知道，恐惧不可信赖，当然缺乏恐惧也不可信赖。她从不害怕她的姐姐塞雷娜，也不怕姐姐的新男友（至少害怕的程度还不够），瞧瞧她得到了什么下场。

中枪。

于是她蹲在皮椅上，观察睡梦中的维克托，似乎那一道道舒展不开的眉间皱纹，可以重新排列，透露他所有的秘密。

XXI
十年前
洛克兰大学

大一那年，伊莱还没进校，安吉被维克托所吸引。在某些方面，他们截然相反——安吉似乎对什么都不大上心，而维克托似乎对凡事都过于上心——但在别的很多方面，他们又非常相似：年轻，聪明狡黠，对于大学同学们成群结队的行动及其摆脱父母管束后表现出的幼稚本性，他们同样缺乏耐心。维克托和安吉有一样的想法，他们常常需要金蝉脱壳，有效地逃离他们根本不愿置身的环境，和他们不愿相处的人。

于是某一天，两人坐在美食城的美食厨房里，设计了一个极其基本的暗语。

救我。

按照约定，这个暗语不可滥用，同时必须严肃对待。先救人，再提问。一旦密码附上地址发送出去，就意味着发送人急需对方帮忙脱离当前的境况，不管是聚会、学习讨论会，还是一次糟糕的约会。维克托本人从未有幸与安吉约会，连糟糕的也不曾有过，除非算上他俩救出对方后偶尔一起吃饭的场合——维克托还真的算上了。那些夜晚,他俩每次都在校外的同一家汉堡店头碰头喝奶昔。他偏爱巧克力味,她却喜欢一种乱七八糟的混合味,浇上各种调料和辅料。其实他并不介意,反正他也记不住奶昔的滋味,只记得安吉的嘴唇被冻得鲜红,娇嫩欲滴的样子很迷人。还有每次他俩抢着喝的时候,那种近到鼻尖就快相互轻触的距离,他甚至看见了她眼睛里的绿点。他会一边拈着薯条,一边给她讲讨论会上的那帮蠢货。她则哈哈笑着,舀光最后一点奶昔,回忆刚才那次约会的场面有多尴尬。当她讲到那些令人反感的细节时,维克托的眼珠子便骨碌骨碌地转,心里想着要是他在场肯定不一样,同时由衷地感谢某人——无论是谁——把安吉逼到了紧急求援的地步。

然后为他所救。

救我。

维克托第一次考虑使用密码,已经是一年半之前的事情了。最后一次使用时,伊莱还没出现——当然也在他俩如胶似漆之前——但这一回,安吉还是来救他了。

她开着那辆掀背车,进了联谊会大楼的停车场。此前,维克托半爬半摔地翻出了窗户——他正是从这扇窗子里把父母的大作扔了出去——然后到停车场等候救援。有那么一会儿,极为短暂的瞬间,在他钻进汽车之后、作出解释之前,感觉像是重回他们俩深夜出逃的大一时光,他特别想叫安吉开到老地方——那家汉堡店。他们可以舒舒服服地窝在餐位里,他说这种聚会简直没救了,然后她哈哈大笑,一切的不愉快都如过眼云烟。

结果她开口便问伊莱在哪儿,美好的瞬间随即幻灭。维克托闭上眼睛,请她开车去工程实验室。

"那里关门了。"她说,但还是掉转车头开了过去。

"你有门禁卡。"

"你要干什么?"

连维克托自己都没想到,他竟然把一切和盘托出。安吉知道伊莱的论文,但他说了最近的发现,以及濒死经历的作用。他说自己希望测试这一理论正确与否。他也说了自己的计划。唯一没告诉她的,是伊莱已经尝试过,并且取得了成功。他打算暂时保密。值得肯定的是,安吉始终侧耳倾听。她死死地捏着方向盘,指节泛白,双唇紧抿,并未打断维克托。等她开到实验室的停车场时,维克托也讲完了,她一言不发地停好车,熄了火,坐在驾驶位上扭头看着他。

"你疯了吗?"她问。

维克托勉强挤出一丝笑容:"应该没有。"

"我来梳理一下。"她说。一头短短的红发勾勒出她的脸庞,因为寒冷天气,头发翘了起来。"你认为如果你死了,然后想办法活过来,你就会变成那什么,X战警之类的人物?"

维克托笑了。他感到喉咙发干:"我希望是万磁王。"

调节气氛的尝试失败了,介于震惊、恐惧和恼怒之间的表情牢牢地定格在安吉脸上。"听着,"他换上严肃的语气,"我知道这听起来很疯狂——"

"当然了,这本来就很疯狂。但我可不打算帮你了断性命。"

"我没想死。"

"你刚才的意思就是你想死。"

"我是说,我不想死透。"

她揉揉眼睛,把额头贴到方向盘上,发出一声呻吟。

"我需要你,安吉。如果你不帮我——"

"你还敢说这种话——"

"——我就只能自己再做一次尝试——"

"再做一次?"

"——到时候做了什么傻事我可没法自救。"

"我们可以找人帮你。"

"我不是要自杀。"

"没错,你有妄想症。"

维克托仰头靠着座椅。他的口袋在振动。他没有理会,但是过不了多久伊莱就会联系安吉。他的时间不多了,肯定不足以说服安吉。

"你为什么不直接……"安吉对着方向盘嘀咕,"比如说,过量用药?安乐死?"

"疼痛很重要。"维克托解释道,他说的时候心里一颤。对于他要做的事情,安吉并不是特别在乎,只是因为被卷进来而恼火。"疼痛和恐惧,"他又说,"这是两个关键因素。老天,伊莱可是在冰水里自杀的。"

"什么?"

打出这张王牌的同时,一抹冷酷而得意的笑容爬上他的嘴角。维克托知道伊莱还没有告诉安吉,他就指望这招杀手锏了。她的眼里果然流露出遭到背叛的神色。她下了车,关上门,靠在车身上。维克托也跟着下车,从车头绕过去,在雪地里留下一串脚印。透过半透明的茶色玻璃,他看见安吉的手机搁在驾驶位上,正面有红灯闪烁。维克托走到安吉身边。

"他什么时候干的?"她问。

"昨晚。"

她低头盯着铺在地上的一层薄雪,半晌无言。

"可我今早去看过他,维克。他很正常啊。"

"是的,因为成功了。这办法能行。"

她呻吟着说:"这太疯狂了。你们都疯了。"

"你知道我们没疯。"

"为什么他……"

"什么都没告诉你?"维克托忍不住刺激她。外套太薄,他冻得瑟瑟发抖。

"他最近是有点奇怪,"她嘀咕道,继而回过神来。"你要我帮的忙……太疯狂了。我受不了。"

"安吉……"

她抬起头,眼神锐利:"我不相信你。如果出了岔子呢?"

"不会的。"

"万一呢?"

他的手机在口袋里愤怒地狂振。

"不会。"他尽量以平静的语气说,"我吃了药。"

安吉的眉头拧成一个结。

"我和伊莱两人,"他解释起来,"分离出了一些在生死攸关的时刻产生的肾上腺混合物。我们将其制成了药。这种药说白了就像扳机。或者说是助推器。"

尽管是胡扯,但他知道安吉吃这一套。科学至上,即便是瞎编乱造的科学。安吉骂了一句,双手插进外套口袋里。

"妈的,真冷。"她咕哝着,走向那座大楼的前门。工程实验室这地方比较麻烦,维克托知道。这儿有监控探头。如果真的出了岔子,有监控视频可以调取。

"伊莱现在在哪儿?"她刷下门禁卡的时候问,"既然是你们一起做的实验,你为什么来找我?"

"他正忙着体会神一般的感觉。"维克托悻悻地说。他跟随安吉穿过安全门,然后抬头张望,搜寻监控仪器发射出的红光。"听着,你要做的就是使用电流关闭我,再将我重启。别的都交给药物。"

"我研究的是电流及其对设备的作用,维克托,不是对人。"

"身体也是机器。"他淡淡地说。安吉带领他走进一间电气工程实验室，按下开关，室内的灯亮了一半。有一面墙的墙边堆满了设备，是各种各样的仪器，有些看起来是医用的，除此之外都是专业设备。房间里摆满了既长又窄的桌子，足够一个人躺在上面。他能感觉到身边的安吉有些犹豫。

"我们必须计划下，"她说，"给我一两周时间，说不定我可以改装这里的机器，用来——"

"不。"维克托走到机器旁，"今晚就得干。"

她惊得目瞪口呆，还没来得及反驳，维克托就拾起先前的谎言，接着编了下去。

"我说的那种药……我已经服用了。药物如同开关，打开还是关闭，取决于身体所处的状况。"他抬起双眼，沉稳地迎上安吉的目光，暗暗祈祷她对所谓的肾上腺混合物远不及对电路那般熟悉。"如果不能立刻开始，安吉——"他假装痛得龇牙咧嘴，"那种混合物就会害我丧命。"

她吓得面无血色。

他屏住呼吸。

手机又一次振动起来。

"还有多久？"她终于问道。

维克托向她走近一步，有一条腿似乎受了伤，无力支撑。他痛苦万分地扶着桌子，再次与安吉对视。这时，口袋里的振动戛然而止。

"没几分钟了。"

· · ✝ · ·

"真是疯了。"安吉一遍又一遍地低语，她正把维克托的腿捆在桌子上。尽管四周的机器已经启动，发出了嗡嗡的蜂鸣声，安吉也忙着用橡皮带缠绕他的脚踝，但他仍然担心她反悔，所以又假装疼得弯下腰，蜷缩成一团。

"维克托，"她急切地问，"维克托，你还好吗？"她的声音充满痛苦和恐惧，令维克托有几分心软。他很想褪去伪装，安抚她的情绪，保证一切都会好起来，但他终究忍住了。

他只是点点头，咬着牙关催促道："快。"

她匆匆打了结，示意维克托可以抓住两边的包胶把手。她的一头红发平日总是凌乱不堪，今晚却盘绕在脸颊两边。在维克托看来，这样的形象实在过目难忘。真美。他们初次邂逅的那一天，安吉就是这般模样。那年九月非常炎热，她脸颊通红，在潮湿的空气中，她的头发仿佛有了生命。他的目光越过课本，看到她站在美食城的大门口，抱着一个文件夹，正扫视全场，神色茫然而冷漠。随后，安吉的目光落到维克托读书所在的桌子上，脸庞顿时明亮起来。亮度不算太高，但她走过来时一路上都在发光，最后毫不客气坐在他对面的椅子上。第一天，他们连话也没说一句，只是共同度过了一些时辰。后来安吉提到过他们俩在同一个频率上。

"维克托。"安吉喊出他的名字，将他的注意力拉回到这张冰冷的桌面。

"我想告诉你，"安吉说着，把传感器挨个儿固定在他胸前，"我这辈子都不会原谅你。"

维克托在她的触碰下颤抖："我知道。"

他的外套和衬衫已经脱下来了，扔在一把椅子上，口袋里的东西也掏出来搁在上面。在钥匙、钱包和医学预科实验室的证章之间，是调到静音模式的手机。它恼怒地闪着光，先是蓝色，再是红色，然后又是蓝色，如此反复，表明其收到了未读的语音留言和短信息。

维克托冷冷一笑。太晚了，伊莱，轮到我了。

安吉站在一台仪器旁，啃着手指甲，另一只手搭在刻度盘上。仪器发出呼隆呼隆的响声，指示灯不断闪烁。维克托不懂这种语言，因此倍感惊恐。

安吉似乎瞟到了什么，走过去拿起，又回到他身边。原来是一根橡胶带。

"你知道怎么做。"维克托的语气异常平静，连他自己都惊讶。其实，皮囊底下的全副身心都在颤抖。"先从低档开始，再调高。"

"关闭，重启。"安吉低声说，然后把橡胶带递到他嘴前，"咬着。"

维克托最后深吸一口气，强迫自己张开嘴。牙齿在橡胶带上咬合，两手在小小的把手上握紧。他做得到。伊莱沉在水里不动。维克托照样可以。

安吉回到仪器旁。他们四目相对的瞬间，一切都消失了——实验室，嗡鸣的仪器，超能者的存在，伊莱，还有维克托和安吉共饮一杯奶昔之后的岁月——他单纯因为她的目光、她的注视而无比快乐。

然后她闭上眼睛，把刻度盘拨动了一下，维克托的脑子顿时空了，只剩疼痛肆虐。

· · ✝ · ·

维克托的背部紧贴桌面，浑身冷汗淋漓。

他无法呼吸。

他拼命地吸气，指望疼痛暂缓侵袭，获得片刻的喘息。他指望安吉改变主意，不再坚持，就此罢手。

然而安吉又拨动了刻度盘。

恶心的感觉瞬间被淹没，尖叫的本能喷涌欲出，他紧咬橡胶棒，牙齿都快咬碎了，仍有一丝呻吟挤出去，他认为安吉肯定听见了，然后就会关掉仪器，但刻度盘再次调高。

更高。

更高。

维克托感觉快要失去意识了，然而还不等他晕厥，刻度盘继续转动，一阵撕心裂肺的痉挛把他的意识猛地拽了回来，身体、桌子、房间、现实如此真切，无法逃脱。

疼痛把他禁锢在原地。

疼痛将他五花大绑，刺透肢体的每一根神经。

他企图吐出橡胶带，可张不开嘴，下颚动弹不得。

刻度盘接着调高。

每一次，维克托都以为刻度盘已经到了最大值，疼痛不可能再强烈了，结果却是愈演愈烈。尽管嘴里还咬着橡胶带，维克托似乎听见了自己的惨号，感觉到身体的每一根神经都在崩断，他希望停止这一切。他希望停止这一切。

他想恳求安吉，可橡胶带阻断了言语，刻度盘再度调高，空气中充斥着坚冰碎裂、撕扯纸张和静电噼啪的声响。

黑暗在周围忽闪，他渴望黑暗的吞噬，因为那样便没有疼痛了，但他不想死，他害怕黑暗是死亡的使者，所以他拼命地抵抗。

他感到自己在哭泣。

刻度调高。

握住把手的手掌无比生疼，卡在那里动弹不得。

刻度调高。

他这辈子头一次希望自己信仰上帝。

刻度调高。

他感到心脏漏跳了一拍，嘎吱嘎吱地磨蹭，然后连跳两次。

刻度调高。

他听见有台仪器发出提示声，继而警报大作。

刻度调高。

再然后，一切都停止了。

XXII
两天前
君子酒店

希德妮看见维克托的眉头越皱越深。他一定在做梦。

夜深了。落地玻璃外的天色已黑——或者说，对于这样一座城市而言，这就算是黑夜了——她站起来，伸了个懒腰，打算回到自己的床上。这时，她瞟到了那张报纸，顿时感到脊背发凉。

摊开的报纸就搭在维克托所躺的沙发一侧。粗黑的线条最先吸引了她的注意，但留住目光的是下方的照片。希德妮胸口猛地缩紧，呼吸不畅，仿佛又一次溺水——塞雷娜的喊声从院子里传来，她身穿厚厚的冬装，胳膊挎着野餐篮，急切地催促希德妮快些，不然冰就全部融化了，其实在一层薄薄的霜雪覆盖下，湖面的冰已经融化——但当她强行闭上眼睛，包裹她的并非寒冷彻骨的湖水，而是一年后有关旷野的记忆，漫无边际的霜草、尸体以及姐姐的鼓励，接着是枪响，在耳畔回荡不休。

完全不同的两天，完全不同的两次死亡，重叠，旋转。她眨眨眼，驱散回忆，照片仍在原处，微笑的男子纹丝不动地盯着她，而她根本挪不开视线。在毫无知觉的情况下,她本能地伸出手,越过维克托,摸向印有照片的那张报纸。

一切犹如电光石火般发生。

希德妮捏住报纸,再次抬手时,前臂擦到了维克托的膝盖。她还来不及转移重心,收回身体,维克托猛地向前一冲,睁开空洞无神的双眼,一把钳住她细瘦的手腕。毫无征兆的,疼痛突然撕裂手臂,贯穿全身,如波浪般席卷了她。比溺水还难受,比中枪还痛苦,超越了她所经历的一切折磨,仿佛体内的每一根神经都崩裂了。希德妮只能做一件事。

她放声尖叫。

XXIII
十年前
洛克兰大学

疼痛再次袭来，维克托醒了，忍不住放声尖叫。

安吉慌乱地摆弄着他的双手，好不容易将其从把手上掰离。他抱着脑袋，狠狠地往前挣。为什么还有电流？疼痛犹如巨浪高墙，疯狂地冲击他的肌肉和心脏。安吉说了什么，但维克托痛苦不堪，每一寸皮肤都在被撕扯着，什么也听不到。他蜷缩着身体，拼命克制住凄厉的惨号。

为什么疼痛还不停止？为什么还不停止？

突然，像是触动了什么开关一样，疼痛瞬间消失，维克托的感觉……没有了。仪器早已关闭，零星闪烁的指示灯全都熄灭了。安吉说着什么，同时在他身上摸索，解开束缚脚踝的带子，但维克托什么也没听进去，只是低头瞧着自己的双手，体会这种突如其来的虚无感，仿佛电流掏走了所有神经，只给他剩下一副躯壳。

空空如也。

去哪里了？ 他心想。*还会回来吗？*

痛感神奇消失后，他不由自主地回忆疼痛的滋味，重建那种感觉，在他这样做的时候，开关又响了一声，能量凭空浮现，如静电般在房间里穿行。他听见空气中有沙沙的声响，继而是一声惨叫。维克托下意识地以为是自己在尖叫，然而疼痛已经脱离了肉体，在他的皮肤表面嗡鸣，却并未触碰。

他不知道如何应对这样的状况，只觉得反应迟钝、头晕目眩。既然哪儿都不疼，那是谁在惨叫？这时，一具躯体摔倒在桌边的地板上，思绪之间的断层忽然坍塌，他立刻恢复了知觉。

是安吉。不。维克托跳下桌子，看见她打着滚痛苦地哀号，他在心中大喊**快停**！然而房间里的电流嗡鸣声还在他周围蔓延。**快停**。她紧紧地揪住胸口。

维克托企图扶她起来，结果刚一碰到安吉，她的号叫却愈加惨烈。他吓得连连后退，不知所措。**是那种嗡鸣造成的**，他心想。非关掉不可。他闭上眼睛，在脑海中模拟刻度盘，试着调节某种看不见的仪器。他尽力平复心情，找到麻木的感觉。令维克托诧异的是，在如此混乱的环境中，他竟然轻而易举地恢复了平静。接着，他意识到房间里静得可怕。维克托睁开眼，看见安吉四肢舒展地躺在地上，仰着脑袋，双眼圆睁，一头红发如云朵般簇拥在脸颊周围。空气中的嗡鸣化作一声轻响消散无踪，可惜太迟了。

安吉·奈特死了。

XXIV
两天前
君子酒店

酒店房间里充斥着痛苦和杂音，一片混乱。

维克托头昏脑涨地醒过来，分不清自己是在大学实验室还是酒店的房间，安吉的尖叫在脑海回荡，而希德妮的尖叫响彻耳边。希德妮？可那女孩不见踪影，他正被米奇死死地按在沙发上。米奇浑身发抖，但丝毫没有松手的意思，阵阵嗡鸣萦绕在他们周围。

"关掉。"米奇咬着牙低吼道，维克托彻底清醒了。他微微眯眼，嗡鸣即刻止住，米奇整个人逐渐松弛下来，痛苦的迹象也消失了。他放开维克托的肩膀，一屁股坐在椅子上。

维克托轻吸一口长气，抬起手，慢慢地抚过脸庞，捋过头发，然后把目光落在了米奇身上。

"你还好吗？"他问。

米奇神色疲倦，一脸不快，但毕竟平安无事。这不是他第一次插手干预了。维克托知道，每当自己做噩梦的时候，别人总会遭殃。

"我好得很,"米奇说,"只是不知道她怎么样。"他抬手示意旁边那个人影;维克托将视线转向希德妮,只见她昏昏沉沉地坐在地上,浑身冒着豆大的汗珠。在意识到出事的瞬间,他就关闭了他们的神经感应系统,至少是在他有把握的范围内降低了敏感度,所以他知道希德妮的身体无恙。但她的神情是那么的惊恐不安。十年牢狱,维克托不曾尝过内疚的滋味,此时却在他心头涌起。

"很抱歉。"他轻声说。维克托本打算扶她起来,念头一转,却又起身走向了起居室里的浴室。

"米奇,"他扭头吩咐,"送她上床。"

说完他关上了门。

XXV
十年前
洛克兰大学

维克托没对安吉施救,他甚至没有尝试。即便他知道该救,又或者说想救,但在犯罪现场留下太多痕迹,实在对他不利。他拼命地吞着口水,深感不安——为自己在此时此刻表现出的冷静,也为自己想到的这个词。犯罪现场。没错,维克托能感觉到她已经死了。没有电荷。没有能量。

所以他做了唯一能够想到的事情——给伊莱打电话。

"你到底去哪儿了,维尔?"电话那头传来关上汽车车门的响声,"你觉得这么玩很有意思吧——"

"安吉死了。"

维克托不知道该不该说,但他来不及阻止,话就脱口而出。他以为这句话会卡在喉咙,哽在胸口,却没想到说出来时毫不犹豫。维克托知道应该恐慌才对,但他只有麻木的感觉,而麻木带来了平静。安吉死在脚边,他心想,可自己竟轻而易举地恢复了镇定,这是惊慌过度,还是有别的什么原因？电话那头沉默无语，维克托也不说话。最后伊莱开了口。

"怎么回事？"伊莱吼道。

"出了意外。"维克托一边摆弄手机，一边穿上衬衣。在绕过安吉的尸体去拿衣服的途中，他没有低头看一眼。

"你做了什么？"

"她帮我试了一次。我的设想成功了，后来——"

"什么叫成功了？"伊莱冷冷地问。

"我是说……我是说这一次成功了。"维克托表达得很清楚。伊莱显然听懂了，因为他没有回话，仍在电话那头等着往下听。维克托吸引了他的注意，这种感觉真好。然而出乎意料的是，伊莱对这次实验的兴趣，明显大过对安吉生死的关心。一直以来，是安吉遏制住伊莱体内的怪物。一直以来，是安吉挡在他们中间。他们俩在安吉身上都消耗了过多的精力，不是吗？维克托低头看着那具尸体，希望能捕捉到先前对她说谎时产生的内疚，可什么感觉都没有。他不知道伊莱在浴室地板上醒来时，是不是也有这种异样的超脱感。仿佛一切都真实存在，却又什么都不重要。

"告诉我事情的经过。"伊莱逼问道。他渐渐失去了耐心。

维克托四处张望，目光扫过桌子、橡胶带，以及先前嗡嗡作响的仪器，这玩意儿似乎坏了，保险丝已经烧断。整个实验室漆黑一片。

"你在哪儿？"因为维克托没有回答，伊莱恶狠狠地追问道。

"实验室。"他说，"我们当时——"疼痛突如其来。他心跳加速，嗡鸣破空而至，不过吸一口气的工夫，维克托难受得弯下腰。疼痛在他身上爆裂，穿透了他的躯体，点燃了他的皮肤、骨骼和每一寸肌肉。

"你们当时怎么了？"伊莱问。

维克托死死地抓住桌子，忍住尖叫的冲动。疼痛极其剧烈，仿佛体内的每一块肌肉同时痉挛，又好像是全身再次通电。**停下来**，他心想。**停下来**，他哀求。最后，他在脑海中想象出一个开关，然后将它关掉。痛感忽地消失了。

除了心跳降低、空气稀薄，他什么也感觉不到。维克托晕乎乎地喘着气，发现手机掉在油毡地垫上。他颤颤巍巍地伸出手，捡起来贴到耳边。

伊莱简直是在吼叫。"听我说，"他叫道，"待在那儿别走。我不知道你干了什么，但是千万别动。你听见了吗？别动。"

如果维克托没有听见咔嗒一声，或许他真的不会走。

他们宿舍里的电话是大学统一安装的。每次从墙上取下电话，就有轻微的咔嗒一声。就在伊莱用手机与他通话、叫他别动的同时，维克托正在穿外套，忽然听到话筒里传来微弱的咔嗒声。他皱起眉头。咔嗒声响过后，跟着是三声按键音：9—1—1。

"别动，"伊莱再次叮嘱他，"我马上过来。"

维克托装模作样地点点头，竟然忘了这不是与伊莱面对面讲话，撒谎太容易。

"好的。"他说，"我不走。"然后挂了电话。

维克托穿好外套，朝房间里扫了最后一眼。遍地狼藉。除尸体之外，现场并没有谋杀的痕迹，但安吉扭曲的姿态表明她绝非正常死亡。他从角落的盒子里拿了一块消毒湿巾，擦了擦桌上的把手。他恨不得把房间里所有的物品都擦一遍，但还是克制住了。那样就真像犯罪现场了。他知道这间实验室记录了他的行动，再谨慎也防不住。他也知道自己可能在监控探头里留下了影像。可他没时间了。

维克托·维尔离开实验室，拔腿就跑。

· · ✠ · ·

他一路飞奔,向学生公寓跑去——他必须和伊莱当面谈谈,得到对方的理解——身体状况良好到出乎他的意料。有逃亡的快感,杀人的快感,却没有一丝疼痛。他跑到路灯底下,低头看见有只手正在流血。肯定是在哪里擦伤了,他完全感觉不到。肾上腺素的分泌也可以弱化皮肉之痛,但这是完全不一样的,他根本没有感觉。他试着召唤那种奇怪的嗡鸣声,降低一点点痛感的阈值,只是想看看真实情况如何。结果他当即靠在灯柱子上,直不起腰来。

看来情况不太妙。

他分明感觉到自己快死了。今晚第二次。他的双手疼得要命,是先前紧抓把手的缘故,有骨折的可能。身上的每一块肌肉都在呻吟,而且头痛欲裂,或许是生了重病。正当天旋地转的感觉袭来,他一下子关掉开关。痛感瞬间消失。他稍事休息,等缓了过来,便在灯光的笼罩下直起身子。什么都感觉不到了。此时此刻,没有神奇可言,也没有美妙可言。他仰起头,笑了起来。不是狂笑。连大笑都不是。

是一种咳嗽似的笑声,一种惊讶的喘息声。

然而,即便他的笑声再大一些,也不会有人听见,因为警笛声太响了。

两辆警车呼啸着停在他面前,维克托还没反应过来,就被按倒在水泥地面,铐上双手,戴上黑色的头罩,然后被塞进警车后座。

头罩的触感还挺有趣的,但维克托非常不喜欢眼睛被蒙住的滋味。警车转弯时,因为没有视觉的提示和身体的调整,他重心不稳,差点翻倒。他们似乎是有目的地快速转弯。

维克托知道自己可以反抗。碰都不用碰,甚至看也不用看,他就能打败他们。但他终究没有采取行动。

警察正在开车,没必要冒险伤害他们。虽然可以关闭自己的痛感,但并不代表他不会死于车祸,所以他尽可能地保持镇定。还是那么轻而易举，尽管发生了如此糟心的事情。这样一来，他倒是手足无措了——身体的痛感缺失导致精神的恐惧缺失，真让人忧喜参半。如果维克此时不是坐在警车后座上，他一定要记下来供论文使用。

汽车突然掉头，维克托一下子撞上车门。尽管不疼，他还是本能地骂了一声。手铐嵌进肉里很深，他感到有温暖湿润的液体流到手指上，于是决定调低阈值。毫无知觉有可能导致受伤，而且他不是伊莱，无法迅速自愈。他开始调动感官。只要降低一点点，然后——

维克托喘着气，脑袋靠在座椅上。手腕被铁器割破的地方火辣辣的疼，随着阈值不断下降，痛感逐步升高。他紧咬牙关，试图找到平衡点，找到正常的位置。这种感觉非常微妙。不是打开或关闭那么简单，而是在整个范围内进行调节；那也不是开关，而是一块有数百条刻度线的仪表。尽管蒙着头罩，他仍闭上眼睛，在麻木与正常之间反复摸索。手腕的疼痛逐步钝化，不再是火烧火燎，而是更接近僵硬的感觉。

他还需要适应。

警车终于停下来，车门打开，有人引导他下了车。

"能取下头罩了吗？"维克托冲着黑暗问道，"你们不是应该告知我有什么权利吗？莫非我没听见？"

那人把他往右边推去，他的肩膀擦过一堵墙。难道是校园警察？他听见门打开的响动，感觉周围的声音有了些微变化。从回音上判断，这间房没有什么家具，墙面光滑。一把椅子被拖开，发出尖锐的摩擦声，有人把维克托按到椅子上坐下，解开半边手铐，又将他的双手铐在一张铁制的桌子上。脚步声渐行渐远，消失了。

房门关上。

四周一片寂静。

房门打开。有脚步声慢慢靠近。头罩终于被拿掉了。房间里非常非常明亮，一个男人坐在他对面，肩宽体阔，发色乌黑，神情严肃。维克托四下张望,发现审讯室比想象中更狭窄,还有点破旧,外面上了锁。在这儿耍花招纯属白费力气。

"维尔先生,我是斯戴尔警探。"

"我以为头罩只用来对付间谍和恐怖分子,还有垃圾动作片也会用。"维克托示意放在两人之间的那堆黑布,"这样做合法吗?"

"我们的警员受过训,知道如何根据当时的形势自保。"斯戴尔警探说。

"我看他们一眼也会造成危险?"

斯戴尔叹了口气:"你知道什么是超能者吗,维尔先生?"

听到这个词,维克托感到脉搏有所响应,周围的空气微微嗡鸣,但他吞了吞口水,强行恢复平静。他略一点头,答道:"我听说过。"

"你知道如果有人提到超能者,会发生什么事吗?"

维克托摇头。"每次有人拨打911,提到这个词,我就得从床上爬起来,一路赶到警局,把事情查清楚,不管这些报警电话是孩子们的恶作剧,还是流浪汉的疯言疯语。我得当真处理。"

维克托皱起眉头:"很抱歉有人浪费了您的时间,长官。"

斯戴尔揉揉眼睛:"是吗,维尔先生?"

维克托拘谨地笑了笑:"您可别当真了。有人说我是超能者——"他当然知道是谁说的,"您还相信他们的话?那我到底有什么超凡能力?"维克托站起来,手铐仍牢牢固定在桌上。

"坐下,维尔先生。"斯戴尔装模作样地翻阅文件,"那位报警的学生,卡代尔先生,还说你承认了谋杀女学生安吉·奈特的犯罪事实。"他抬眼看了看维克托。"所以,即便我不愿意深究超能者的事情——倒不是说我真要这么做——可都有尸体了,我的态度再严肃也不为过。因此我们已经着手办理洛克兰工程学院的案子了。那么,报案人所述情况都是真的吗?"

维克托坐下来，深呼吸了好几次，然后摇摇头："伊莱喝醉了。"

"是吗？"听口气，斯戴尔并不相信。

维克托看着一颗血珠从手铐滴到桌上。他说话的同时，也始终留意着滴落的血珠，一颗，一颗，又一颗。"安吉死的时候，我在实验室里。"他知道有监控录像可以调取。"我当时要离开一个学生聚会，她就开车来接走了我。我不想回宿舍，正好她说有活儿要做……毕竟是写论文的期间……于是我就跟她去了工程学院。为了弄点喝的，我离开实验室有好几分钟，等我回来……看到她躺在地上叫伊莱的名字——"

"你没有打911。"

"我很难受，悲痛欲绝。"

"你可不像悲痛欲绝的样子。"

"没错，现在我很恼火，不仅受到了惊吓，还被铐在桌子上。"维克托提高嗓门，因为现在进行抗议似乎正是时候，"听我说，伊莱喝醉了。也许现在还没醒呢。他说都是我的错。我解释了半天，说应该是她心脏病发作，或是对机器的错误操作——安吉经常把电压搞错——但他就是不听。他说要报警，我就走了。我打算回宿舍跟他当面谈谈。警察出现的时候，我正在回去的路上。"他抬头看着警探，双手一摊。"至于什么超能者，我和您一样困扰。伊莱最近很拼命，他的论文选题就是超能者，他说了没有？他迷上了超能者，简直成了偏执狂，不吃饭不睡觉，整天搞他的那套理论。"

"没说。"对面的斯戴尔做起了记录，"卡代尔先生没有提到这件事。"他写完后，把笔扔到一边。

"简直是疯了。"维克托说，"我不是杀人犯，也不是超能者。我只是一个医学预科生。"至少最后一句话是真的。

斯戴尔看了看手表。"我们要把你拘留一个晚上，"他说，"这期间，我会派人去找卡代尔先生，测试他血液里的酒精含量，再拿到完整的证词。等到明早，如果我们证明卡代尔先生的证词不足采信，也没有证据证明你和安吉·奈特的死有关联，我们就放你走。不过届时你还是嫌疑人，明白吗？这是目前最好的处理方式了。听起来还不错吧？"

不。这听起来糟透了。但维克托可以忍。他由一名警官领着去拘留室，路上没戴头罩，于是他仔细地记下了警察的人数、穿过的门数以及抵达拘留室的时间。维克托一向擅长解决问题，尽管他面临的问题越来越严峻，但规则是一样的。无论是基础数学还是逃出警局，解决方法万变不离其宗。说白了就是理解问题，然后选择最佳方案。此时，维克托进了一间牢房。房间狭小，呈正方形，装有铁栅，还有一个年纪是他两倍、浑身散发着尿骚味儿和烟臭味儿的男人。一名看守正坐在走道尽头读报纸。

最直接的方案就是杀了同屋的人，再叫来看守的警员，然后干掉他。备选方案则是等到天亮，指望伊莱没能通过酒精测试，实验室只在进门处安有监控探头，他也没留下什么关键证据能与命案联系起来。

如何选择最佳方案完全取决于你对最佳的定义。仔细观察过那个瘫在床上的男人后，维克托动手了。

· · ✝ · ·

维克托绕了一条远路回宿舍。

天边透出了第一缕曙光，他边走边擦拭手腕上干涸的血迹。至少没有杀人，他安慰自己。事实上，维克托为自己的自制力很是得意。有那么一刻，他以为那个烟不离手的狱友死了，但那人的呼吸并没有停止，至少最后一次检查时是这样。必须承认，维克托不愿意靠得太近。回宿舍的路上，他感觉到有液体滑过脸颊，流到鼻子底下。色泽殷红。维克托抬起袖子，擦了擦脸，嘱咐自己要多加小心。今晚他太拼命了，尤其是先前还死过一次。

睡眠。睡一觉有好处,但目前还不能睡。

因为第一要务,是对付伊莱。

XXVI
两天前
君子酒店

维克托站在浴室里，等待整个酒店渐渐安静下来。门外，米奇领着希德妮回到床上，小声地替他道歉。他们根本就不该带她回来，但维克托总有一种预感，希德妮早晚能派上用场。她有秘密，而维克托打算挖出来。尽管如此，他没有存心伤害希德妮的意思。他得意于强大的自控力，但无论怎么努力，还是找不到在熟睡中抑制超能力的方法。因此他尽量不睡觉，即便要睡，时间也不长。

他掬起冷水洗了把脸，等待微弱的电流嗡鸣声止住。但它并没有停下来，于是维克托将其移向体内。当嗡鸣消失在空气中，出现在骨骼和肌肉里时，他神色一凛，双手扣住花岗石制成的盥洗台，感受着肉身与电流接触的悸动。过了好一阵子，战栗停止了，维克托疲倦不堪，但恢复了平日的安稳。

他看着镜中的自己，慢慢解开衬衣，露出一块块伤疤，那是伊莱射出的子弹留下的纪念。维克托抚摸着中枪的三个部位，仿佛在胸前画着十字。一枪打在肋骨下部,一枪打在心脏上方,还有一枪其实是从背后打来的,由于距离太近,贯穿了前胸。他早已记住伤疤的位置,以便见到伊莱时原样奉还。见鬼,要是子弹卡在伊莱体内,周围的皮肉还是有可能自愈呢。想到这一点,维克托稍感愉悦。

或许这些伤疤能为他在监狱里赢得一点尊重,但等他离开单人间时,伤疤早已褪色。不过,维克托自有办法在赖顿树立威信,当狱友们惹恼他的时候,他可以使对方略感不适,也能令人瞬间遭受痛苦,后者足以让狱友们跪在维克托的脚边呻吟,所以他总会谨慎使用。维克托不光引发疼痛,还免除疼痛。他把无痛的感觉作为赏赐,甚至用来做交易。而人们为了避免任何形式的苦难,愿意付出的代价之高,也大大出乎维克托的意料。结果他变成了毒品贩子,提供只有他能供给的毒品。从某个角度上看,他的牢狱生活还算愉快。

即便如此,伊莱的影子仍挥之不散,常常搅扰他的思绪,拨乱他的心弦,在他脑袋里喃喃低语,害他无法尽享欢乐。历经十年等待,终于轮到维克托了,他要钻进伊莱的脑袋里干点坏事。

他扣好衬衣,伤疤消失了。只是眼睛看不见罢了,但记忆永远不会被抹除。

XXVII
十年前
洛克兰大学

维克托用力一撑，翻上自己房间的窗台，多亏离开之前他把窗户留了条缝，也好在他们住一楼，街面距离公寓大门只有五级台阶的高度，勉强还能应付。在晨曦抹亮万物时，他骑坐在窗台上，仔细捕捉公寓里的响动。什么声音也没有，但维克托知道伊莱在里面。他能感觉到。

想到即将发生的事情，他心里有些忐忑，却也只是忐忑而已，没有惊慌失措。如此镇定，实在让人不安。维克托竭力分析个中缘由。痛感缺乏导致恐惧缺乏，而恐惧缺乏导致无视后果。他明知道逃出拘留室不对，也非常清楚接下来要做的事情不对，而且根本就是错得离谱。现在，他已能追踪自己的思维走向，诡异的是，它们竟能绕开警示，直达解决方案，而且倾向于使用暴力手段，不计后果，即刻付诸行动，完全是孤注一掷的做法。维克托一向喜欢实用的解决方案，但常常纠结于对与错的问题，或者应该说，他所理解的旁人眼中的对与错。然而此时此刻，想法变得……单纯。而且优雅。

维克托坐了好一阵子，照着玻璃整理头发。先是到鬼门关走了一遭，然后又在牢房里蹲了大半夜，害得他狼狈不堪。他看着映在玻璃中的双眼——超常的镇定而使瞳色愈发苍白——影子露出了微笑。这种笑容相当冷淡，有些异样，而且近乎傲慢，但维克托并不介意。他反而很喜欢这种笑容，因为和伊莱的有几分相似。

维克托轻手轻脚地走出房间，顺着走廊往厨房的方向摸去。桌上搁着一组刀具和一本册子，伊莱的笔记密密麻麻地写了半页纸，还有点点滴滴的血迹。至于伊莱本人，维克托看见他坐在起居室的沙发上，垂头沉思，也许是在祷告。维克托默默地观察着他。奇怪的是，伊莱似乎不能感觉到维克托的接近，维克托却能感觉到对方的存在。这应该是自愈这种内部能力造成的。*死到临头了还这么专注*，他操起一把较大的刀。刀尖刮过桌面，发出尖锐的声响。

伊莱一骨碌从沙发上翻身跃起："维克。"

"我很失望。"维克托说。

"你怎么来了？"

"你告发了我。"

"你杀了安吉。"伊莱说话时略带哽咽，这倒是出乎维克托的意料。

"因为你爱她？"他问，"或者你只是见不得我拿回了以前的东西？"

"她是人，维克托，不是东西，而你杀了她。"

"那是意外，"他说，"而且老实说，也是你的错。如果你当时肯帮我……"

伊莱捂着脸呻吟道："你怎么下得了手？"

"你又怎么下得了手？"维克托说着，刀尖离开了桌面，"你报了警，还说我是超能者。你要搞清楚，我可没出卖你。我本来可以的。"他提起刀尖，搔了搔头皮。"你为什么跟他们讲这种蠢话？你知道如果涉及疑似超能者的问题，他们有专人负责处理吗？那家伙叫斯戴尔。你知不知道？"

"你疯了。"伊莱侧移一步，背对墙壁，"把刀放下。你伤不了我。"

面对如此挑衅的言论，维克托付之一笑，随即迅速跨步上前。伊莱本能地往后躲，却撞到墙上，眼睁睁地看着维克托逼近。

刀子径直滑了进去，比他想象的容易多了。就像是变戏法，寒光一闪，转瞬消失，刀子插进伊莱的腹部，没至刀柄。

"你知道那天晚上我发现了什么吗？"维克托凑近了说，"你从手掌挑出碎玻璃的时候，我看得很清楚。只有等我拔出刀，你才能自愈。"他用力一拧，伊莱立刻呻吟起来。伊莱的双脚无力地伸了出去，身体倚着墙往下坠，但维克托提起刀柄，撑住了他。

"我还没使用新的能力呢，"维克托说，"虽然不如你的能力那么花哨，但是很有用。想见识一下吗？"

维克托并没有等他回答。周围的空气发出嗡鸣。他不操心刻度盘的事儿，调高就行。他只管往上调。伊莱厉声惨叫，在维克托听来无比美妙。当然不是阳光普照大地生活无限美好的那种美妙，而是惩罚的快意。一切尽在他的掌控之中。伊莱背叛了他，理应吃点苦头。他可以自愈，到时候连伤疤都没有一块。维克托所做的，就是要他长点记性。维克托放开刀柄，任由伊莱的身体瘫倒在地。

"给你的论文加点料。"他看着朋友躺在那儿喘气，说道，"你以为我们的力量是我们本性的某种投射，是上帝玩的照镜子游戏。可你错了。这件事与上帝无关。与我们自己有关。是我们思考的方式，是我们赖以幸存、使我们死里逃生的强烈意愿。我是怎么知道的，你想知道吗？"他的目光移向桌子，在那些锋利的工具当中搜寻。"因为我垂死之时，满脑子都是疼痛。"他拨动想象中的刻度盘，伊莱的惨叫响彻整个房间。"以及，要求疼痛止住的强烈愿望。"

维克托走到桌边，同时调低了刻度，伊莱的叫声随之减弱。他正在查看各式各样的刀具，忽然听到房间里爆发出一声巨响。响声突如其来，震耳欲聋，一英尺外的墙面粉尘四溅。维克托回头望去，只见伊莱一手捂住肚子，一手握着枪。刀子搁在血泊之中。维克托产生了学术上的好奇，不知道伊莱的身体需要多久可以复原。紧接着，又是第二声枪响，距离维克托的脑袋更近了，他不禁皱起眉头。

"你知道怎么开枪吗？"他问道，同时用拇指试了试一把长刀的薄刃。伊莱握枪的手抖如筛糠。

"安吉死了——"伊莱说。

"是的，我知道——"

"你也死了。"伊莱并不是要威胁他，只是陈述事实，"我不知道你是谁，只知道你不是维克托。你藏在他的皮囊底下，你是伪装成他的魔鬼。"

"哎呀呀。"不知为何，维克托听到这个词就笑了，根本忍不住。看见伊莱一脸厌恶的表情，维克托真想再捅他一刀。他正琢磨着怎么拿到背后的刀子，却见伊莱握紧了枪。

"你不是他。"他说，"维克托死了。"

"我们都死了，伊莱。但是，我们都复活了。"

"不，不，不是这样的。不完全是。有什么东西出了错，不见了，消失了。你能感觉到吗？我可以。"伊莱的声音竟然充满恐惧。维克托非常失望。他本以为伊莱一样拥有平静的心态，但对方的感觉显然完全不同。

"也许你说的对。"维克托说，他不否认这种改变，"可如果我丢了什么东西，那你也一样。生命的本质就是交易。难道你以为把自己交到上帝手里，他会在赐予天赋的同时，还让你保持原样？"

"没错。"伊莱吼道，扣动扳机。

这一次，子弹打中了。维克托感受到了巨大的冲力，只见衬衣多了一个小洞，幸好他不嫌麻烦，已经关闭了痛感。他摸了摸中枪的地方，手指染上一片殷红。他依稀察觉到这是要害部位。

维克托低头看了看,叹道:"你不觉得这样有点自以为是吗?"

伊莱走近了一步。他腹部的伤口已经愈合,脸上也恢复了血色。维克托知道自己需要不断地说话。

"承认吧,"他说,"你的感觉也变了。死亡带走了一样东西,从你那儿带走了什么?"

伊莱再次举起枪。"恐惧。"

维克托阴郁地笑了笑。伊莱牙关紧咬,双手颤抖。"可我还是看到了你的恐惧。"

"我不害怕,"伊莱说,"我只是遗憾。"

他又开枪了。子弹的冲力推得维克托后退了一步。他抓住身边的刀子,向前一送,刺进伊莱持枪的胳膊。手枪应声落地,伊莱闪身退后,躲开第二刀。

维克托本想追杀过去,忽然眼前一黑,很快又缓了过来。他拼命地眨眼,瞳孔却无法聚焦。

"你也许可以关闭痛感,"伊莱说,"但你无法止血。"

维克托刚刚迈了一步,房间猛然倾斜。他赶紧扶着桌子。地板上鲜血横流,他不知道有多少是自己的。维克托抬起头,看到了伊莱,紧接着歪倒在地。他硬撑着起身,双膝跪地,但怎么也站不起来了。有一只胳膊颓然垂落,失去了支撑身体的力量。他再次双眼发黑。

伊莱在说话,可他根本听不清。他听见手枪和地板刮擦的声音,然后是扳机扣动的脆响。有东西击中他的后背,像是轻轻打了一拳,接着身体就不听使唤了。黑暗从眼角蔓延开来,正是他早先在实验室里疼痛难忍之时,无比渴求的那种黑暗。

浓重的黑暗。

他渐渐地沉浸其中,又听见伊莱在房间走来走去地打电话,说什么医疗救护。他装出惊慌失措的语气,可他的表情,尽管模糊难辨,却是安稳而沉静的。维克托目送伊莱的鞋子离开房间,然后周遭的一切都消失不见了。

XXVIII
两天前
君子酒店

米奇领着希德妮回她的房间,又替她关好门。她在黑暗中呆立了几分钟,疼痛的余波、报纸上的照片、维克托苍白的双眸以及他苏醒之前死尸般的模样,仍令她不知所措。她打了个寒战。这两天实在难熬。昨晚她睡在天桥底下的一处夹角里,尽量保持身体干爽。寒冷而潮湿的春天渐渐取代了冬季,从她中枪的前一天就开始下雨,直到现在一刻也没停过。

她伸手探进偷来的运动衫的袖口。皮肤的感觉依然异常。刚才整只胳膊火烧火燎的,灼热的疼痛以枪伤为中心呈网状散开,然后电源就切断了。希德妮想不到别的说法,仿佛她和疼痛的连接戛然而止,剩下的是针刺般的麻木感。希德妮摩挲着胳膊,希望恢复正常的知觉。她不喜欢麻木感,令人想起寒冷,而希德妮最讨厌寒冷。

她把耳朵贴在门上,偷听维克托的动静,然而浴室的门始终关得很严。最后,连针刺感也消散了,她爬上陌生酒店的大床,抱紧身子,打算入睡。一开始，睡意迟迟不来，在备感无助的时刻，她多么希望塞雷娜能陪在身边。姐姐会坐在床头，轻抚她的头发，据说这样做可以平复纷飞的思绪。在姐姐的抚摸下，希德妮会闭上眼睛，让一切安静下来，先是她的想法，再是整个世界，最后进入梦乡。但希德妮揪住床单，回过神来，因为塞雷娜——可以陪伴她照顾她的那个人——已经不在了。希德妮仿佛被当头浇了一盆凉水，心脏又急促地跳动起来，于是她决定不想塞雷娜了，转而尝试一个保姆教给她的数数睡觉法。不是顺数，也不是倒数，是在吸气和呼气的同时默念"一二一二"。一，二。轻柔而平稳，犹如一次心跳。终于，酒店房间无声地塌陷，她沉沉睡去。

她睡着后，梦到了水。

XXIX
去年
布赖顿公共区

希德妮·克拉克死在一个寒凉的三月天。

就在午餐前不久,而且全是塞雷娜的错。

克拉克姐妹简直是一个模子刻出来的,除了塞雷娜大了七岁,也高上七英寸。她们之所以这般相似,一方面是遗传基因的影响,另一方面是因为希德妮对姐姐的崇拜。她在穿着打扮和行为举止上统统参照塞雷娜,甚至可以说她就是姐姐的缩小版。她是年龄而非太阳投射出来的,姐姐的影子。她们同样拥有湛蓝的眼睛、金色的头发,不过塞雷娜要求希德妮剪短了,免得大家老是盯着她俩瞧。她们的相似度实在是太高了。

姐妹俩这么相像,却不大像她们的父母——倒不是因为他们常在身边供旁人比较。塞雷娜总对希德妮说,她们的父母并不是生身父母,姐妹俩来自很远很远的地方,她们搭乘的蓝色小船搁浅在岸边,有时候又说她们是在某列火车的一等座包厢里被人发现的,还有被间谍偷带入境的说法。如果希德妮质疑故事的真实性,塞雷娜就以妹妹年纪小不记事进行辩解。希德妮认为这些只是姐姐的胡思乱想，但也没有百分百的自信；塞雷娜太擅长讲故事了，特别有说服力（这个词就是姐姐撒谎时常用的）。

去结冰的湖面上野餐是塞雷娜的主意。她们每年元旦前后都去，那时布赖顿公共区中心的湖变成了一大块冰，然而随着塞雷娜考上大学，她们也没有了这般闲暇。于是到了三月的长周末，塞雷娜的春假即将结束，距离希德妮的十二岁生日还差几天，她们终于带上午餐，前往冰湖。塞雷娜把野餐毯子披在肩头，滔滔不绝地讲起了她们是怎么姓上克拉克的，这个新的故事涉及到了海盗，也可能是超级英雄，反正希德妮没太留心听——她忙着记下姐姐的模样，等塞雷娜回校后，她可以好好回忆。她们走到了塞雷娜挑的地方，姐姐从肩膀上扯下毯子，铺在冰面上，然后把从橱柜里找到的各种食物一股脑都倒了出来。

不过，三月和一月、二月不一样，尽管天气很冷，冰层却日渐消融，厚薄不均。白昼的些许暖意，使得她们家附近的冰湖慢慢地解冻了。除非冰层在脚下破裂，否则你根本感觉不到变化。

冰层真的破裂了。

就在她俩安排野餐的同时，微小的裂缝诞生了，而且悄无声息地藏在一层薄雪之下。等破裂声大到她们能听见时，已经太迟了。塞雷娜刚开始讲另一个故事，脚下的冰层忽然裂开，两人掉进了冰冷而漆黑的湖里。

湖水寒冷刺骨，希德妮吐出了肺里所有的空气。虽说塞雷娜教过她游泳，但落水时野餐毯子缠住了她的双腿，拽着她直往下沉。冰水咬痛了她的皮肉和双眼。她拼命地向头顶的湖面挣扎，企图抓住塞雷娜胡乱扑腾的双腿，却徒劳无功。希德妮挥舞着双手不断下沉，当她越坠越深，距离姐姐越来越远，她满脑子都在呐喊回来啊回来啊回来啊。接着，周围的世界开始结冰，寒冷无处不在，最后连寒冷也消失了，只剩下黑暗。

希德妮后来才知道，塞雷娜真的回来了，从冰冷的湖水中拉起她，拖到了不那么冰冷的湖面，然后瘫倒在她身边。

有人看到了冰上的姐妹俩。

救援人员赶到时，塞雷娜还有一口气，她的心脏顽强地跳动着，但没过多久便停止了；希德妮一动不动，肤色犹如蓝里透白的大理石。两个女孩当场丧命，但严格地说，她们被低温冷冻了，所以暂未宣布死亡。急救人员把克拉克姐妹送到医院，试着恢复她们的体温。

接下来的事情可以说是奇迹。姐妹俩死而复生。她们的脉搏开始跳动，鼻子吸了一口气，接着又吸了一口——正如世间所有生命那般——然后她们苏醒了，可以坐起来，可以开口说话。从任何方面来看，她们俩确实活过来了。

但有一个问题。

希德妮始终暖和不起来。她自我感觉良好，只是脉搏非常慢，体温也非常低——她在昏迷中听到过两名医生谈论她的情况——他们认为她的身体还没复原，不能出院。

塞雷娜的情况则完全不同。在希德妮看来，她举止怪异，喜怒无常的脾气尤甚以往，可除了希德妮，竟然没有人——包括医生、护士和治疗师，甚至一听说出事立刻取消行程赶过来的父母——注意到她的变化。塞雷娜抱怨头疼，他们就奉上止疼药；抱怨医院，他们就送她出院。要风得风，要雨得雨。希德妮听见他们在谈论姐姐的情况，可当塞雷娜走上前说要走，他们立刻退到一边，不加阻拦。塞雷娜确实总能达到目的，但大吵大闹在所难免，从未像现在这般如此顺遂。

"你要走了？就这样走了？"希德妮坐在床上问道。塞雷娜站在门口，一身日常便装，手拿一个盒子。

"我想回去上学。我讨厌医院，希德，"她说，"你知道的。"

希德妮当然知道。她也讨厌医院。"可我不明白。他们怎么就这样让你走了？"

"看来是的。"

"那你叫他们也放我走。"

塞雷娜走到病床边，抚摸着希德妮的头发。"你要多留一阵子。"

希德妮不由自主地点点头，泪水滑过脸颊，原本想要吵闹的劲头顿时没影了。塞雷娜替她擦掉泪水，说："我又不是不回来了。"希德妮想起沉在湖底的时候，她是多么渴望姐姐回来。

"你还记得吗，"她问姐姐，"你在湖水里想的是什么？冰块裂开的时候呢？"

塞雷娜微微蹙眉："你是问，除了'该死的，好冷啊'之外，我还想了什么？"希德妮差点笑出声来。塞雷娜没有笑，她伸手抚摸希德妮的脸蛋。"我只记得自己在想：不，不要，不要这样。"她把盒子放到边桌上，"生日快乐，希德。"

塞雷娜说完就走了。希德妮还不能走。她要求出院，遭到了拒绝。她费尽唇舌，好说歹说，担保自己的身体已经复原，对方依然不听。今天是她的生日，她不希望独自在这种地方度过。她不想就这样过生日。然而他们还是不答应。

父母上班去了。他们不走不行。

一周，他们向她保证。一周后就出院。

希德妮别无选择，只能作罢。

·· ✟ ··

希德妮讨厌医院的夜晚。

整层楼静悄悄的，死一般的沉寂。每到这种时候，巨大的恐慌就向她袭来，她害怕自己永远无法离开这里，再也不能回家。她会被遗忘在医院里,和这儿的人一样,穿着灰白的衣裤,与病号、护士和白墙混为一体。对于外面的家人来说,她是一段流失的记忆,是洗到褪色的小花衣。塞雷娜似乎知道她需要什么,希德妮床边的盒子里有一条紫色的围巾,比小衣箱里所有的衣物都鲜亮。

那一抹紫色成了她的救星,尽管感觉不到寒冷(好吧,根据医生们的判断,她应该很冷才对,但她不觉得),希德妮还是把围巾绕在颈上,出门了。她在医院的侧楼里徘徊,护士们一看到她就避开望向别处,令她颇为受用。他们看到了她,却不阻止,希德妮觉得自己像塞雷娜,连海水都为之让路。她在这一层来回走了三趟,然后顺着楼梯又上了一层。这一层楼的墙面是米黄色。变化极其细微,旁人根本注意不到,但希德妮瞪着她所在楼层的墙面看了太久,即便放到一万种色彩、两百种深浅不一的白色之中,她也能挑出那种涂料的颜色。

这一层楼的病人,病情严重许多。希德妮早就闻出来了,随后又听到剧烈的咳嗽声,看到覆盖大毯子的轮床被推出病房。这里弥漫着浓郁的消毒水气味。走廊尽头的一间病房里,有人正在大喊大叫,护士闻声驻足,把轮床停在走廊上,急匆匆地进了房间。希德妮跟了上去,想看看是什么情况。

走廊尽头的病房里有个男人,情绪不大好,不知是什么原因。希德妮站在走廊上,想要往里面看一眼,但病房里拉了一条帘布,正好遮住大喊大叫的男人,轮床也挡了她的路。她只好俯身去瞧,结果刚一碰到轮床,突然打了个冷战。

她接触的毯子显然是用来遮盖什么东西的。其实是一具尸体。希德妮碰到的同时,尸体动了一下。希德妮吓得往后一跳,赶紧捂住嘴,差点叫出声。她靠在米黄色的墙面上,望向病房里的护士,又看了看轮床上毯子底下的尸体。尸体又动了。希德妮的双手绞住了紫色围巾。她再次体会到全身冻僵的感觉,但这次不一样。这次不是冰水,是恐惧。

"你来这儿干什么？"问话的护士穿着令人不敢恭维的黄绿色制服。希德妮不知道该说什么，于是伸手一指。护士抓住她的手腕，带她往回走。

"不，"希德还是开口了，"你看。"

护士叹口气，回头瞟了一眼毯子，看到有什么东西在底下抽动。

护士尖叫起来。

··✝··

医院给希德妮安排了心理治疗。

据医生们说，这是为了治疗她看见尸体后所遭受的精神创伤（其实她并没有真正看到），希德妮本想抗拒，但因为上次的擅自行动，院方关了她的禁闭，况且也没什么事情打发时间，便索性接受了。不过，希德妮还是忍住了，没有提起她碰过尸体在先、死尸复活在后的事实。

他们都说，那人捡回一条命，堪称奇迹。

希德妮笑了，主要是因为他们使用了同样的词来评价她的复活。

不知道是否也有人不小心碰过她。

··✝··

一周后，希德妮的体温仍未恢复正常，但除此之外，一切体征都很稳定，医生们终于答应次日让她出院。当天夜里，希德妮偷偷溜出病房，摸进太平间。她要搞清楚，走廊上发生的事情到底是奇迹、意外和侥幸，还是和她有什么关系。

半个小时后，她匆匆离开太平间，尽管身上沾了污血，胃里翻江倒海，但她的假设得到了证实。

希德妮·克拉克可以复活死人。

XXX
昨日
君子酒店

次日清晨，希德妮在陌生酒店的大床上醒来。有那么一会儿，她不知道自己身在何方，现在几时几刻，面对的是怎样的处境。她眨巴着眼睛，驱散睡意，记忆的碎片一点一点地拼凑回来了。雨水、汽车，还有两个古怪的男人，他们此时正在门外交谈。

米奇说话时粗声粗气，维克托则语调低沉，波澜不惊，两人的谈话声透过墙壁，传到她的房间里。她翻身坐起，感到浑身僵硬，腹中空空，于是提了提腰围过大的运动裤，走出房门去找吃的。

两个男人正站在厨房里。米奇一边倒咖啡，一边对维克托说着什么，后者心不在焉地在杂志上画横线。她走进去时，米奇抬起头来。

"你的胳膊怎么样了？"维克托问话时并不耽误他涂改字句。

已经不疼了，只剩下僵硬的感觉。她猜测这是拜维克托所赐。

"还好。"她说。维克托搁下笔，隔着台子扔来一袋面包圈。厨房的角落里还有好几袋食物。他点头示意道："不知道你吃什么，所以……"

"我又不是小狗。"希德妮忍住没笑。她拿了一个面包圈，把袋子扔回去，正好砸在维克托的杂志上。她看到有好几行句子被涂黑了，便又想起昨晚的报纸新闻以及照片，正是她拿报纸的动作弄醒了维克托。她的目光移到沙发上。报纸不在那里。

"怎么了？"

听到有人问话，她回过神来。维克托的胳膊肘撑在台子上，十指松松地交扣。

"昨晚那儿有张纸，上面有照片的。去哪儿了？"

维克托皱了皱眉，从杂志底下抽出报纸，拿起来给她看。"这个？"

希德妮在内心深处打了个冷战。

"你怎么有他的照片？"她指着那位市民的肖像问道。照片满是噪点，说明大部分文字已被涂黑。

维克托慢慢地绕着台子踱步过来，他举起报纸，递到希德妮面前。

"你认识这家伙？"他两眼放光。希德妮点点头。"怎么认识的？"

希德妮吞了吞口水："开枪打伤我的人就是他。"

维克托俯下身子，差点贴上她的脸："快把事情的经过告诉我。"

XXXI
去年
布赖顿公共区

希德妮把在太平间里发生的事告诉了塞雷娜,姐姐听完便笑了。

不是开心的笑,也不是冷淡的笑。希德妮甚至觉得,也不是"哎呀我亲爱的妹妹因为溺水造成大脑损伤出现了幻觉"的那种笑。她的笑声中有种特别的意味,令希德妮备感紧张。

然后,塞雷娜用非常镇定且沉着的语气嘱咐希德妮(希德妮当时就应该奇怪,塞雷娜可从未如此镇定且沉着过),有关医院的太平间、走廊上的尸体,凡是跟复活死人扯上一丁点关系的事情,一定不能透露给任何人。其实希德妮自己也很惊讶,她确实没对别人提过。从最开始的那一刻起,她就只想把这件怪事告诉塞雷娜,而塞雷娜似乎不太愿意牵涉其中。

于是希德妮只有一种选择了。她回到学校后,尽量避免触碰任何死掉的东西,一直坚持到本学年结束,接着又是一整个夏天……塞雷娜根本没有回家。她不知怎么说服了系里的老师,拿到了去阿姆斯特丹旅行而且计入学分的机会。希德妮听说这个消息时简直要疯了,她特别想把自己的能耐告诉别人或是展示出来,就为了气一气姐姐。但她终究没这么干,塞雷娜似乎总能赶在希德妮发脾气之前打电话。不过她们的对话相当空洞,只是你一言我一语地说些"你好吗"、"大家好吗"、"学习怎么样"之类的。尽管什么都没说,但希德妮满足于听到姐姐的声音。过了一会儿,当她感觉到对话即将结束时,就会请求塞雷娜回家,塞雷娜每次都拒绝,说还不是时候,然后希德妮难免失落,最后姐姐说一句"我又不是不回来了,又不是不回来了",希德妮不知怎么就信了。

尽管她对姐姐的话有着不可动摇的信念,但也并没有因此而释怀。过了秋天,希德妮那颗跳动超慢的心慢慢地下沉,然后是圣诞节,塞雷娜依然没有回来。她们的父母曾经固执地坚持一件事——全家一起过圣诞节,仿佛好好度个假就能弥补剩下的364天。然而,现在连他们也不管了。他们几乎没有注意到有人缺席。但希德妮注意到了,她有种玻璃出现裂纹的感觉。

所以,当塞雷娜终于打电话来,邀请她过去玩的时候,希德妮毫无意外地感觉到玻璃轰然碎裂。

·· ✝ ··

"过来跟我住吧,"塞雷娜说,"一定会很有趣!"

塞雷娜避开了妹妹将近一年时间。希德妮仍留着短发,可能是习惯性地遵从姐姐的意志,抑或只是怀旧,但她并不开心。因为姐姐,也因为当听到姐姐的提议时,她产生了一种反常的躁动。她讨厌自己还崇拜着塞雷娜。

"我在上学。"她说。

"春假过来,"塞雷娜不肯松口,"你可以来我这儿过生日。妈妈和爸爸可不知道怎么庆祝,从来都是我操办的。而且你也知道,我送的礼物是最棒的。"

　　希德妮心头一颤,想起了去年的生日。塞雷娜好像读透了她的心思,又说:"梅里特这边很暖和。我们可以坐在外面,放松一下。这样对你也很好。"

　　塞雷娜的嗓音太甜美了。希德妮应该想到的。她现在知道了,但总是在她应该发觉之后,而不是当时。不是在最重要的时候。

　　"好,"希德妮终于答应了,极力掩盖兴奋的心情,"我愿意。"

　　"好极了!"塞雷娜听起来很高兴。希德妮甚至感觉到了她说话时的笑意,于是也笑了。

　　"等你来了,我想让你见个人。"塞雷娜似乎又想起了什么。

　　"谁?"希德妮问。

　　"就是一个朋友。"

XXXII
几天前
梅里特大学

塞雷娜一把搂住妹妹。

"瞧你啊!"她拉着妹妹进屋,"你长大了。"

其实希德妮根本没怎么长。那次事故已经过去一年,她的个头长了不到一英寸。不光是身高,希德妮的指甲、头发……无论什么都长得慢。特别慢。慢得像坚冰融化。

塞雷娜笑话她还留着短发,希德妮便摆出任其自然的样子,意思是留短发与塞雷娜无关。不过,当她拥抱姐姐,姐姐也回以拥抱的时候,希德妮感觉有成百上千根断掉的线,又重新将她们维系在一起。她冰封的内心深处开始融化。这时,她听见了一个男人清嗓子的声音。

"噢,希德妮,"姐姐退开了,"这位是伊莱。"

她说出这个名字时不经意地流露出笑意。那人年纪轻轻,大学生模样,坐在塞雷娜的公寓里——通常只有毕业班学生享受这样的住宿待遇——听到自己的名字,他起身离开椅子,往前走了一步。此人相貌英俊，肩宽体阔，棕色的眸子亮晶晶的，眼里有几分醉意，握手时却沉稳有力。希德妮很难从他身上挪开视线。

"嗨，伊莱。"她说。

"你姐姐说了很多有关你的事。"他说。

希德妮没应声，因为塞雷娜从来没有提过伊莱，上次通电话，姐姐说他只是一个朋友。从他俩眉来眼去的样子来看，肯定不是朋友这么简单。

"来，"塞雷娜说，"把东西放下，大家熟悉熟悉。"

希德妮还在犹豫，塞雷娜帮妹妹脱下呢子外套，然后走开了，故意给一点时间让她和伊莱独处。不知为何，希德妮有种羊入虎口的感觉。伊莱身上散发着危险的味道，他镇定的笑容和慵懒的举止看起来有点不对劲。他靠在先前所坐的椅子扶手上。

"听说，"他说，"你在读八年级？"

希德妮点点头。"你读大二吗？"她问，"跟塞雷娜同年级？"

伊莱无声地笑了："我是毕业班的。"

"你和我姐姐交往多久了？"

伊莱似笑非笑："你很喜欢提问啊。"

希德妮皱眉："这不算回答。"

塞雷娜回来了，端着一罐给希德妮的苏打水问道："你们俩相处还好吧？"笑容立刻重现于伊莱的脸庞，灿烂无比，希德妮都为他捏了把汗，不知道他的脸颊能支撑多久。希德妮接过苏打水，塞雷娜随即走向伊莱，靠在他身上，似在表忠心。希德妮抿了一口苏打水，看他搂着姐姐的肩膀，亲吻姐姐的头发。

"是这样的，"塞雷娜端详着妹妹，说道，"伊莱想见识一下你的小把戏。"

希德妮差点呛到："我……我没——"

"拜托，希德，"塞雷娜催促道，"你可以相信他。"

她感觉像梦游仙境的爱丽丝。这罐苏打水肯定贴了"喝掉我"的标签，现在房子变小了，或是她变大了，不管是哪种情况，反正空间逼仄了许多，空气也稀薄了不少。是不是爱丽丝吃了蛋糕才变大的？她不知道……

她往后退了一步。

"怎么了，妹妹？你当初可是很想展示给我看的。"

"你叫我别……"

塞雷娜蹙紧眉头说："没错，但现在我要你展示一下。"她推开伊莱，走过来抱住希德妮。"别担心，希德，"她咬着耳朵说，"他和我们一样。"

"我们？"希德妮低声问道。

"我没有告诉你吗？"塞雷娜柔声说，"我也有把戏呢。"

希德妮挣脱她的怀抱，惊道："什么？什么时候？什么把戏？"那天晚上她把复活死人的事情告诉姐姐时，塞雷娜意味深长的笑声恐怕正是因为这个秘密。可是，为什么姐姐不告诉她？为什么要等到现在才说？

"唔唔，"塞雷娜摇着手指说，"交换吧。你展示给我们看，我们也展示给你看。"

一时间，希德妮不知道是应该掉头跑出去，还是应该为找到同类而感到高兴。她和塞雷娜……还有伊莱……有了共同点。塞雷娜伸手捧着希德妮的脸庞。

"你展示给我们看。"她又说了一遍，语速平稳而缓慢。

希德妮不由自主地深吸一口气，点点头。

"好，"她说，"不过我们需要找一具尸体。"

伊莱拉开副驾驶的车门。"你先上。"

"我们去哪儿?"希德妮钻进去的时候问道。

"自驾游。"塞雷娜说。她负责驾驶,伊莱坐在后座,希德妮的正后方。她不喜欢这样的安排——伊莱能看到她,她却看不到伊莱。塞雷娜漫不经心地询问布赖顿公共区的情况,他们离开了大学校园,车窗外的建筑物越发矮小和稀疏。

"你为什么不回家?"希德妮悄声问道,"我想你。我需要你,你答应过会回来的,可是——"

"别多想了,"塞雷娜说,"重要的是我在这儿,而你和我在一起。"

零散的建筑物也不见了,满眼尽是起伏的原野。

"我们要玩个痛快。"后面的伊莱说。希德妮闻言打了个哆嗦。"对吧,塞雷娜?"

希德妮瞟了姐姐一眼,却看见塞雷娜和伊莱的目光在后视镜里相遇时,姐姐的脸上掠过一道阴影。

"没错。"她应道。

路越来越窄,越来越坎坷难行。

汽车终于减速,停在树林和原野的交界处。伊莱先下车,带着她们走进荒草没过膝盖的原野。最后,他驻足俯视脚下。

"到了。"

希德妮顺着他的视线看去,胃里一阵翻江倒海。

躺在草丛之中的,是一具尸体。

"死尸可不容易搞到,"伊莱轻描淡写地解释,"要么去太平间偷,要么从墓地里挖,要么你自己动手。"

"你可别说这是你……"

伊莱笑了。"别傻了,希德。"

"伊莱在医院实习,"塞雷娜说,"他从太平间里偷了一具尸体出来。"

希德妮吞了吞口水。这具死尸还有衣服,太平间里的尸体不该是全裸的吗?

"可你把尸体弄到这儿干什么?"她问,"我们为什么不直接去太平间?"

"希德妮。"伊莱说。她真的很不喜欢对方这样喊她,仿佛他们很亲近似的。"太平间有人,但那儿不全是死人。"

"是啊,好吧,那我们也用不着开上半小时的车。"她回击道,"学校近郊难道不行吗,找个荒废的地方不行吗?我们干吗开这么远——"

"希德妮,"塞雷娜的声音划破了三月的寒冷空气,"别唠叨了。"

她照做了。满肚子的抱怨发不出来。她揉揉眼睛,指头沾了些黑渍,那是她在七弯八拐开往梅里特大学的出租车上画的妆。她希望给塞雷娜一个比较成熟的印象。然而,此时此刻,她觉得自己并没有长大。此时此刻,她只想缩成一团,或者找条地缝钻下去。想归想,她仍一动不动地站在原地,低头瞧着尸体。这个中年男人令她想起上一次跟尸体近距离接触的时候(学校里的死仓鼠没有算在内,因为没人知道它们死了,而且它们的身体小小的、毛茸茸的,又没有长一双人类的眼睛)。在医院的太平间,她的指头所触及的皮肤是那般冰冷,死气沉沉。那种彻骨的寒意,仿佛灌了一大口冰水,冷得连脚趾头都发麻。更可怕的是,让复活的尸体再次死掉。她当时慌了神。太平间里的女人坐起来,企图爬下停尸台。她在完全没有行动预案的情况下,抓起手边的武器——解剖工具套组当中的一把刀——插进女人的胸腔。女人浑身一颤,瘫软在金属台面上。看来复活的死人仍然可以死第二次。

"怎么样?"伊莱伸手示意那具尸体,仿佛是送给希德妮的一样礼物,而她完全不领情。

希德妮不知如何作答,她望向姐姐,寻求帮助,却发现姐姐站得远远的,有些不对劲。塞雷娜神色紧张,前额微蹙——这是她往常极力避免的表情，因为她不希望早生皱纹。她没有迎上妹妹的目光。希德妮又看回尸体，然后小心翼翼地跪在旁边。

其实，她并不知道自己在复活死人的时候做了什么。从她的体验来说，那些死人不是僵尸——她没有长时间接触实验品，除了仓鼠，而她不清楚僵尸仓鼠的行为和普通仓鼠是否有区别——而且复活与否和死因无关。在医院的走廊上，盖着毯子的男人死于心脏病发作。太平间里的女人已被摘除脏器。但当希德妮触碰到他们时，他们不仅苏醒了，而且充满生命力。他们活生生的，生命体征良好，而且依然是人类。还有，她在太平间里发现，他们同样逃不过一死，只是并不处于死前的致命状态。希德妮为此困惑不解，直到她回想起掉进冰湖的那天，周身裹在寒冷刺骨的湖水中，她企图抓住塞雷娜的腿，可是晚了一点点，慢了一点点，就是抓不到——**回来啊，回来啊**——她多么渴望有第二次机会。

希德妮带给他们的正是第二次机会。

她的手指在死人的胸膛上方悬停了片刻，心里想着这个人有没有资格获得第二次机会，转念间她颇为自责。生杀予夺之事，哪里轮得到她来裁决和判断？仅仅因为她有这样的能力，就意味着理所当然吗？

"可以动手了。"伊莱说。

希德妮吞了吞口水，强行压下手掌，按在死人身上。一开始，什么反应都没有。想到终于有机会展示给塞雷娜看，结果却失败了，她十分恐慌。好在片刻之后，她感觉到血管里涌上一阵寒流，那人抖动了一下。他睁开眼睛坐起来，一切发生得太突然，吓得希德妮跌坐在草地上。死而复生的男人满脸怒气，大惑不解地四处张望，当他看见伊莱的时候，气得五官都扭曲了。

"这到底是——"

希德妮的耳畔响起枪声。那人颓然倒在草丛中，眉心赫然出现了一个鲜红的小洞。他又死了。伊莱放下枪。

"叹为观止啊，希德妮。"他说，"难能可贵的天赋。"他原先的风趣，连同那种惺惺作态让人生厌的假笑，消失得一干二净。从某个角度说，伊莱还没让希德妮感到那么的害怕，因为她始终看得见藏在伊莱眼里的怪物。现在怪物终于褪去伪装。然而那把手枪，还有他持枪的姿势，实在令人毛骨悚然。

希德妮站起身来。她真心希望伊莱丢掉手枪。相比之前，塞雷娜又退了好几步，正提脚拨弄着一丛结满冰霜的野草。

"呃，谢谢夸奖。"希德妮犹犹豫豫地说着，两只脚下意识地往后挪。"你可以给我看看你的能力吗？"

他似笑非笑地应道："我那点把戏怕是太缺乏观赏性了。"然后他举起枪，指向希德妮。

那一刻，希德妮并不感到意外。这是伊莱第一次对她做出合乎判断的举动。发自真心，合情合理。希德妮不怕死，她不认为自己怕死。毕竟死过一次。然而她还没做好心理准备。悲哀和困惑涌上心头，但不是对伊莱，而是对她的姐姐。

"塞雷娜？"她镇定地呼唤姐姐，仿佛塞雷娜并未注意到新交的男友正用枪指着妹妹。可塞雷娜没有回头，双臂紧紧地抱于胸前。

"我希望你知道，"伊莱慢慢地弯曲手指，"我肩负的是冷酷无情的使命。我别无选择。"

"不，你有。"希德妮低声说。

"你不应该有这样的能力，你因此成了危险人物，对于——"

"拿枪的不是我。"

"确实不是，"伊莱说，"但你的武器比枪厉害多了。你拥有非自然的能力。希德妮，你明白吗？违背自然规律。违背上帝。而我这样做，"他瞄准了希德妮，"是为了大局。"

"等等！"塞雷娜突然回头，"也许我们不用——"

太迟了。

电光石火之间，悲剧已经发生。

一声震耳欲聋的枪响，巨大的冲击力挟带着剧痛撞上了希德妮。

塞雷娜的喊声令她微微一愣，但很快就回过神来，在伊莱扣动扳机的刹那，希德妮往旁边一闪，枪响之时，她向一根树枝扑去。她抓起又粗又长的棍子，抬手扫向伊莱，这时才感觉到鲜血流到了胳膊上。手枪应声落地，希德妮转身就跑。她拼命地逃到树林边缘，枪声再次响起。她连滚带爬地钻进林子，耳边依稀传来姐姐的呼喊，但她知道，这次最好别回头。

XXXIII
昨天
君子酒店

维克托纹丝不动,听完了希德妮的故事。

"就这些了?"等希德妮讲到最后,维克托明知故问。因为每当希德妮说到关键问题,就会省略掉一部分。维克托注意到,她每次都顿一顿,避而不谈超能力的细节。整体看来,她仅仅承认自己拥有一种能力,而姐姐的新男友伊莱要求她示范一下,随后企图将她处死——处死,她使用的正是这个词——只有这么点内容。处死超能者,维克托的脑筋转了起来。伊莱到底在玩什么?还有别人吗?当然有了。伊莱在银行里和巴里·林奇大打出手,他们是怎么扯到一起的?光天化日之下,他公然设套杀人?

英雄?维克托嗤之以鼻。不过是报纸对伊莱的吹捧罢了。当初,维克托是相信这个新闻标题的。如果伊莱真是英雄,他愿意扮演大反派;如今,既然真相是如此黑暗,维克托倒也享受新的角色:死对头、敌手、仇家。

"就这些。"希德妮撒谎,但维克托并不生气。他觉得没必要为了最后那点真相就伤害她——她有所保留也是情有可原;毕竟,上一次当着外人的面展现能力,差点害她丢了小命——因为尽管她没有和盘托出,但已经透露了一个至关重要的信息。伊莱不仅离他很近,而且就在此地。伊莱就在梅里特,至少前天还在。维克托俯身撑在台子上,端详着这个与他命运相连的小女孩。

他以前从不相信什么命运、定数。在维克托看来这些说法都太接近怪力乱神,例如超自然力量和天命一类。不,他选择通过概率看世界,在尽可能掌控一切的同时,也接受偶然性的存在。但他不得不承认,如果真有命运一说,那么他绝对受到了眷顾。报纸,女孩,城市。如果他有一丁点伊莱对宗教的狂热信仰,大概会觉得这是上帝所指的路、所派下的使命。他当然不愿意接受这种解释,但仍感激天降助力。

"希德妮……"他按捺住兴奋的心情,尽量用平静的口吻说道,"你姐姐上的是什么大学?"

"梅大。在城市的另一头,大得很。"

"学校的公寓,也就是你姐姐住的那一栋,你还记得怎么去吗?"

希德妮犹豫了,一点一点地揪着膝盖上的面包圈。

维克托握手成拳。"这很重要。"

他一把抓住希德妮的胳膊,五指在枪伤上蜷曲,希德妮没有动。痛感早已去除,但维克托希望她记住,伊莱做过什么,以及他能够做什么。希德妮仍旧一动不动,维克托用另一只手扯开衣领,露出伊莱当年所留的三处枪伤当中的一处。

"我们俩都是他杀害的对象。"维克托松开她的胳膊,也放开衣领,"我们走了狗屎运。还有多少超能者没有我们这么好的运气?如果我们不阻止他,还有多少超能者要倒霉?"

希德妮瞪大蓝眼睛,一眨不眨。

"你记得你姐姐住在哪里吗?"

米奇终于开口了。"我们不会让伊莱再伤害你,"他端着盛满巧克力奶的玻璃杯,说道,"这点,你得明白。"

维克托打开米奇的笔记本电脑,调出一张校园地图。他把屏幕转过去,对着希德妮。

"记得吗?"

过了好一会儿,希德妮点点头。"我知道怎么走。"

· · ✝ · ·

希德妮止不住地发抖。

这与春寒料峭的三月清晨无关,只是害怕而已。她坐在副驾驶位带路。米奇开车。维克托在后座摆弄着一种看样子很锋利的玩意儿。希德妮扭头瞟了一两眼,似是一把造型奇特的小刀,刀刃伸缩自如。她又回头面朝前方,抱紧膝盖,望着飞逝而过的街道。几天前她打车去找塞雷娜时,所经过的正是这条街。塞雷娜开车带他们去野外时,窗外所见的也是这条街。

"右转。"希德妮尽力阻止牙齿打架。她摸到了胳膊上被子弹射穿的位置。她闭上眼睛,却看见了姐姐,感觉到塞雷娜的拥抱,还有冰冷的苏打水罐子,当姐姐说"展示给我们看"时,伊莱的目光定格在她身上。荒野,尸体,枪伤,树林,还有——

她决定不再闭眼。

"再右转。"她说。身后的维克托不断地开合小刀。希德妮记得,当时伊莱坐在后面,目光似乎穿透了座椅,令她如芒在背,厌恶至极。维克托并没有带给她这种感觉。

"到了。"她说。汽车减速,停在了路边。透过车窗,希德妮望向那一片位于校园最东边的公寓楼。一切看起来都没有变,感觉却不大对劲——前几天发生的事情在这个世界上留下了不可磨灭的痕迹,她变了,世界也该变化才对。冷风拂面,希德妮眨了眨眼,发现维克托替她拉开了车门。米奇站在通往公寓楼的小路上,踢着一方脱落的水泥块。

"来吗?"维克托问。

她挪不动脚。

"希德妮,看着我。"维克托双手按着车顶,弯下腰来,"没人能伤害你。你知道为什么吗?"见她摇头,维克托笑道:"因为我会先伤害他们。"

他把车门拉得更开了。"快下来吧。"

希德妮下车了。

· · ✝ · ·

他们站在门牌号为3A的房门前,组成了一幅古怪的画面:人高马大、带有文身的米奇;从头到脚都是黑色的维克托——相比飞贼,他更像体面而优雅的巴黎人;希德妮夹在两人当中,穿着蓝色紧身裤和宽大的红色外套。这些衣服是早上出现的,仍带有烘干的暖意。衣服的上身效果还不错。她特别喜欢这件外套。

等他们礼貌地敲了几次门后,米奇从外衣口袋里掏出一套开锁工具,嘀咕着学校的锁有多么容易打开,希德妮不禁猜测起他入狱前的生活。这时,房门开了。

一个身穿粉红和绿色睡衣的女孩打量着他们,看她的表情,他们三个人凑在一起确实古怪。

然而,这个女孩不是塞雷娜。希德妮的心一沉。

"你们是卖饼干的吗?"她问。米奇笑了。

"你认识塞雷娜·克拉克吗?"维克托问。

"当然认识,"女孩说,"她把公寓让给我了,就在昨天吧,说是用不上了。我的室友正好把我惹烦了，塞雷娜说我可以在这儿住到年底。反正快要毕业了，谢天谢地，我算是受够这个见鬼的学校了。"

希德妮清了清嗓子："你知道她去哪里了吗？"

"可能搬去男朋友那里了吧。他真是性感，不过说老实话，有点混账。他是那种特别黏人的家伙，一天到晚缠着她——"

"你知道他住哪儿吗？"维克托问。

身穿粉红和绿色睡衣的姑娘耸肩摇头："不知道。自从去年秋天确定了关系，她就怪怪的。我很少见到她，过去还很亲的！来例假时一起看电影吃巧克力的那种亲。那家伙一出现，花言巧语的，然后她成天都是伊莱这、伊莱那——"

听到这个名字，希德妮和维克托都紧张起来。

"不知道的话，"他插嘴道，"那他们有可能在哪儿呢？"

女孩又耸耸肩："梅里特可是大地方，不过我昨天看到塞雷娜来上课了——就是那时候她给我的钥匙——所以应该不会很远。"她的目光在三人身上来回跳跃，最后锁定了希德妮。"你长得跟她很像啊。你是她妹妹？是叫希妮吗？"

希德妮刚要张嘴，维克托拉走了她。

"我们只是朋友。"他一边回答，一边领着希德妮走上小路。米奇紧随其后。

"如果你见到他们，"女孩喊道，"替我谢谢塞雷娜。噢，顺便告诉伊莱，他是混蛋。"

"没问题。"维克托应道，然后三人走回汽车。

· · ✝ · ·

"没希望了。"希德妮低声说着，倒在沙发里。

"喂，"米奇说，"一周前，伊莱可能在世界上的任何地方。现在，因为你,我们把范围缩小到了一个城市。"

"天知道他还在不在。"希德妮说。

维克托在沙发前面来回踱步。"他在。"埋在皮肤下的刺扎得更深了。太近了。他多么渴望走到大街上,高声呼唤老朋友的名字,喊到伊莱现身为止。这样做简单、快速、高效……也愚蠢。他需要在引蛇出洞时,自己躲在暗处。他要抓到伊莱,但也希望在两人面对面之前,自己能棋高一着。他必须想个办法让伊莱找上门来。

"现在怎么办?"米奇问。

维克托抬起头:"希德妮不是第一个目标。我敢打赌,她也不是最后一个。你能设计一个搜索算法吗?"

米奇捏响了粗大的指关节:"什么类型的?"

"我需要发现潜在的超能者。看看他有没有接触其他人,以及是否有他还没发现的。"

"担心他们的安全?"米奇问。维克托的打算是拿他们当诱饵,但他没说出口,尤其不想当着希德妮的面说。

"范围从去年开始,就在州内,搜索关键标记。"他尽力回忆伊莱的论文。在聊天的时候,伊莱念叨过一两次超能者的标记。"查找警方报告、工作评估、学校和医疗记录。查找一切疑似有过濒死经历的迹象——也许会归类到创伤——心理不稳定、行为异常、休假、精神病医生记录的各种反常表现、警方报告的不确定性……"他又开始踱步。"等你查找的时候,调取塞雷娜·克拉克的学校档案,还有课表。如果伊莱和她有联系,那么找到塞雷娜可能比找到伊莱更容易。"

"这些记录不都是机密吗?"希德妮问。

米奇笑容满面地打开笔记本电脑,搁在台子上。

"米切尔,"维克托说,"告诉希德妮你为什么坐牢。"

"黑客行为。"他开心地说。

希德妮笑了:"真的吗?我还以为你是那种赤手空拳把人揍死的猛男。"

"我的块头一直很大,"米奇说,"这可不是我的错。"他又捏响了指关节。他的手比键盘还大。

"那文身呢?"

"最好是符合外人的想象。"

"维克托就不符合。"

"取决于你想象的是哪个部分。他收拾得很干净。"

维克托并没有听他们说话。他仍在踱步。

伊莱近在咫尺。伊莱就在城内。至少不久前还在。希德妮的姐姐到底有什么能耐,令他如此重视?既然伊莱正在处死超能者,为什么放过塞雷娜?不过,幸亏他没杀。塞雷娜使得他有理由留在梅里特,这也正中维克托下怀。米奇粗大的手指在键盘上翻飞,光洁的黑色屏幕上弹出一个又一个窗口。维克托无法停下脚步。他知道搜索需要时间,但嗡鸣声已然响起,他既不能控制双脚,也难以平心静气,恢复镇定,毕竟伊莱触手可及。他需要自由。

他需要空气。

XXXIV
昨天
梅里特市区

希德妮跟着他上街了。

维克托起初没察觉,走了一个街区都没发现她,后来回头瞟见的时候,希德妮露出紧张的神情,近乎害怕,仿佛干了什么坏事被当场抓住。见她浑身发抖,维克托朝街边的咖啡馆一摆手。"要不要喝一杯?"

"你真的觉得我们能找到伊莱吗?"几分钟过后,她问。他们走在人行道上,拿着各自的咖啡和热巧克力。

"是的。"维克托说。

他没有往下说。过了一阵子,身边的希德妮有些焦躁不安,显然充满了谈话的欲望。

"你父母呢?"他问,"他们不会发现你失踪了吗?"

"说好了我这一周和塞雷娜在一起。"她说着,吹了吹热乎乎的饮料,"再说,他们旅行去了。"她瞟了维克托一眼,目光又落回手里的外带杯。"我去年住院的时候,他们就丢下我一个人。他们要去上班。他们总在上班,而且一年有40周都在外面。家里有保姆,但被他们解雇了,就因为她打碎了一个花瓶。他们抽空更换了花瓶,显然花瓶在家里是很重要的一部分,可他们忙得没空找个新的保姆,于是说我不需要保姆了。一个人生活可以培养独立自主的能力。"她一口气说完,有点接不上气。维克托什么都没说,等她恢复平静。过了一会儿,她缓过劲来,接着说道,"所以现在,我觉得我父母那边不成问题。"

维克托非常清楚父母的德行,所以没有深究下去。他有意避开这个话题。但当他们走过街角,看见了一家书店,橱窗上贴着今夏促销的大幅海报,宣传的正是维尔的新书。

维克托感到局促不安。他将近有八年没跟父母说过话了。显而易见,儿子犯罪——而且丝毫没有洗心革面的意思,尤其是不用"维尔体系"洗心革面——对书籍的销售不算好事。那时维克托还指出,这对书籍的销售也不算坏事,他们可以针对特殊人群进行推广——拥有病态好奇心的购买者——可惜父母并不接受。对于他们的责骂,维克托并不难过,伤感的是会有十年看不见他们的畅销书。没想到他们送了一套书到他的单人间里,他无比珍爱,每天限量破坏,尽可能延长享乐的时间。等他终于涂改完毕,发现监狱图书馆里也收藏了一套完整的维尔励志书——倒是合情合理——于是这些书也没能逃过他的涂改大法,直到赖顿监狱发现后禁止他使用图书馆。

此时维克托走进书店——希德妮紧随其后——拿了一本最新版的书,书名为《释放自己》,副标题是"逃出抱怨的牢笼"。真是绝了。维克托还从收银台旁边的旋转货架上抽了几支黑色记号笔,他问希德妮是否需要什么东西,她只是抓着那杯热巧克力摇头。走出书店后,维克托端详着橱窗上的海报,然而记号笔不够粗,再者他不打算因为破坏他人财物而被抓,于是终究没有动手。真可惜,他边走边想。海报上印有一段节选,放得很大,而且用许多亮闪闪的宝石镶了边——他最喜欢的那一句"走出我们自造的牢笼的废墟……"——他本来有机会将其精简为"我们……废掉……所有……我们接触的"。

维克托和希德妮接着闲逛。他没有解释为何买这本书，希德妮也没问。空气新鲜，咖啡的滋味远远好过监狱里的贿赂和施虐带给他的快感。希德妮心不在焉地吹着热巧克力，纤小的手掌握紧杯子取暖。

"他为什么要杀我？"她语气平静。

"我还不知道。"

"我把能力展示出来后，他就要杀我，而且说是冷酷无情的使命。还说他别无选择。他为什么要杀超能者？他说自己也是其中一员。"

"他是超凡能力者，没错。"

"他的能力是什么？"

"自以为是，"维克托说，见希德妮大惑不解，便正经答道，"他可以自愈。这是一种被动能力。我认为，在他眼里，这种能力是纯粹的、神圣的。正常情况下，他无法使用能力伤害别人。"

"不，"希德妮说，"他用枪伤害别人。"

维克托轻笑一声。"至于为什么他认为消灭我们是他肩负的使命——"他挺起胸膛，"我怀疑跟我有点关系。"

"为什么？"她低声问。

"这故事说来话长，"维克托的声音有些疲惫，"也不讨人喜欢。上一次我和我们这位朋友进行哲学探讨，已经是十年前的事了，不过据我猜测，伊莱一定自以为是在保护人们免受我们的伤害。他曾经指控我是魔鬼，披着维克托的皮。"

"他说我是非自然的，"希德妮轻声说，"我的能力违背自然规律，违背上帝。"

"他这人很有意思吧？"

现在刚过午饭时间，大多数人回了办公室，街上空空荡荡的，颇为诡异。维克托带着她远离闹市区，专拣背街的僻静小路走。

"希德妮，"沉默片刻后，他说，"你如果不愿意，不用告诉我你的能力，但你必须明白一点。我要尽一切努力打败伊莱，而他很难对付。他仅凭超能力就已经天下无敌了，何况他还相当狡猾，尽管脑子不大正常。他拥有的优势越多，我越难获胜。事实就是，他知道你的能力，而我还不知道，因此我处于下风。你懂我的意思吗？"

希德妮的脚步放慢了，但她只是点头，什么都没说。维克托调动了全部的耐心，没有强人所难。不过，他的耐心很快得到了回报。两人走过一条小巷时，忽然听见一声低低的哀鸣。希德妮循声而去，又回头望向维克托。他走到希德妮身后，看到了那个东西。

潮湿的水泥地上躺着一个庞大的黑影，正在急促地喘气。是一条狗。维克托弯下腰，伸出一根手指，抚过它的背部，呜咽声随即消失，只剩起伏不定的喘息。至少它不疼了。他直起身子，皱眉思索。大狗看样子受了重伤，也许被汽车撞了，然后挣扎着爬进小巷，终于瘫倒在地，动弹不得。

希德妮蹲在大狗旁边，抚摸着它的黑色短毛。

"伊莱开枪打我之后，"她的声音既轻又软，似是说给垂死的狗，而非维克托，"我就发誓再也不使用我的能力。尤其是在别人面前。"她使劲地吞了吞口水，抬头望向维克托。"杀了它。"

维克托扬起一边眉毛。"用什么杀，希德？"

希德妮冷冷地看着他，半天没说话。

"请杀了这条狗，维克托。"她重复道。

他环顾四周。小巷空无一人。他叹口气，从背后抽出一把手枪，又从口袋里掏出消音器，拧了上去，然后看了看苟延残喘的大狗。

"退后。"他说。希德妮照做了。维克托抬手瞄准，干脆利落地扣动扳机。大狗不动了。维克托一边拧下消音器，一边往回走。希德妮却没有跟上来，他扭过头，发现她又蹲在大狗旁边，双手在它血迹斑斑的毛皮和碎裂的肋骨上来回抚摸。须臾，在维克托的注视下，她停止了动作。她的嘴里呼出一团白雾，痛苦地绷紧了脸颊。

"希德妮——"话刚出口，只见狗尾巴忽然一动，维克托生生地憋回了下半句。肮脏的人行道上传来某种轻微的声响。紧接着又响了一声，大狗的尸体收缩起来。骨头喊哩喀喳地各归各位，胸膛鼓起，胸腔还原，四腿舒展。再然后，这头畜生蹲坐起来。就在希德妮后退时，大狗完全站直了，望着他们俩，试探地摇着尾巴。这条狗……块头相当大，而且活力十足。

维克托看着眼前惊人的一幕，一时语塞。在此之前，关于如何寻找伊莱，他有过各种点子、想法和主意。但当他看到大狗眨巴眼睛、张嘴呼气的时候，一个计划终于成型了。希德妮神色紧张地望向他，维克托报以微微一笑。

"这个，"他说，"真是一份好礼。"

希德妮摸着大狗的脑袋，两只狗耳朵竖起来快齐她的眼睛了。

"我们可以养它吗？"

· · ✞ · ·

维克托把外套扔到沙发上，希德妮带着狗绕到了后头。

"是时候发一条消息了。"他猛地一甩手，把新买的维尔励志书扔到台子上，发出"啪"的一声闷响，"给伊莱·伊弗。"

"狗是从哪儿来的？"米奇问。

"我要养它。"希德妮说。

"那是血吗？"

"我开枪打的。"维克托说着，到处找报纸。

"打它干什么？"米奇合上笔记本。

"因为它快死了。"

"那它怎么没死?"

"因为希德妮复活了它。"

米奇扭过头,打量着站在起居室正中央的金发小女孩。"什么?"

她低头看着地板。"维克托给它起名叫多尔。"她说。

"是痛觉强度的计量单位。"维克托解释。

"嗯,再合适不过了。"米奇说,"我们可以接着谈刚才的话题吗,你说希德妮复活了它?还有,你说要给伊莱发消息是什么意思?"

维克托找到了报纸,继而望向落地窗户外的夕阳,估算着还有多久夜幕会完全降临。

"你若想吸引某人的注意,"他说,"可以挥手,也可以大喊大叫,或是放一个闪光弹。这些方法受限于距离和强度。如果距离太远或响动不大,就无法确保对方看见或听见你。在此之前,我没有足够明亮的闪光弹,难以吸引他的注意,除非我亲自出马大闹一场,虽然有用,却会打草惊蛇。现在有了希德妮,我终于找到了完美的方法,可以万无一失地把消息送出去。"他举起印着新闻的报纸,上面有米奇对巴里·林奇的调查笔记,即新闻所称的抢劫银行未遂的嫌犯。"另外,我们需要铁锹。"

XXXV
昨夜
梅里特墓园

嚓。

嚓。

嚓。

铁锹撞到木头,挖不动了。

维克托和希德妮清理掉最后一点泥土,把铁锹扔在墓穴附近的草丛里。维克托跪下来,拉开了棺材盖儿。棺材里的尸体很新鲜,保存良好。这个男人大约三十来岁,一头黑发整齐地梳到脑后,鼻梁窄长,两眼生得很近。

"你好,巴里。"维克托对尸体说。

希德妮的目光难以从尸体上挪开。他的样子不大讨人喜欢,有点……过于死气沉沉了,不知道等他睁开眼睛,瞳仁是什么颜色。

他们沉默了片刻,气氛几近肃穆,然后维克托按住她的肩膀。

"怎么样?"他指着尸体说,"该你动手了。"

Part One · 水、血，以及浓稠之物

·· ✝ ··

尸体打了个哆嗦，睁开眼睛，挣扎着坐了起来。

"你好，巴里。"维克托说。

"搞……什么……鬼？"巴里发现自己的大半个身子都被卡住了，原来是维克托一脚踩在棺材盖儿上。

"你认识伊莱·卡代尔吗？也许他改姓伊弗了。"

巴里显然还在琢磨眼下的处境。他的目光飘忽不定，从棺材、土坑、夜空，忽又移到问话的金发男人，以及坐在墓穴边、穿着亮蓝色紧身裤的女孩身上。希德妮晃荡着两条细腿，低头观察巴里，有几分惊讶，也有一点点失望，因为此人的眼睛只是普通的棕色。她希望是绿色的。

"该死的伊弗。"巴里咆哮着，举起拳头砸向棺材。他的身体忽隐忽现，仿佛时好时坏的投影。他每一次挥拳，空气中都有轻微的嘶鸣，似是从远处传来的爆炸声。"他说那是选拔环节！参加什么狗屁英雄联盟——"

"他要你去抢劫银行，证明自己是英雄？"维克托的语气带有一丝怀疑，"然后呢？"

"白痴，你看我这样子还用问？"巴里在自己的身体上比画，"他杀了我！那个混蛋要我展示能力，结果他半路上杀出来，开枪打了我。"

看来维克托的猜测没错。这是一个圈套。伊莱明明杀了人，却演了一出英雄救场的戏。维克托不得不承认，他凭借这一招摆脱了谋杀嫌疑。

"见鬼，我不是死了吗？这算什么把戏？"

"你之前是死了，"维克托说，"多亏我朋友希德妮，你现在比死强了点儿。"

巴里闻言大骂，浑身噼里啪啦的如点爆的鞭炮。"你干了什么？"他

冲希德妮吼道。"你毁了我。"希德妮皱着眉头,看他明暗不定,犹如相机的闪光灯,以一种诡异的方式照亮墓地。她这是第一次复活超能者,不知道是不是所有的零件都可以——都能够——复原。"你破坏了我的能力,你这个小——"

"我们有活儿派给你。"维克托打断了他。

"滚开,我这样子像是要接活儿的吗?我要从该死的棺材里出来。"

"我认为你是想接这个活儿的。"

"去你妈的。你是维克托·维尔吧?伊弗招募我的时候提起过你。"

"很高兴他还记得。"维克托的耐心即将耗尽。

"是啊,他说你傲慢自大,好像能造成疼痛什么的?不过,我可不怕你。"他又闪了一下。"听到了吗?放我出去,我教你知道什么叫疼。"

希德妮看到维克托握紧了拳头,周围的空气嗡嗡震颤,但巴里似乎什么都没感觉到。出岔子了。希德妮回忆着给他第二次机会的过程,他复活的方式和普通人不一样,不完全一样。嗡鸣戛然而止,棺材里的男人得意洋洋地笑了。

"哈,瞧啊,你的小婊子搞砸了,是不是?我什么都感觉不到!你伤不了我!"

闻言,维克托挺起了胸膛。

"噢,对付你还不容易,"他愉快地说,"我可以合上棺材盖儿,把土填回去,然后一走了之。喂,"他对还坐在墓穴边晃腿的希德妮喊道,"让不死之人变回死人要花多长时间?"

希德妮本想对维克托解释,被她复活的人并非不死之人,据她所知,他们是活生生的,是再正常不过的正常人——好吧,除了这个神经系统方面的小问题——不过她知道维克托的意图以及希望听到的回答。于是她低头看着巴里·林奇,夸张地耸耸肩:"我没见过有哪个不死之人能自行死掉的。我猜永远也变不回死人。"

"那可真是好久哦。"维克托说。巴里不再骂骂咧咧,嘲弄的表情也消失了。"不如你考虑考虑?我们过几天再来?"希德妮把铁锹扔给维克托,一铲子泥土如雨般洒落在棺材盖儿上。

　　"好吧,等等,等等。"巴里恳求道。他想从棺材里爬出来,结果抽不出脚。原来,早在动手之前,维克托就将巴里的裤子钉在了木板上。其实这是希德妮的主意,为了安全起见。巴里慌了,忽闪忽闪地,嘴里呜呜咽咽。维克托提起铁锹,贴着他的下巴,微微一笑。

　　"那么,这活儿你接了?"

XXXVI
昨晚
君子酒店

"刚才是怎么回事,希德妮?"

维克托一边走上酒店的楼梯,一边跺掉靴底的泥巴——他不喜欢电梯——身边的希德妮一步两级地往上跨。

"巴里的复活为什么出了状况?"

希德妮咬着嘴唇。"不知道,"她气喘吁吁地回答,"我也在想这个问题。也许……也许是因为超能者已经有过第二次机会了?"

"感觉不一样吗?"维克托追问道,"你复活他的时候?"

她抱起胳膊,点点头:"感觉不对劲。通常,就好像有一根线,可以抓住,但对于他,那根线很难抓住,不断地溜走。我抓得不牢。"

维克托不再说话,他们一路爬到七楼。

"等你再试一次的时候……"他们走到房门口,问题还没问完,维克托就闭嘴了。房内有人说话,低沉而急促。维克托取出钥匙开门的同时,另一只手从背后抽出枪来。房门打开后,他们看到沙发靠背上冒出了米奇那颗文了图案的脑袋,电视机放着黑白电影,交谈声仍在继续。维克托松了口气,把枪收起来。他应该知道没什么事,应该感觉到没有别人出现。他及时阻止了懊恼的情绪继续发酵,与此同时,希德妮的一头短发从他眼前晃过,进了房间。电视屏幕上的人们衣冠楚楚,正低声争吵。米奇对经典老片情有独钟。在监狱的活动区,电视机一般只播放体育节目或老掉牙的情景剧,维克托却多次安排播放黑白片。他欣赏米奇这种与众不同的口味,一个人因此而有趣。

希德妮在门口脱了鞋,打算去洗掉墓穴里的泥巴,还有指甲缝里挥之不去的死人味儿。她经过的时候,趴在沙发旁的大黑狗抬起脑袋,摇着尾巴,拍得地板咚咚作响。在前去复活巴里之前,维克托清理了残留在多尔毛皮上的血渍和污垢,如今这头畜生看样子完全恢复正常了,它起身后慢吞吞地跟上了希德妮。

"嗨,维克。"米奇挥手打招呼,目光却始终没离开电视机屏幕上那个穿礼服的男人。笔记本电脑在他手边,连接着一台崭新的小型打印机,他们走的时候没见过这东西。

"我留下你,可不是让你暖沙发的,米奇。"维克托说着,走进厨房。

"找到巴里了?"

"找到了。"维克托倒了一杯水,懒洋洋地靠着台子,盯着杯子里不断冒出的气泡。

"他答应替你送信?"

"是。"

"那他人呢?你应该不会真的放他自由吧?"

"当然不会。"维克托笑了,"我把他送回去过夜了。"

"好残忍。"

维克托耸耸肩,喝了一口水。"我早上再放他出去忙活。你这边怎么样?"他说着,杯口朝向米奇,"我不想打扰你看《卡萨布兰卡》,不过……"

米奇起来伸了个懒腰："关于这个世界头号大案，有好消息，也有坏消息，你做好洗耳恭听的准备了吗？"

"说吧。"

"搜索算法还在运行中。"他递来一个文件夹，"这是到目前为止的收获。根据他们的多项特征，我们足以认定这些人是超能者。"维克托接过来，把文件铺在台面上。共有八个人。

"这是好消息。"米奇说。

维克托仔细看他们的档案。每一页文件都有大段文字说明，全是窃取的资料——姓名、年龄和简短的病历，接着是各自遭受的事故或创伤情况、精神状况记录、警方报告、精神类药物和止疼药的处方。信息经过筛选整理，复杂的人生经历如今一目了然。档案上除了文字，还配有照片。有年近六十的男人，有漂亮的黑发姑娘，还有十来岁的少年。所有照片都是偷拍的，拍摄对象的眼睛或看着镜头，或看着附近，都没直视拍摄者。所有照片都用黑色的记号笔打了一个叉。

"打叉是什么意思？"维克托问。

"这就是坏消息了。他们全都死了。"

维克托猛地抬头："全都死了？"

米奇神色哀伤地看着这些档案，表情几近虔诚。"看来你对伊莱的预感是对的。这些只是在梅里特找到的，按你的要求。后来我打算加把劲，开启了新的搜索，范围扩大到过去十年和全国大部分地区。我没有打印出所有的数据——太多了——但肯定属于同一种模式。"

维克托的目光又落回到文件上，一时间定格不动。他无法从那些打叉的照片上挪开视线。也许他应该感觉愧疚，把这头可怕的怪物放出来，害死了那么多无辜的人——毕竟，是他造就了伊莱，是他怂恿伊莱试验那一套理论，是他从死神手中救回伊莱，也是他害死了安吉——但当他低头凝视这些死者的面容，内心只有一种平和的喜悦，一种真相大白的欣慰。一直以来，他对伊莱的判断都是正确的。伊莱尽可以宣扬维克托是披着人皮的魔鬼，但证明伊莱才是魔鬼的证据，就摆在台子上，历历在目。

"这家伙在大搞破坏。"米奇又从打印机旁拿起薄薄的一叠纸，正面朝上地摆好了，"不过我还有彩蛋给你。"三张照片上的人或注视、或睥睨、或抬眼望向维克托，自身却浑然不知。第四张照片正吱吱呀呀地爬出打印机。等打印机吐出来后，米奇暂停了电影，把这张纸放到台子上。四张照片都没有打叉。

"他们还活着？"

米奇点头："暂时是的。"

这时，希德妮穿着卫衣和T恤出现了，多尔紧随其后。维克托心里一动，不知道被救活的生命会不会和女孩产生联系，或者多尔只是和大多数犬类一样绝对忠诚，而且个头够大，可以平视希德妮的眼睛。她漫不经心地拍拍多尔的脑袋，从冰箱里拿出一罐苏打水，爬到台子旁的高凳上，双手捧着罐子坐好。

维克托把死人的档案收拢来，丢到一边。现在还没必要让希德妮看到。

"你还好吗？"他问。

她点点头："事后总是感觉怪怪的。好冷。"

"要不要喝点热的？"米奇问。

"不。我喜欢捧着这个，证明我至少比罐子热乎。"

米奇耸耸肩。希德妮凑近了看四个人的档案，与此同时，搜索算法仍在默默地运行。

"他们都是超能者吗？"她轻声问道。

"不一定，"维克托说，"不过如果我们走运，会有一两个是的。"

维克托的眼睛飞快地扫过他们的个人资料，又看了看旁边的照片。疑似超能者之中，有三个年轻人，还有一个年纪较大。希德妮拿起其中一份档案。这个姑娘名叫贝丝·柯克，一头亮蓝色头发。

"我们怎么知道他会先追杀哪个呢？我们从哪儿开始？"

"算法只能分析到这一步。"米奇说，"我们必须靠猜了。挑一个吧，但愿我们抢在伊莱前头。"

维克托耸耸肩。"没必要。现在不用管他们了。"他压根不关心蓝发姑娘等人的生死。他感兴趣的不是活人的价值，而是死人对伊莱本性的证明。他原本打算拿这些人作诱饵，找到后用来引蛇出洞，然而希德妮——她的能力，以及他们精心炮制的消息——足以让他放弃掉那些毫不相关的超能者。

听到维克托的回答，希德妮吓呆了。"可我们得警告他们啊。"

维克托从她手里抽回贝丝·柯克的档案，翻过来放到台子上。

"你希望我警告他们，"他柔声问道，"还是拯救他们？"希德妮脸上的怒气慢慢消散。"寻找被害人，而非杀手，纯属浪费时间。等伊莱收到了我们发出的消息，我们都不用去找他。"

"为什么？"她问。

维克托扬起嘴角："因为他会来猎杀我们。"

Part Two

非凡的一天

I
今早
特尼斯学院

伊莱·伊弗坐在历史课堂的后排，正摩挲着课桌表面的木纹，等待下课。他所在的礼堂位于私立特尼斯学院，距离梅里特市区大约有半小时车程。往前数三排，靠左第三个座位上，坐着一个名叫贝丝的蓝发女孩。贝丝的发色不算特别奇怪，不过伊莱碰巧知道，她是在头发完全变白之后染成这样的。头发变白是因为一次重伤，她差点死掉。严格地说，她确实死过一回，死了四分半钟。

此时此刻，贝丝活生生地坐在那儿，聚精会神地做着笔记，天知道是美国独立战争还是美西战争或是二战——伊莱连这门课具体叫什么都不清楚，更别提教授讲的是哪场战争了——蓝色的发丝搭在脸颊上，落在白纸上。

伊莱最受不了历史课。他感觉这十年来历史课根本没啥变化，洛克兰大学的其他预修课也一样，旨在把每个学生绕进一个小圈圈里无法自拔。他一会儿盯着天花板，一会儿盯着教授半手写半打印的板书空白处，一会儿望向蓝发女孩，一会儿看看时钟。这堂课快结束了。他从书包里抽出一叠薄薄的文件，心跳陡然加快。文件是塞雷娜帮他装订的，里头巨细无遗地记录了蓝发女孩的经历、她遭遇的事故——说是惨剧毫不为过，她是那场灾难的唯一幸存者——及其之后的康复。他轻轻摩挲着贝丝的照片——不知道是从哪儿搞来的——蓝发女孩着实讨人喜欢。

时钟的指针仍在滴答转动，伊莱把文件塞回包里，推了推架在鼻梁上的厚框眼镜——只是平光镜片，没有度数，他注意到了特尼斯学院的流行时尚，于是入乡随俗。扮年轻从来不是问题，但时尚易变，对他而言太快了，难以保持步伐一致。贝丝愿意的话可以特立独行，伊莱却要竭尽全力隐没于人群中。

距离铃响还有几分钟，好心的教授提前下课，祝大家周末愉快。满教室都是椅子的拖动声、书包的撞击声。伊莱站起身，混在一群学生当中，跟着蓝发女孩走出礼堂，穿过走廊。等他们走到大门前，伊莱替她拉开门。女孩谢过他，顺手把一绺钴蓝色发丝撩到耳后，向校园的另一边走去。

伊莱尾随其后。

习惯使然，他边走边感受以往藏枪的位置，但夹克口袋是空的。有关女孩的那份文件给出了警告，必须小心保管任何受磁力影响的物品，所以他把武器留在手提箱里。这一次他必须采取传统的做法，倒也没什么问题。他极少放纵自己沉迷其中，但无法否认的是，徒手带来的快感是非常纯粹和愉悦的。

特尼斯学院不大，属于那种环境安逸的小地方，有各式各样的建筑和纵横交错的林荫小道。贝丝和他所走的小道横穿校园，相对比较宽敞，学生也不少，这使他的尾随不至于太过显眼。伊莱始终与她保持一定的距离。上午的校园空气清新，满是春天的生机，天空湛蓝，树叶新绿。有一片叶子从枝头飘落，落在女孩的蓝色头发上，两种颜色的搭配鲜亮动人，令伊莱感叹不已。他戴上手套。

他俩快到停车场时，伊莱三步并作两步地追了上去，距离女孩只差一臂之遥。

"嘿！"他假装上气不接下气地喊道。

女孩没有停下，只是放慢了步子，回头看着他。很快，他就走到了女孩身边。

"你是贝丝吧？"

"是，"她说，"我们一起上了菲利普斯的历史课。"

只上了最近的两次课，但伊莱可以肯定，这两次都吸引了她的注意。

"是啊，"伊莱说着，露出了最拿手的阳光男孩的笑容，"我是尼古拉斯。"他一向很喜欢这个名字。尼古拉斯、弗雷德里克和彼得是他最常用的名字。这些名字可不简单，都是统治者、征服者和国王们用过的。他和贝丝走进停车场，经过一排排汽车，校园距离他们越来越远。

"抱歉，能请你帮个忙吗？"伊莱说。

"什么事？"贝丝把一绺散落的发丝撩到耳后。

"上课的时候我不知道神游去哪儿了，"他说，"所以不知道作业是什么。你记下来了吗？"

"当然。"她答道。他们走到了女孩的车旁。

"多谢，"伊莱说着，咬了咬嘴唇，"我想大概有比盯着黑板更吸引人的事儿吧。"

她羞怯地笑笑，把书包搁在汽车前盖上，拉开拉链，翻找起来。

"任何事儿都比黑板吸引人。"她说着，掏出自己的笔记本。

贝丝攥着笔记本，刚一转身，伊莱突然一把掐住她的喉咙，将她猛地按在车身上。她拼命地喘气，伊莱越掐越紧。贝丝扔下笔记本，胡乱抓向他的脸，黑框眼镜掉了，一道道深深的血痕赫然出现。他感觉到鲜血流过脸颊，但没有费心擦拭。贝丝背后的汽车微微颤抖，钢铁似有弯曲的迹象，可惜她获得超能力的时间不长，而且汽车太重了。她开始缺氧，逐渐失去了反抗的力量。

以前，他还会向超能者们费一番口舌，试图说明他这种行为的逻辑性和必要性，希望他们死前能想明白，其实他们已经死了、化成灰了，只是某种黑暗且不可信任的力量维系着他们的躯壳。可他们从来不听，到头来，言语无用，只能付诸行动。他对塞雷娜的妹妹破了例，结果又如何呢？没用，向超能者解释这些根本是徒劳的。

于是伊莱死死地压住女孩，耐心地等待她的挣扎愈加缓慢无力，最后一动不动了。他静静地站在原地，享受着随之而来的安宁一刻。每一次，当那光亮——应该说生命，但并不准确，因为那不是生命，只是某种冒充生命的赝品——从他们眼中消逝，他都有这样的感觉。片刻的宁静，世界的平衡又恢复了一点点。非自然回归自然。

美妙的时刻过去了，伊莱放开女孩的喉咙，任由她的尸体贴着扭曲的车门缓缓滑下，倒在混凝土地面上，凌乱的蓝发遮住脸庞。伊莱画了一个十字，与此同时，脸部的抓伤自行愈合，干涸的血渍底下，皮肤光滑依旧。他跪在尸体旁边，捡起那副装饰用的眼镜。他刚刚戴好眼镜，手机响了起来，他从外套里摸出手机。

"英雄热线，"他熟练地应道，"有什么可以帮你？"

··✝··

伊莱以为会听到塞雷娜慢悠悠的笑声——英雄热线是他俩之间的小玩笑——然而电话那头传来了粗哑的嗓音，几乎可以肯定是男人。

"伊弗先生吧？"那人问。

"你是哪位？"

"我是梅里特警局的戴恩警官。我们接到报警电话，在第五街与哈伯街交会处的泰丁斯·韦尔银行发生了抢劫案。"

伊莱皱眉道："我有自己的工作，警官。可别告诉我，警察希望我为他们代劳。你怎么知道我这个电话？这不是我留的联系方式。"

"是那个女孩给我的。"话筒里传来了爆炸声，震得线路嗞嗞作响。

"最好是急事。"

"正是，"戴恩警官说，"抢劫犯是超能者。"

伊莱按摩着额头。"你们不是有应对策略吗？你们肯定接受过他们的培训。我可不能直接过去——"

"此人的超能者身份并非问题所在，伊弗先生。"

"那么请告诉我，"伊莱咬牙切齿地说，"问题出在哪儿？"

"有人认出他是巴里·林奇。你……那个，他……他应该死了才对。"

长时间的沉默。

"我这就来，"伊莱说，"还有什么情况吗？"

"还有。他现在闹得天翻地覆，一直叫嚷着你的名字。我们应该开枪射击吗？"

伊莱闭上双眼，走到车边："不。等我到了再说。"他挂断电话。

他打开车门钻进去，按下快速拨号。一个女孩接听了，他立刻打断对方的话。

"我们有麻烦了。巴里回来了。"

"我正在看新闻。我以为你——"

"没错，我杀了他，塞雷娜。他死透了。"

"那怎么——"

"那他怎么去打劫第五街与哈伯街交会处的一家银行了？"伊莱厉声吼道，发动了汽车，"他怎么突然活了？真是个好问题。谁有可能复活林奇？"

电话那头久久无语，过了一会儿，塞雷娜说："你说你杀了她。"

伊莱握紧方向盘："我以为杀死了。"但愿如此。

"就像你杀死巴里那样确定?"

"相比希德妮,我对林奇的死更加确信。巴里死了,毫无疑问,绝对没有搞错的可能。"

"你说你追过去了。你说你结果了她——"

"这件事我们待会儿再聊,"他说,"我要杀了巴里·林奇。再杀一次。"

··✟··

手机从塞雷娜的掌中滑落,轻声落在床上。她回头看着酒店的电视机,屏幕上仍在播报抢劫案的新闻。虽然抢劫案发生在银行内部,镜头被拦在黄色胶带拉出的警戒区外,只能对准街道,但犯罪场面还是引起了巨大的轰动。毕竟各大报纸都报道过上周发生在史密斯和劳德银行的抢劫案。平民英雄毫发未损地走出现场,劫匪则进了裹尸袋。

这一下,市民们自然慌了,谁都没想到劫匪还活着,而且生龙活虎地又抢了一家银行。他的名字在屏幕下方持续滚动,用醒目的字体写着"巴里·林奇还活着巴里·林奇还活着巴里·林奇还活着……"

这就意味着希德妮还活着。塞雷娜毫不怀疑,这一出诡异而瘆人的戏码,绝对是妹妹的杰作。

她呷了一口滚烫的咖啡,烧得喉咙生疼,眉头也拧成一团,但她还是咽了下去。没有生命的东西不受她的能力影响,她喜欢这一事实。它们没有思维和感觉。她无法命令咖啡不许烫她,无法命令刀子不要伤她。她可以操控使用工具的人,但对工具本身毫无办法。她又抿了一口,目光又飘向了电视机,一张照片填满了屏幕的右半边,正是曾经身亡的超能者。

可是为什么希德妮要复活他呢?

伊莱向塞雷娜保证过,她妹妹死了。塞雷娜告诫过他不要撒谎,他则直视塞雷娜的眼睛说，他开枪打中了希德妮。这句话确实不是谎言，对吧？伊莱扣下扳机的时候，她也在场。她咬住嘴唇。伊莱的反抗越来越有技巧了，似乎找到了她在能力上的微小漏洞。转移，省略，回避，拖延。她倒不是不欣赏这种小小的反抗——其实很欣赏——然而一想到希德妮还活着，受了伤，而且就在城里，她就越发的呼吸困难。

事情根本就不该弄成这样。

塞雷娜闭上双眼，脑子里满是荒野、尸体和妹妹惊恐的表情。那天希德妮尽全力表现得勇敢，但她无法隐藏恐惧，尤其不能瞒过塞雷娜。她熟悉妹妹脸上的每一条纹路，多少个夜晚，她坐在妹妹床边，在黑暗中依次抚平所有的皱纹。塞雷娜当时不该转身，不该喊妹妹的名字。那只是一种镜像，原有生命的回响。她一遍遍地提醒自己，荒野上的小女孩不是她妹妹。塞雷娜知道，那个貌似希德妮的小女孩并不是希德妮，同样的，她也清楚自己不是塞雷娜。而在伊莱扣下扳机的前一刻，这一点不重要了——希德妮看起来那么小，那么害怕，有血有肉，塞雷娜都忘了她不是希德妮。

她慢慢地睁开眼睛，目光定格在仍滚动不止的快讯标题上——"巴里·林奇还活着巴里·林奇还活着巴里·林奇还活着"——然后她抬手关了电视。

伊莱形容得好。他称呼超能者为影子，外表与造就他们的人类一样，但内在是一片死灰。塞雷娜感觉到了。从她在医院里醒来的那一刻起，她觉得似乎有某种色彩鲜亮的、极其重要的东西消失了。伊莱又说，消失的是她的灵魂，而且声称自己是不一样的。塞雷娜没有阻止他这样想，因为若不如此，就只剩一个解决办法了——把别的说法灌输给他，他自会笃信无疑。

但要是他说对了呢？一想到失去了灵魂，塞雷娜就有种莫名的哀伤。而想到可怜的小希德空余一具躯壳，她更是心痛不已。如此一来，她越发相信伊莱的行为，即送超能者入土为安，是一种慈悲。可当希德妮出现在公寓的门口，双颊冻得通红，蓝眼睛明亮动人，似乎仍有生命的光亮时，塞雷娜顿感于心不忍。她动摇了。在他们向荒野跋涉的途中，她满脑子都是各种"如果"。

希德妮的罪孽，如伊莱声称，是双重的。除了她是非自然的、不该存在的超能者，另外，她还拥有腐化他人的力量，使用某种冒充生命的毒物填充他们的躯体，但那不是生命。也许那就是塞雷娜在希德妮眼中看到的东西，虚假的光亮，令她错以为是妹妹的生命，以及灵魂。

也许吧。

无论塞雷娜为何犹豫，她确实动摇过，而如今她妹妹——形似妹妹的影子——还活着，而且显然就在城里。塞雷娜穿上外套，出去寻找希德妮。

II
今早
君子酒店

维克托一边享受着酒店里滚烫的热水浴，一边从身上洗掉来自墓穴的泥土。今天早上他再去墓地时，巴里·林奇竟然表现得相当配合。维克托是拂晓前去的，把先前填回墓穴的泥土挖了出来。回填泥土是为了掩盖棺材，使墓穴看上去空空如也，防止有人偶然路过，无意中撬开盖子，从而看到巴里那对惊恐的眼珠。疼痛和恐惧是如影随形的孪生兄弟——这一常识是维克托在洛克兰学生时代研究得来的——而疼痛有多种形式。维克托也许不能对巴里·林奇的身体造成伤害，但并不意味着无法施加惩罚。看来，巴里似乎也明白这一点。于是，维克托微笑着，把这个死而复生的家伙拉出了棺材——尽管此人皮肤松弛，触感怪异，令他深为反感——然后递过一张纸条，就放对方走了。维克托确信林奇会照做，但为了不出岔子，临走前他又说了一件事。他先是往回走了几步，忽然扭头望向巴里，似乎想起了什么。

"那个女孩，希德妮，就是复活你的那个。她可以随时改变主意，打个响指，你就会像石头一样摔在地上。或许应该说，像尸体一样倒下去。你想见识一下吗？"他从口袋里掏出手机，开始拨号。"相当厉害的招数。"

巴里面色苍白，连连摇头，维克托便放他走了。

"喂，维尔！"米奇的声音从浴室外传来，"快出来。"

他关掉淋浴喷头。

"维克托！"

一分钟后，他用毛巾擦着头发走出去，米奇还在喊他的名字。阳光透过高大的窗户照进来，晃得他睁不开眼。时近中午，他发出的消息应该快送到了。

"什么事？"维克托一开始有点担心，随后看到米奇满脸堆笑，兴奋无比。不知道这家伙干了什么，看样子非常骄傲。希德妮也出来了，多尔慢慢地摇着尾巴，紧随其后。

"来看这个。"米奇指着铺在厨房台子上的文件。维克托叹了口气。又有十多份——可以肯定，大多数档案都查不下去。他们还没法获取比较精确的搜索结果。从昨天傍晚直到深夜，维克托一直都在查看资料。不知道伊莱是怎么做到的，是不放过任何一条线索，还是他知道或看见过一些维克托未曾见闻的内幕。这时，米奇当着他的面，把文件一份接一份地翻过去，最后只剩三份正面朝上。一个是蓝发女孩，一个是年长的男人，都是他昨晚看过的，第三个则是新人，肯定刚发现不久。

"这些，"米奇说，"就是伊莱最新的目标。"

维克托抬起双眼，目光冰冷。他的身子晃来晃去，手指敲击着台子。"你是怎么查出来的？"

"说来非常精彩。你先别晃悠，我再告诉你。"

维克托强迫自己静下来："说吧。"他扫视着文件上的名字和面孔。

"我发现有这样一种模式，"米奇说，"我总是查到警方档案为止。梅里特警方的档案。于是我就想,警方会不会已经建立了他们的数据库呢?也许我们可以参照一下,做个比较。你提到过,很早以前有个警察,至少是和警方有关的人,知道超能者的存在。然后我就想,啊,也许我可以直接调用他们的数据,而不用大费周章——我的意思是,没有我查不出来的,但太浪费时间——如果他们已经替我完成了一部分工作呢?于是我开始浏览梅里特警方的'嫌疑人'数据库,终于有了发现。我从小到大就喜欢玩那种'找不同'的解谜游戏。我玩得好极了。总之——"

"他们都被打上了标记。"维克托的目光仍在文件上游移。

米奇的肩膀垂了下去。"老兄,你总是破坏掉最精彩的部分。不过,是的……我特意简化给你看。"他闷闷不乐地说,"我把文件翻过去。这样摆在你面前,就比较容易看出其中的模式……"

"打标记是什么意思?"希德妮踮起脚尖瞧这些文件。

"你看,"维克托指着文件说,"这些人有什么共同之处?"

希德妮眯着眼睛看了半天,摇摇头。

"中间名。"维克托说。

希德妮大声读出来:"伊莉斯、伊林顿、伊莉萨……都有'伊'字。"

"正是。"米奇说,"他们被打了标记。而且是为我们的朋友,伊莱。也就是说——"

"那些警察和他是一伙的,"维克托说,"就在梅里特活动。"

希德妮低头看着蓝发女孩的照片。"你怎么确定?"她问,"万一只是巧合呢?"

米奇得意地说:"因为我做足了功课。我调取他们的过期档案,交叉验证了这一推论。现已死亡的'嫌疑人'都进了数字垃圾箱,顺便说一句,那是他们的危险人物集中营。而我发现里面的名单与伊莱过去四个月的谋杀对象完全吻合。"他把装有已故超能者档案的文件夹丢到台子上,"包括你那个巴里·林奇,你们深更半夜挖出来的家伙。"

维克托开始踱步。

"还有更好的消息。"米奇说,"这些特别档案的创建者是这两名警察中的一位。"他敲了敲其中一份文件的右上角。"弗雷德里克·戴恩警官,或者马克·斯戴尔警探。"

维克托胸口一紧。斯戴尔。怎么是他?十年前,正是这个人逮捕了维克托,在洛克兰辖区负责超能者案件的是他,在维克托养好枪伤之后,亲自送维克托进了赖顿监狱单人牢房的也是他。斯戴尔的参与和伊莱的证词,直接导致维克托被单独监禁五年(当然,他的超能者身份并未公开记录在案,只是被认为具有高度自我及残害他人的危险,这也害他在五年内如履薄冰,极力表现得人畜无害——至少没有以肉眼可见的方式伤害别人——然后才换到了公共牢房)。

"你在听吗?"米奇问。

维克托心不在焉地点头:"那些建立特殊档案的人,现在,或者说一直,都与伊莱有联系。"

"正是。"

维克托的思绪早就飘远了,但他还是举起水杯,摆出敬酒的姿势。"干得漂亮,米奇。"他扭头问希德妮,"你饿吗?"

希德妮似乎没听见。她拿起已故超能者的文件夹,面无表情地一张张翻过,然后停止了动作。维克托凑过去,看到了那份文件上的照片。金色短发,水蓝色眼睛,旁边附有清晰的名字:希德妮·伊莉诺·克拉克。

"我的中间名是玛丽昂。"她轻声说,"他以为我死了。"

维克托俯身抽走文件。他眨了眨眼,将它折起来,塞进衬衣的口袋里。

"快了,"他拍了拍手表,"就快了。"

Ⅲ
今早
泰丁斯·韦尔银行

伊莱把车停在距隔离带还有一个半街区的地方,然后推了推架在鼻梁上的眼镜,下了车。当他绕过惊恐万状的围观人群和挤成一团的摄影师,走向银行背面时,他发现犯罪行为已经停止了。人群还未散去,闪光灯此起彼伏,但现场还算安静——没有警报声、枪声和喊叫声——这足以证明他的推断。

他看见斯戴尔警探时有点紧张,尽管塞雷娜信誓旦旦地保证过安全。这位警探是几个月前调到梅里特市的,负责调查该区发生的一系列谋杀案——当然都是伊莱的杰作——但就算有塞雷娜的保证,也无法完全消除伊莱对他的疑虑。头发花白、永远皱着眉头的斯戴尔正在银行背面等候,见他来了,便拉起黄色警戒带放他通行。伊莱又推了推鼻梁上的眼镜。这副眼镜稍微有点大。

"你还真像克拉克·肯特啊。"斯戴尔淡淡地说。伊莱没心情搭腔。

"他人呢?"

"死了。"警探领着他走进银行。

"我说了要你们留他一命。"

"我们也没办法。他开火了——不知道你管那个叫啥——而且瞄不准,好像他的能力出了什么毛病。炸得天翻地覆,我们没法制止。"

"市民有伤亡吗?"

"没有,他要所有人都出去。"他们走到一块隆起的黑布旁,依稀可见人形。斯戴尔提起靴子尖戳了一下。"媒体都想知道,为什么一个本来死了的疯子,却拿着武器进了银行,而且既没有抢劫银行,也没有挟持人质。他只是把所有人都赶出去,然后胡乱开火,不停地喊叫伊莱·伊弗这个名字。"

"上周你就不该报道那则新闻。"

"媒体都长着眼睛呢,这可拦不住,伊莱。而且是你要把事情闹大的。"

伊莱不喜欢此人的口气,以前就不喜欢,尤其信不过那种挑衅的意味。

"我那是展示实力。"伊莱低声吼道。他不愿承认的是,实际情况不止如此,他需要旁观者。其实原本是塞雷娜的主意,他心知肚明,后来就变成了他的主意。

"展示实力倒也没错,"斯戴尔说,"可你有必要闹出那么大的动静?"

"为杀人打掩护,"伊莱说着,拉开了黑布,"再说我怎么知道他还会活过来?"巴里·林奇的棕色双眸瞪着他,空洞无神,没有一丝生气。他听见附近走动的警察们交头接耳,低声询问他的身份以及此行的目的。他尽量在检查尸体时表现得专业一点。

"我这一趟算是白跑了,"他压低声音说,"这家伙都死了。"

"恕我直言,他之前就死了,你不会忘记吧?还有,"斯戴尔接着说,"这次他留了一张纸条。"

斯戴尔递给伊莱一个塑料袋，里面有一张皱巴巴的纸条。他取出来，小心翼翼地展开。

是一幅简笔画，画的是手牵手的两个人。一个精瘦的黑衣男人和一个小女孩，后者只有前者一半高，短头发，大眼睛。小女孩微微仰头，胳膊上有个小红点，不比句号大。还有三个类似的红点，分布在男人胸前。那人的嘴巴就是一笔冷酷的线条。

简笔画底下写了几个字：我交了个朋友。

是维克托。

"你没事吧？"

伊莱眨眨眼，感到警察的手按在他胳膊上。他移开胳膊，不等别人发现和议论，迅速叠好纸条，塞进口袋里。

"处理掉尸体。"他对斯戴尔说，"这次务必烧掉。"

伊莱顺着原路返回。他一路疾行，安然无恙地回到相对僻静的小巷，钻进汽车。他按住口袋里的简笔画，肚子莫名地疼了起来。

维克托从桌上拿起刀。"你报了警，还说我是超能者。你要搞清楚，我可没出卖你。我本来可以的。你为什么跟他们讲这种蠢话？你知道如果涉及疑似超能者的问题，他们有专人负责处理吗？那家伙叫斯戴尔。你知不知道？"

"你疯了，"伊莱侧移一步，背对墙壁。"把刀放下。你伤不了我。"

然后维克托笑了，那样子不像是他本人。伊莱本能地往后躲，却被墙壁挡住了。刀子插进他的肚子。他感觉刀尖刮到了后背的皮肤。疼痛剧烈而持久，没有稍纵即逝，消弭于无形，而是疯狂地扩散。

"你知道那天晚上我发现了什么吗？"维克托凑近了说，"你从手掌里挑出碎玻璃的时候，我看得很清楚。只有等我拔出刀，你才能自愈。"他用力一拧，伊莱的眼里仿佛炸开五颜六色的礼花，剧痛难忍。伊莱呻吟着，身体倚着墙壁往下坠去，但维克托提起刀柄，撑住了他。

"我还没使用新的能力呢，"维克托说，"虽然不如你的能力那么花哨，但是很有用。想见识一下吗？"

伊莱艰难地吞了吞口水。他一边发动汽车，向酒店驶去，一边给塞雷娜打电话。不等对方应答，伊莱抢先说话了。

"我们有麻烦了。"

Ⅳ
十年前
洛克兰大学

早晨空气清冷，伊莱·伊弗坐在宿舍楼外的台阶上，他捋了捋头发，发现双手沾满鲜血。一条条黄色警戒带环绕在他四周，在冬季的昏暗黎明显得格外鲜艳夺目。红光和蓝光洒满霜冻的地面，他每看一眼，都要眩晕好几分钟，缭乱的色彩挥之难去。

"请你再说一次事情经过……"一名年轻的警察说。

伊莱摸了摸肚子，尽管皮肉已经恢复如初，但疼痛的余波依然在作祟。他又搓了搓手，只见干涸的血块掉落在人行道的积雪上。他用悲痛的语调——其实他也不确定自己是什么感觉——从维克托当晚那一通惊慌失措的电话讲起，维克托先是承认自己杀了安吉，然后持枪出现在他们宿舍的起居室。伊莱没有提到刀子的事情，而且在警察到来之前，他就擦净了所有的刀子，放回橱柜里。很奇怪，他的大脑本能地感到慌乱，却有余力指挥他的手脚做出必要的举动，完全不顾脑海里渐渐微弱的尖叫，以及最好的朋友身中数枪、躺在宿舍地板上的惨烈场景。有一样东西从伊莱体内消失了——恐惧,他对维克托说过——随着浴缸的冰水流进了下水道。

"于是你从维尔先生手里夺过手枪。""夺过"是伊莱的用词,不是警察说的。

"去年夏天有一个班专教防身术,"他撒谎,"不是特别难。"

然后他双手撑地,摇摇晃晃地站起来。他浑身是血,弯着胳膊,小心地挡住被刀子捅穿的衬衣破洞。已有两个警察就此事讯问过了。他表示自己非常幸运,并不清楚凶器为何没有伤到他。没伤到是显而易见的事实。瞧,衬衫上有破洞,伊莱的身体却没有伤口。幸运的是,相比伊莱的奇迹生还,警察们对于躺在硬木地板上仍流血不止的维克托更感兴趣。这家伙真走运,他们小声嘀咕,伊莱不清楚他们指的是自己,还是暂无性命之忧的维克托。

"然后你对他开了三枪。"

"我当时悲痛欲绝。他刚刚杀了我女朋友。"伊莱不知道自己是不是震惊过度,或许正因为如此,安吉的死才没有令他心如刀绞。他希望自己为此感到悲伤,真的很希望,然而实际的感觉和想要的感觉之间有一道鸿沟,一样非常重要的东西被挖走了,而鸿沟越来越深。他对维克托说过,失去的东西是恐惧,其实并不准确,因为他依然感到害怕。他害怕的是这道鸿沟。

"再然后呢?"警察催促道。

伊莱揉揉眼睛。"然后他冲我来了。我慌了神,不知道怎么办。我尽量不伤他性命。"他吞了吞口水,觉得有点渴。"说真的,我能不能进去清洗一下?"他指着破破烂烂的衬衣问道。"我要去看看安吉……的遗体。"年轻的警察朝着警戒线内喊了一句,得到了肯定的答复。救护车早就离开了,现场一片狼藉。一名警员拉起警戒带放他进去。

起居室的地板上有一条弯弯曲曲的血痕。伊莱驻足观望。先前的搏斗场景浮现在眼前，犹如刺目的警灯，他强行移开目光，走进浴室。看到镜中的自己，他突然想笑，但还是克制住了。那是一种病态的、近似哭号的怪笑。鲜血染红了衬衣和裤子，沾在脸上和头发上。伊莱在盥洗池里仔细地清理，用手术前的清洁方式擦洗胳膊。他最喜欢这件大红色衬衣，维克托常说他穿上后就像一颗熟透的番茄，可惜再也不能穿了。

维克托。维克托错了。彻头彻尾地错了。

"可如果我丢了什么东西，那你也一样。生命的本质就是交易。难道你以为把自己交到上帝手里，他会在赐予天赋的同时，还让你保持原样？"

"是的。"伊莱对着盥洗池大声回答。他正是这样做的。他不仅愿意，而且非做不可。不管那道鸿沟是怎么回事，既然存在，定有它的意义，使他更加强大。他必须坚信这一点。

伊莱洗了脸，又掬起水浇到头发上，直到水流不带一丝殷红。他换上干净的衣服，正打算弯腰钻过前面的禁戒线，忽然听到年轻警察回应同僚的一句话。

"是的，斯戴尔警探马上就到。"

伊莱停下脚步，回到宿舍里。

"你知道如果涉及疑似超能者的问题，他们有专人负责处理吗？那家伙叫斯戴尔。你肯定不知道吧？"

伊莱转身，径直走向后门，却看到一名人高马大的警察挡在外面。

"先生，你没事吧？"警察问。伊莱缓缓地点头。

"前门被带子封住了，"他说，"我不想给你们添麻烦。"

大块头警察点点头，让开了。伊莱出了后门，等大块头警察走到年轻警察身边，他已经钻进宿舍楼公用的小院子。看来他是无罪的。他告诉自己。暂时无罪。

维克托才是罪人。他认识的维克托已经死了，取而代之的是一个冷血的邪物。是变态的、崇尚暴力的维克托。维克托谈不上友善，也不亲切——他个性鲜明，伊莱曾经为其不羁的寒光所吸引——但他并不是现在这样的人。如今的他是杀人犯，是怪物。毕竟，是他杀了安吉。怎么杀的？怎么发生的？利用疼痛杀死的？有可能吗？他试图调用医学知识进行分析。心脏病发作？疼痛能不能造成身体短路，就像电流一样？迫使身体停止运转？冻结身体的各项功能？他捏紧拳头，指甲深深地掐进肉里。那是安吉。是一个人，而不是实验品。而那个人曾令他有过美好的体验、健康的知觉，当他的心智坠落深渊，是安吉又将其重新托起。莫非就是她？安吉就是丢失的东西？填补鸿沟的是他人，而不是自身的某一部分，这样不是很好吗？不，不是的。安吉帮了很大的忙，帮了很多的忙，但在她死之前，伊莱就有了空洞的感觉，甚至在他自己死前就感觉到了。这种感觉——缺乏感觉的感觉——转瞬即来，犹如飘过头顶的乌云。然而，从他在浴室地板上醒来的那一刻起，阴影便如影随形，似乎出了什么问题。

没有出问题，他强硬地告诉自己。**只是有了区别。**

伊莱钻进自己的车里——幸亏当时停在两个街区外（那儿不容易被贴罚单）——点火发动。路过工程实验室的时候，他减了速，看见那里也拉起了黄色警戒带——标出了维克托的毁灭之路——还有乱成一团的几辆急救车。他径直开过去了。他要尽快赶到医学预科楼。他要找到莱恩教授。

· · ✠ · ·

伊莱挎着一个空背包，大步流星地穿过自动门，走进三栋连体的医学大楼。中央实验室的大厅被涂成了难看的淡黄色，他不知道那些家伙为什么非要使用这种令人作呕的色调——也许是为了让医学预科生提前适应大多数医院里的阴郁配色，毕竟那是他们向往的工作场所，或是出于某种刻板印象，以为浅色代表干净——结果使整个地方看起来极度缺乏生气，现在尤其严重。伊莱低着头爬上两层楼梯，来到办公室，他就是在这儿度过了假期的大部分时间。莱恩教授的名牌亮闪闪地挂在门上。伊莱转动门把手。锁了。他想从口袋里找些开锁的工具，于是摸出了一枚回形针。既然电视剧里经常这么用，如今试试也成。他跪在门把手前。

在维克托返校之前，伊莱将自己的发现交给了莱恩教授，随着他的理论逐渐成型，莱恩教授的态度也从原先的怀疑变成了好奇。当时因为这个选题引起了教授的注意，伊莱很是高兴，但那种快乐远不及如今赢得莱恩的尊敬。他的研究，应该说是他们的研究，在教授的指导下又有了新的方向，从重新解释超能者在假设存在的前提下所具备的特质——濒死经历及其对肉体和精神造成的影响——延伸到定位超能者的可能性系统，即一种搜索算法。至少这是一条研究路径，而维克托返校后，建议尝试创造超能者。伊莱还没把这个想法告诉莱恩教授，还没来得及。维克托失败后，伊莱一门心思想把自己打造成超能者，而当他成功后——真的成功了，只是有得必有失——他已经不想和教授分享成果了。这段时间，莱恩的兴趣越来越大，从单纯的好奇变成了沉迷，伊莱对此一清二楚。当然，他也有所警惕。

回头来看，幸好他没有泄露新的研究方向。不到一周时间，伊莱的研究便结束了安吉的性命，毁掉了维克托的生活（假如他还活着的话），也改变了自己的未来。虽然论文选题走向邪路、造成巨大破坏的这一事实，无疑要归罪于维克托，但他的行为也揭露了超能者背后的残酷事实，以及无可避免的后果。眼下，伊莱知道该做什么。

"你需要帮忙吗？"

伊莱正拿门锁没法，闻言抬起头，看到一个门卫正倚着一把扫帚，眼珠子来回打量伊莱和他手中被掰直了的回形针。他故作轻松地笑了笑，站起身来。

"有人帮忙最好了。老天啊，我真是蠢毙了。我有个文件夹落在莱恩的办公室里。他是我的指导教授，文件夹里有我做论文的材料。"他语速飞快，就跟电视剧里的演员一样，生怕观众不知道他们说的是谎话。他的掌心滑溜溜的，全是汗水。说完后，他停顿片刻，强迫自己吸了口气。"顺便问一下，你见到他了吗？"吸气，呼气，"我可以再等他一会儿。"吸气，呼气。"忙了好几周，只当是休息一下吧。"然后他闭口不言，等待门卫判断他的解释。

过了好一阵子，那人从口袋里掏出一串钥匙，打开了门。

"我还没看到他，但他应该很快就到了。还有，以后你要撬锁，"转身走开之际，他还不忘提出建议，"得用两枚回形针。"

伊莱长出一口气，微笑着挥手致谢，然后走进办公室，赶紧关上门。他轻叹一声，开始干活儿。

有的时候，科学产生的奇迹能够提高我们的效率，让我们的生活更加轻松。利用现代科技制造的机器，可以比人脑提前思考三步、五步甚至七步的行动，机器可以提供简洁有效的解决方案，一整套应急计划，如果A计划不合你的心意，还有B计划、C计划、D计划。

而有的时候，只需要一把螺丝刀外加一点点力气即可完成工作。伊莱也承认，这样做毫无新意和美感，不能带来精神上的愉悦，但非常高效。他们的研究成果保存在两个地方。一个是蓝色文件夹，放在壁柜的第三个抽屉里，伊莱将其取出来塞进背包。第二个则是电脑。

他使用最直接、最保险的方式对付莱恩教授的电脑：拆下硬盘，抬脚猛踩，然后把踩坏的硬盘放进背包里。他打算连同文件夹一起，把整个包扔进焚化炉，碎木机也不错。但愿莱恩教授并未临时起意，在别的地方备份。

伊莱拉上背包的拉链，尽量把电脑还原到最初的样子，至少乍一看不会察觉到硬盘没了。他刚刚挎上背包出门，打算锁好莱恩的办公室，忽然听见一声咳嗽，回头发现教授就站在面前，一手端着咖啡，一手拎着公文包。他们四目相对，伊莱还握着门把手。

"早上好，卡代尔先生。"

"我要撤回我的论文。"伊莱开门见山。

莱恩皱起眉头："那你不能毕业了。"

伊莱整了整背包，从他身边挤过去。"我不在乎。"

"伊莱，"莱恩教授跟了过来，"什么意思？发生什么事了？"

走廊上只有他们两人。伊莱说话时并未放慢脚步。"不能再继续下去了，"他的声音小得几不可闻，"现在就得停。一开始就错了。"

"可我们刚刚走上正道。"莱恩教授说。伊莱推开走廊尽头的门，跨进楼梯间，莱恩也跟了过来。"你现在的发现，"莱恩说，"我们未来的发现……将会改变世界。"

伊莱回过头。"不是朝好的方向改变，"他说，"我们不能继续调查下去了。再调查下去会怎么样？我们有可能找到超能者，然后呢？他们被抓捕、检查、解剖、研究，然后会有人停止研究，试图创造超能者。"他的肚子隐隐作痛。这种事情肯定会发生的，正如他们之前所做的，不是吗？他本人就是证据。诱惑他的是成为超能者的前景，而他当时满脑子都是证明而非推翻这一可能。

你琢磨过吗？

"那样不好吗？"莱恩问，"创造出拥有超凡能力的人？"

"他们不是超凡能力者。"伊莱厉声说，"他们的存在就是错误。"

伊莱相当自责。维克托说得对，尽管伊莱祈求上帝的帮助，但他事实上戏弄了上帝。慈悲的上帝或许拯救了伊莱的性命，却摧毁了他拥有的一切。"我绝不会给任何人创造超能者提供便利。无论哪条道路，终点都是毁灭。"

"别说得这么夸张。"

"一切都结束了。我不干了。"伊莱说着,攥紧了背包带子。莱恩眯起眼睛。

"我还得干。"莱恩伸手搭着伊莱的肩膀,指头勾住背包带子,"我们对科学研究负有责任,卡代尔先生。研究必须继续下去,任何一点成果都要分享。别这么自私。"

莱恩猛地一扯背包,却没能从伊莱肩上夺过去,说时迟那时快,两人开始了抢包大战。伊莱一把推开莱恩,教授站立不稳,撞到楼梯扶手上。争抢中,莱恩的胳膊肘重重地打到伊莱脸上,他的嘴唇顿时开裂。伊莱擦掉血,从莱恩的手中夺过背包,将其扔到一边。这时,他才发现莱恩已经住手了。教授愣在原地,双眼圆睁,伊莱不用与其对视,就知道发生了什么事。他的嘴唇完全愈合了。

"你……"莱恩的表情先是震惊,继而化作狂喜,"你做到了。原来你就是。"他仿佛看到了一轮又一轮实验,一篇又一篇论文和新闻报道,以及民众难以自拔的痴狂。"你就是一个——"

不等莱恩说完,伊莱突然伸手,把他推向楼下。莱恩只来得及发出一声惊呼,随着"咚咚"几声闷响,他滚下楼梯,最后重重地摔在地上。

伊莱低头望着莱恩,希望自己能体会到恐惧。然而没有。又是如此,应有的感觉与实际的感觉之间有一条鸿沟,尽情地嘲弄着他。伊莱不清楚自己是有意把教授推下楼梯的,还是单纯地想把他推开,无论如何,伤害已无法挽回。

"是维克托的主意,他希望用实践检验我的理论。"伊莱一边走下楼梯,一边解释道,"实验的过程有点曲折,但确实成功了。所以我知道不能再继续研究下去。"莱恩痛苦地挣扎着,嘴巴张开,不知道是在呻吟还是喘气。"因为实验成功了。因为这种实验本身就是错误。"伊莱走到楼梯底下,站在他的老师身边。"我临死前祈求能够活下去,也如愿了。但这是一种交易，教授，与上帝或魔鬼的交易，我付出了朋友们的生命。每一个超能者都出卖了自己的一部分，永远拿不回来。你没看到吗？"他跪在双手痉挛的莱恩身边。"我不能再让别人违背自然，背负如此深重的罪孽。"

伊莱知道要做什么，那种确定无疑的感觉非常奇异，却也令他神清气爽。他一手卡在莱恩的咽喉处，一手抬起对方的下巴。"这个研究项目就随我们一起去死吧。"

莱恩的身体剧烈地扭动起来。

"应该是，"伊莱轻声说，"随你一起去死。"

等莱恩的双眼失去了神采，伊莱把他的头轻轻地搁在地上，然后松开手，站起身。有那么一刻，他感受到了无与伦比的安宁，和从前在教堂里一样，那种绵软如丝的平和……是如此神圣。自从他重获新生，这是头一次产生找回自我的感觉，甚至是超越自我。

伊莱画了个十字。

然后他走上楼梯，稍事停留，观察着那具尸体——姿态扭曲，脖子折断，看样子像是坠楼所致。咖啡杯是随教授一同滚落的，顺着楼梯沿路泼洒，破损的杯子倒在破损的尸体旁。伊莱上楼时小心翼翼地避开了那一摊摊液体。他在牛仔裤上擦擦手，捡起背包，却迈不开步子。他站在原地等待，等待恐惧、恶心和内疚感涌起。结果什么也没有。除了安宁。

这时，钟声响彻大楼，打破了平静，只给伊莱留下一具尸体和逃离现场的冲动。

· · ✝ · ·

伊莱穿过停车场，此时的他已经在思考接下来做什么。在楼梯间感受到的安宁被一种急促的活力所取代，有个声音在脑袋里低语，催促他

186

快走。那不是内疚,也不是慌张,更像是自我保护。他找到自己的汽车,刚把钥匙插进车门,就听到身后传来脚步声。

"卡代尔先生。"

快走,那声音在脑袋里咆哮,清晰无比,充满说服力,但不知为何,他并不急于离开。他转动钥匙,"咔嗒"一声,车门锁上了。

"有什么可以帮你的吗?"他转过身,看着对方问道。此人肩宽体阔,人高马大,一头黑发。

"我是斯戴尔警探。你这是刚来还是要走?"

伊莱从车门上抽出钥匙:"刚来。我觉得应该告诉莱恩教授。我是说维克托的事。他们平日很亲近。"

"我跟你一起去。"

伊莱点点头,刚迈出一步,又皱起眉头。"我把背包留在车里。"他说着打开车门,把背包——连同里面的文件夹和硬盘等等——丢到后座上,"我预感今天没法上课了。"

"很遗憾。"斯戴尔警探随口应道。

伊莱数着步子走回医学预科实验室。数到34时,他听到警报声,立刻抬头张望。身边的斯戴尔骂了一声,三步并作两步地赶过去。

看来他们发现莱恩的尸体了。

快跑,快跑,快跑,脑袋里的声音不停地催促伊莱。它的音调和语速与此时的警报声一般无二。

然后他真的跑了,但不是往外面跑。双脚带动他跑进大楼,跟在紧急救援队后面,来到了楼梯间底层。伊莱看到尸体的瞬间,喉咙里哽咽了一声。斯戴尔立刻把他拉开,伊莱双膝一软,跪倒在冰冷的地板上。他痛得五官扭曲,掩藏在裤子里的瘀伤转眼愈合。

"过来,小子。"斯戴尔说着,把他往后拽。伊莱的视线却始终不离犯罪现场。所有戏份都按计划和需求表演完了,露出的线头都剪断了。

结果他看到了那个门卫,正倚着墙张望,眉头紧皱,似在思考什么谜题。

见鬼,伊莱心里想着,但十有八九喊出了声,因为斯戴尔拉他起来后说:"真是见鬼了。我们走。"

一下子死了这么多人。他知道自己难免也会成为嫌疑人。**快跑**,脑袋里的声音又是催促,又是恳求,扯动他的肌肉和神经。但他不能跑。如果他现在跑了,他们肯定会追上来。

所以他没有跑。事实上,他完美地扮演了受害人的角色。震惊、愤怒、精神遭受重创,更重要的是,合作。

当斯戴尔警探指出,他周围的人不是死了,就是半死不活,伊莱极尽全力表现得肝肠寸断。他解释了维克托嫉妒自己的原因,不仅因为他的女友,还因为他在班上的排名。维克托总是落在后头。他肯定是突然爆发了。这种情形很常见。

等斯戴尔警探问起论文的情况,伊莱解释说论文题目本来是他选的,但维克托据为己有,背着他找莱恩合作。然后他凑近了向斯戴尔透露,维克托前几天就表现反常,整个人变化很大,感觉不对劲,如果维克托还活着——如今仍在重症监护室——他们应该保持高度警惕。

考虑到伊莱所受的创伤,他的论文作废了。*创伤*。在警局接受质询的时候,从他的学业会议到校方分配单人公寓给他居住的整个过程中,这个词始终如影随形。*创伤*。正是这个词帮他破译了密码,找到了超能者诞生的本源。创伤成了一种通行证。遗憾的是,他们根本不知道他遭受了多少*创伤*。

他站在新的宿舍里,没有开灯,任由肩上的背包——他们哪里知道要搜查汽车——滑落在地。自从他离开聚会现场去寻找维克托,这是他头一次孤身一人——真正的独处。有那么一会儿,应有的感觉和实际感觉之间的鸿沟忽然不见了。眼泪顺着伊莱的脸颊滑落,他双膝着地,跪在硬邦邦的木地板上。

"怎么会发生这种事情？"他在空荡荡的房间里低语。他不知道自己指的是突如其来的巨大哀伤，是莱恩的被害，是安吉的死，还是维克托的改变，或是他处在旋涡的正中央，却安然无恙的事实。

安然无恙。再确切不过了。他充满对力量的渴望，当冰水汲取他的体温和生命力的时候，他乞求上帝赐予他力量，却获得了这种能力。无可匹敌的复原能力。可是为什么呢？

超能者是错误的存在，而我是超能者，所以我也不该存在。这是一个再简单不过的等式，然而不对，不知为何。**就是不对**。他内心有一种怪异而无比确定的想法，超能者是错误的存在。他们不该存在。但他也同样确信，自己是例外的，和其他超能者不一样，与众不同。**没错，毋庸置疑的与众不同，而不是错误**。他回想起自己当初在楼梯间说的话，那些字句甚至未经思考，脱口而出。

但这是一种交易，教授，与上帝或魔鬼的交易……

这就是区别所在吗？伊莱见过一个披着密友皮囊的魔鬼，却并未感觉到自己体内有邪恶的影子。假如说有什么特别的感觉，那便是这双手如此强壮而牢靠，引导他扣下扳机，扭断莱恩的脖子，制止他从斯戴尔面前跑开。那种安宁且沉稳的时刻，仿佛是信仰之光的照耀。

可他还是需要一个信号。这几天来，相对于伊莱光芒万丈的发现，上帝的存在似乎弱如风中的残烛，然而此时此刻，他觉得自己又变成了小孩子，需要鼓励和认可。他从牛仔裤的口袋里抽出一把小折刀，亮出刀刃。

"您要收回去吗？"他冲着黑暗发问，"如果我不是您的造物，您会收回这份力量，是吗？"他眼中泪花闪耀。"是不是？"

他一刀切下，从胳膊肘割到手腕，鲜血当即汩汩涌出，洒落在地，痛得他龇牙咧嘴。"您会让我死去。"他换了持刀的手，在另一条胳膊上割出同样的伤口，但尚未抵达腕部，伤口就愈合了，唯余光滑的皮肤和地上的一小摊鲜血。

"不是吗?"他下手更重,深及骨骼,一次又一次,直到鲜血染红了地板。直到他上百次把生命交与上帝之手,而上帝又上百次地归还给他。直到他体内的恐惧和怀疑彻底流光。伊莱颤颤巍巍地把小刀丢到一旁,用手指蘸着鲜血,在胸前画了个十字,站起身来。

V
正午时分
君子酒店

伊莱把车停在街边。

三年前他与某个超能者恶斗，打得惊天动地，从此他就信不过酒店的停车场。那一次他拼命爬出碎石堆，足足花了两个小时自愈。此外，进出需要登记，各种票据、收费和路障……反正停在车库里不可能快速离开。伊莱停好了车，横穿马路，走过装饰奢华的酒店门廊，这儿立有一尊浅色石像，正是梅里特市的骄傲——"君子"侯爵。酒店是塞雷娜挑的，他心情不好，懒得反对。希德妮的小插曲过后，他们就来了，至今不过几天时间而已。他真心希望那个小女孩在树林里因流血过多而死，也许他追上去射出的子弹有一两发没有落空，打中了希德妮。可他口袋里的那幅画，还有死而复生、生而复死的巴里·林奇，却给出了完全相反的答案。

"下午好，希尔先生。"

伊莱愣了一下才想起自己就是希尔先生，他微微一笑，向酒店前台的女人颔首致意。塞雷娜比假身份还好用。登记入住的时候，他无需出示任何身份。信用卡也不要。她的确很有用。伊莱不喜欢这么依赖别人，却也尽力调整这种想法，说服自己有塞雷娜在，办事更容易、更顺利，如有必要，塞雷娜可以省去许多辛苦，当然，那些工作他也完全有能力胜任。这样说来，她并非不可或缺，只是极大地提供便利罢了。

在走向电梯的途中，伊莱和一个男人擦肩而过。他在头脑中迅速对这个陌生人做了一番分析，一半是出于习惯，另一半则是有所警觉——十多年来，他就像玩找茬游戏一样研究过各色人等，形成了所谓的第六感。这家酒店价格昂贵、装修豪华，绝大多数客人西装革履，衣着体面。此人穿的也算正装，但块头很大，拉起的袖子和领口隐隐露出文身。他边走边看报纸，始终没有抬头，前台的女人也没有注意他，于是伊莱稍费心思记住了他的样貌，然后上楼去了。

他搭乘电梯来到九楼，走进房内。套间开阔且舒适，有一间开放式厨房，落地窗宽敞明亮，在阳台上可以观赏梅里特全景。塞雷娜却不在。伊莱把背包丢到沙发上，坐到角落的桌边，桌上有一台笔记本电脑，底下压着一份日报。他打开电脑，开始运行梅里特警方数据库，同时从口袋里掏出折叠的画纸，放到桌上展平。这时，数据库发出微弱的提示声，他从戴恩警员和斯戴尔警探专为他开设的后门登录。

他浏览各个文件夹，最后找到了需要的档案。贝丝·柯克出现在屏幕上，一头蓝发格外惹眼。他看了半晌，然后把这份档案拖进了回收站。

VI
十年前
洛克兰大学

伊莱坐在学校安排的单人宿舍里,吃着从美食城买来的中餐外卖,电视上正在播报新闻。洛克兰大学管理员戴尔·赛克斯,在昨晚下班后的回家路上,遭遇了致命车祸,肇事车辆已逃逸。伊莱又叉起一块西兰花。他并非有意如此。也就是说,他开车出发时并没有打定主意杀死那个门卫。不过伊莱查到了赛克斯的排班表,在车里又撞见他刚刚结束一周一次的夜间值班。伊莱看到他正在过马路,于是踩下了油门。但最终的结果是由一系列因素连环作用导致的,任何一环稍有延迟,这个人的性命即可得救。伊莱只能想到用这种方式给门卫一次机会,或者说,给上帝一次干涉的机会。赛克斯不是超能者,确实不是,但他是废物。当车头"嘭"的一声撞到赛克斯的时候,伊莱满心安宁,他知道这样做是对的。

新闻仍在播报,他靠坐在餐桌边的椅子里,目光越过中餐外卖盒,落在两沓打印纸上。一沓是他的论文笔记,主要是关于早期案例的研究——网页截屏和目击者证词之类的。还有一沓来自莱恩的蓝色文件夹。其中有伊莱提出的超能者成因理论，以及莱恩就鉴别潜在超能者的条件和要素做出的补充说明。在濒死经历旁边，教授加了一个伊莱以前听他说过的术语——创伤后死亡障碍，即濒死经历引发的心理失调；还有一个术语闻所未闻——复生原理，即病人不是渴望逃离之前的生活，就是基于他们的能力重新定义自我。

看着第二个术语，伊莱皱了皱鼻子。他不喜欢对号入座的感觉，但读一读这些笔记是有必要的。因为他开车撞向戴尔·赛克斯时的感受，与他准备结束维克托的生命时一样。目的性。他开始明白这种行为的目的了。

就他所知，超能者是对自然的冒犯，对上帝的冒犯。他们是非自然的力量，而且极其强大，但伊莱从来都比他们更强大。他的能力是对抗超能者的盾牌，坚不可摧。他可以做到凡人无法做到的事。他可以阻止超能者作恶。

但首先他必须找到他们。所以他正在梳理研究成果，用莱恩的理论结合案例调查，希望从中找到一个起点。

维克托比他更擅长解谜。无论事物之间的联系多么微妙，他只用看一眼就能发现。不过，伊莱坚持不懈地反复比对，任由电视里的新闻播报声起起落落，终于给他找到了一条线索。那是伊莱心血来潮保留下来的一则报纸新闻。一名男子的家人遭遇了一次离奇事故，无人幸存。就在这次事故发生的前几个月，他本人差点死于一次楼梯垮塌事故。新闻只登出了他的名——华莱士——没有姓，称其为当地人，而那份报纸所在的城市距离此地不过一小时车程。伊莱对着那个名字琢磨了半天，又查到一张网络论坛的截屏，就是那种有99.5％的人发帖是为寻找存在感的普通论坛。伊莱却耐心地查阅并且打印出来。他还找到了该网站的会员名单。其中有一个会员昵称为"华莱士47"，只发过一个早已被埋没的帖子。时间为去年,正好在他出事之后、家人出事之前。帖子的内容是,**靠近我的人有危险**。

线索不够多,但好歹也有头绪了。他把外卖盒扔进垃圾桶,又关掉电视机。伊莱想走,想离开这儿,不是逃避,而是前进。他有目标。他有使命。

可他知道自己必须等待。距离毕业的那天越来越近,与此同时,来自教授、辅导员和警察的关注,犹如夏日的骄阳,起初酷热难耐,随着一个月一个月地缓慢流逝,热力也逐渐退散。等到他走进教室参加考试的时候,大多数人都忘了关心他的经历。等学年结束,他胡乱收拾好行李,最后一次懒洋洋地走出宿舍,锁上门。他把钥匙塞到学校分发的白色信封里,扔进住宿管理处门外的邮箱。

这一天终于到来,等洛克兰大学的校园消失在身后,伊莱抛弃了卡代尔这个姓,改姓伊弗,然后去履行他的使命了。

· · ✝ · ·

伊莱并不享受杀戮的过程。

他很喜欢完事后的那一刻。当他折断的骨头恢复原状,破裂的皮肤愈合如常,周身被包裹在无与伦比的宁静之中,他知道那是来自上帝的认同。

然而杀戮本身比他所预料的混乱太多。

他不喜欢这种说法。杀戮。消除如何?消除要好一点。听起来,消除的对象与人类关联不大,他们本来也不是真正的人类……从语义上说。总之,太乱了。电视上大量的暴力镜头,导致伊莱误以为杀戮是干净利落的。手枪的一声低吟。刀子的一次猛刺。致命一击。

镜头转换,继续过日子。

轻松。

公平地说，杀死莱恩很轻松。赛克斯也一样，真的，因为办事的是汽车。但当伊莱剥下染血的橡胶手套时，他打心眼里希望镜头切换到比较愉悦的画面。

华莱士拼命地反抗。他年近六十，却壮得像头公牛。他甚至掰弯了伊莱最中意的一把刀，然后将其一折两段。

伊莱倚着砖墙，等待肋骨拼接完毕，再拖着尸体走向最近的垃圾堆。夜晚温暖怡人，他检查过身上的血迹，然后离开巷子。安宁感早已消退，徒留异样的哀伤。

他又茫然了。前路模糊不清。即便有了线索，寻找超能者还是花费了三周之久。这是一场缓慢而笨拙的追捕。他希望更加确定。他需要证据。话说回来，要是他推断错误怎么办？伊莱可不愿意杀害一群人类。莱恩和赛克斯都是特例，他们确实不幸，但在当时的情形下又非死不可。而且，假如伊莱扪心自问，这事儿也办得太丑陋了。他自知可以做得更好。华莱士丰富了他的经验。学习任何事情都有一个过程，但他笃信一句老话。

熟能生巧。

Ⅶ
正午时分
君子酒店

    维克托和希德妮坐在酒店房间里，一边吃着冷比萨，一边翻看米奇打印出来的档案。米奇则出去跑腿了。维克托正在浏览一个名叫扎卡里·弗林奇的中年男人的档案，其实相比手里的文件，他更留意手机——手机搁在台子上，随时可以拿起来接听——以及斯戴尔这个名字。他的手指在腿上无声地打着拍子。手机那头还有一份档案，属于一个名叫多米尼克·拉舍的年轻男人。

    希德妮坐在旁边的高凳上，第二块比萨都快吃完了。维克托注意到，她偷偷瞟了一眼伊莱的新闻照片——照片塞在第三份文件的边上，那是蓝发女孩贝丝·柯克的档案。希德妮伸手抽出档案，一双蓝眼睛睁得滚圆。

    "别担心，希德，"维克托说，"我会让他吃苦头的。"

    她安静了片刻，脸上仿佛戴着面具。很快，面具裂开了。"他杀我之前，"希德妮说，"说这样做是为了大局。"最后两个字她说得很重。"他说我的存在违背自然规律，违背上帝。那就是他给出的杀我的理由。我觉得这种理由不大说得过去。"她吞了吞口水。"却足以说服姐姐把我交给他。"

维克托眉头一皱。关于希德妮姐姐塞雷娜的问题，仍令他百思不得其解。为什么伊莱还不杀她？他似乎竭尽全力地置所有人于死地。

"这事儿很复杂，"维克托抬起头来，"你姐姐到底有什么能耐？"

希德妮迟疑了："我不知道。她从来没有展示给我看过。她答应了的，可她男友随后就开枪打我。为什么问这个？"

"因为，"他说，"伊莱一直把她带在身边。其中必有原因。她肯定对伊莱很有价值。"

希德妮低下头，耸耸肩。

"但是，"维克托接着说，"如果仅仅基于价值考虑，他应该也留下你才对。他丢的宝贝，被我捡到了。"

希德妮的唇边掠过一丝笑意。她把吃剩的比萨饼皮扔给趴在地板上的大黑狗。多尔扬起脑袋，不等饼皮落地就一口咬住。然后它站起来，绕过台子走向维克托，满眼期待地望着他手里的比萨饼皮。维克托喂给多尔，又挠了挠狗耳朵——维克托坐在高凳上，它的脑袋仍能凑到他怀里。他看看这条狗，又看看希德妮。他还真能收容流浪儿。

维克托的手机响了。

他放下文件，拿起电话，两个动作几乎是同时完成的。"喂？"

"找到了。"米奇说。

"戴恩还是斯戴尔？"

"戴恩。我还找到一个好地方。"

"哪里？"维克托拿起外套。

"往窗外看。"

维克托大步走到落地窗前，仔细观察起来。在马路对面的两栋大楼旁边，有一栋尚未竣工的高楼。木结构墙壁外环绕着脚手架，挂在正面的广告布条上写有"福尔肯·普赖斯"几个字，里面却没有工人的影子。这项工程不是暂停就是烂尾了。

"很好，"维克托说，"我这就来。"

他挂断电话，看到希德妮已经翻下凳子，拿着红外套，翘首等待。维克托不由自主地把她和多尔的神情联系在一起，同样是那么满怀期望。

"不，希德妮，"他说，"我需要你留下。"

"为什么？"希德妮问。

"因为你觉得我不是坏人，"他说，"我不想证明你错了。"

· · ✟ · ·

一楼到处都是用于隔离建筑区域的塑料布，维克托穿梭于其中，脚步声在钢筋水泥之间回荡。那些裸露在外的房间里落了一层浮灰，说明这个工地停工没多久，但从建材的质量以及它位于黄金地段的位置来判断，停工时间不会特别长。未竣工的建筑特别适合接下来的会面。

他穿过几层防水布后，看到了米奇和一个坐在折叠椅上的男人。米奇一副百无聊赖的样子。椅子上的男人怒容满面，却掩藏不住恐惧。维克托能够真切地感觉到他的恐惧，那是一种由疼痛引发的、弱化版的雷达波。此人体形精瘦，黑发寸头，尖下巴，双手被胶带捆在背后，警服的衣领上有暗红色血渍。流血处可能是面颊或鼻子，或许两者皆有，维克托不大确定。还有几滴血沾在胸前的警徽上。

"我得承认，"维克托说，"我希望是斯戴尔。"

"你说随便哪个都可以。斯戴尔出门了。我趁这家伙抽烟小歇的时候下的手。"米奇说。

维克托露出愉悦的笑容，目光移向椅子上的男人。"抽烟对你有害，戴恩警官。"

戴恩警官咕哝了一句，但因为嘴上贴着胶带，听不清楚。

"你不认识我。"维克托接着说。他把脚伸到折叠椅旁，轻轻一蹬。戴恩警官猛地翻倒在地，嘴里含混地叫了一声，维克托适时抓住倾斜的椅子，轻轻地扶正，然后自己坐了上去，"我是你的朋友的朋友。如果你肯帮忙，我必定感激不尽。"他倾过身子，胳膊肘架在膝盖上。"我希望你告诉我，你登录警方数据库所用的账户密码。"

戴恩警官皱紧眉头。米奇也一样。

"维克，"他避开戴恩警官，弯腰凑到维克托耳边说，"你要这个干什么？我能黑进去。"

维克托似乎不介意警官是否听见。"你确实黑进去给我看了，我很感谢。但我想要发布一条信息，所以需要一个内部账户。"是时候再送一条消息出去了，维克托希望所有的细节都做到完美。做过记号的档案留有创建者的标签，米奇指出过这一点，而所有标签都归属于两个人：不是斯戴尔，就是戴恩。

"另外，"维克托说着，把椅子滑到前面，"这样更有意思。"

房间里立刻响起一阵嗡鸣，裸露在外的高楼框架充当了能量的反射镜，很快，嗡鸣声无处不在。

"你应该去外面等。"他对米奇说。

维克托完善过这种能力，他可以从一群人当中任意挑选一个，使他们轰然倒地，但他还是不喜欢有旁观者在场。只是以防万一。有时候他兴奋过头，痛感就会溢出，波及到他人。米奇心照不宣，二话没说，拉起一块防水布就出去了。在目送他消失的同时，维克托反复屈伸手指，似在活动关节。对于把米奇牵扯进来，他隐隐感到一丝内疚。米奇被关进戒备森严的监狱，不大可能仅仅是因为黑客行为，但维克托依然内疚。绑架警察是重罪。当然了，不如维克托打算犯的罪那么重，但考虑到米奇的案底，肯定是雪上加霜。他有过打算，等他们一离开赖顿监狱，就打发走这位朋友，然而事实很残酷，维克托没有超人的力量，他需要有人帮忙处理尸体。所以，他越来越习惯米奇的陪伴。他叹了口气，回过神来，眼前的警察显然想要说话。维克托弯下腰，用膝盖顶住男人的胸膛，然后撕下胶带。

"你这是在干傻事，"戴恩警官吼道，"你会因此而被处电刑的。"

维克托无声地笑笑："有你帮忙，不会的。"

"我为什么要帮你?"

维克托把胶带贴回他嘴上，站起身来。

"噢，你当然不愿意了。"嗡鸣声突然尖厉刺耳，戴恩警官的身体抽搐起来，哀号声被胶带堵住了。"但你会答应的。"

VIII
今天下午
君子酒店

伊莱正盯着屏幕上警方数据库的表格，忽然听见背后有人推开了房门。他点击屏幕，关掉一个叫多米尼克·拉舍的疑似超能者的档案，同时，有一双细瘦的胳膊搂住了他的肩膀，一对柔软的嘴唇在他耳边磨蹭。

"你去哪儿了？"他问。

"找希德妮。"

他紧张起来："然后呢？"

"运气不好，但我放出话了。至少我们多了几双眼睛。银行那边怎么样了？"

"我不相信斯戴尔。"这话伊莱说过上百次。

塞雷娜叹了口气："巴里·林奇怎么样了？"

"我还没赶到那儿就死了。"伊莱从桌上拿起那张简笔画，往后一递，没有回头，"但他留下了这个。"

他感觉到夹在指间的纸条被抽走了，须臾，塞雷娜说："没想到维克托这么瘦。"

"现在不是开玩笑的时候,"伊莱厉声说。

塞雷娜转动电脑椅,让伊莱面朝自己。她的眼睛冷若冰霜。"你说得对,"她说,"你当初说你杀了希德妮。"

"我以为我杀了。"

塞雷娜俯身从伊莱脸上摘下眼镜——他都忘了自己还戴着——插到自己的头发上,像是临时使用的发箍,然后亲了亲他。亲的不是嘴唇,而是两眼之间,也就是伊莱每次反抗她时都会皱起的部位。

"真的吗?"塞雷娜呼出的气息喷在他脸上。

他尽量舒展眉头。在不与塞雷娜对视的情况下比较容易思考。

"是的。"

伊莱回答的时候,暗暗地松了口气。半真半假的区区两字,说出来却如此艰难,耗尽了他的气力。不过毫无疑问,他的控制力又有所长进。

塞雷娜稍稍退后,一双冰冷的蓝眼睛盯着他不放。她的眼里住着巧舌如簧、阴险狡诈的魔鬼,伊莱不止一次动过这样的念头,当初真应该杀了她。

IX
去年秋天
梅里特大学

音乐声大得吓人，连挂在墙壁上的画也瑟瑟抖动。楼梯上出现了一个天使和一个巫师。两只顽皮的猫儿拽住一个吸血鬼，一个戴着黄色隐形眼镜的家伙高声叫嚷，还有人打翻了一杯廉价啤酒，洒在伊莱脚边。

进门的时候，伊莱遇到一个魔鬼，便抢过对方的角戴在自己头上。他是看着那个女孩走进来的，左边是一个芭比，右边是一个处处违反着装规定的天主教女学生，而她本人只是牛仔裤配网球衫，一头金发松散地披在肩头。伊莱有一阵子没看见她了，她的朋友们手牵手举过头顶，仍在人群里穿梭，她却不知去向。她不化装就来参加万圣节聚会，应该非常显眼才对，可哪儿也找不着。

伊莱在房间里穿行，避开了好几个漂亮女学生的勾搭。虽说这种事儿挺能满足虚荣心，他看起来也确实是魅力四射——他的魅力十年未变——但他有正事要办。他在一楼走了好几趟，还是没发现女孩，最后竟是要找的人找到了他。一只手拉着他上了楼，躲进阴影之中。

"你好啊。"女孩耳语道。不知为何，在震耳欲聋的音乐和喊叫声中,伊莱居然听清了她的问候。

"嗨。"他轻声回应。

他们俩十指交扣,女孩拉着他拾级而上,远离喧闹,走进一间并不属于她的卧室,因为女孩进去之前探头张望,看样子不算熟悉。**这些大学女生啊**,伊莱愉悦地想着,**你不爱她们都不行**。他进去时顺手关上门,房间立刻安静下来,洋溢着幸福的气息,音乐声化作沉闷的节拍,在门外轰轰作响。灯关着,他们也没有打开的意思,房间里只有从窗户照进来的月光和路边的灯光。

"参加万圣节聚会却不化装?"伊莱取笑道。

女孩从裤子后兜拿出一个放大镜。

"夏洛克。"她解释。女孩举止缓慢,特别慵懒。她的眼睛是寒冬时节的水色,伊莱还不清楚她拥有哪种力量。他调查的时间不长,还没等到女孩展示实力。其实,伊莱已经观察了好几周,却一次也没有看到她施展超能力,所以决定近距离接触。他知道这样做有违自己的原则,不过他还是来了。

"你呢?"她问。伊莱意识到自己个子太高,所以女孩没看见。他低下头,指着顶上的角。红色的魔鬼之角缀满亮片,在黑漆漆的房间里闪闪发亮。

"默菲斯托菲利斯。"他说。女孩笑了。她读的是英语专业,伊莱调查得很清楚。他认为这个角色非常合适。一个魔鬼引诱另一个魔鬼。

"有创意。"她兴味索然地笑笑。塞雷娜·克拉克。他把名字写在笔记里了。塞雷娜的美貌是粗放型的,似是临出门时才匆匆化了点妆,但伊莱很难避开她的目光。他见多了漂亮姑娘,塞雷娜却完全不一样,不止是漂亮。当对方拉过他准备亲吻时,他差点把裤子后兜装有氯仿瓶子这事儿给忘了。塞雷娜的双手沿着他的脊梁滑向了牛仔裤,在摸到瓶子和叠好的方巾之前,就被伊莱一把抓起。他拉着塞雷娜的手举过头顶,按在墙上，两人热烈地接吻。她的唇是冷水的滋味。

伊莱本来打算把她从窗户推出去。

结果是塞雷娜把他推倒在陌生人的床上。氯仿瓶子硌得难受，可每当伊莱走神，她只用一根手指、一个微笑和一声轻柔的命令，就把他的注意力吸引了回来。他胸中一阵悸动。那是他多年未曾体验的感受——渴望。

"吻我。"塞雷娜说。他照做了。伊莱无论如何也做不到不吻她，当两人的唇贴在一起，塞雷娜调皮地按住他的双手，金发在他脸上扫来扫去，痒痒的。

"你是谁？"她问。伊莱早已决定今晚的名字是吉尔，可等他开口，说出来的却是："伊莱·伊弗。"

怎么回事？

"押了头韵啊。"塞雷娜说，"你为什么来参加聚会？"

"我来找你。"回答脱口而出，他甚至没注意到自己在说话。伊莱的身体僵住了，脑子里隐约意识到事情坏了，他必须起来。可当他正准备脱身时，女孩柔声说："别走，躺好了。"他的身体当即违背了他的意愿，在塞雷娜的抚摸下慢慢松弛，而心脏仍在胸膛里狂跳不已。

"你很惹眼。"她说，"我之前见过你，就在上周。"

其实，伊莱已经跟踪她两周了，希望有机会见证她的能力，可惜运气不佳，直到这一刻。他企图驱动身体，身体却渴望躺在她下面。伊莱渴望躺在她下面。

"你是在跟踪我吗？"她半开玩笑地问道，伊莱竟然回答"是的"。

"为什么？"塞雷娜放开他的手，仍跨坐在他身上。

伊莱拼命地用胳膊肘撑起身体。他竭尽全力克制住回答的欲望。**不要说来杀你。不要说来杀你。**不要说来杀你。他感到这几个字沿着喉咙往上爬。

"来杀你。"

女孩明显皱起眉头,却纹丝不动:"为什么?"

回答再次脱口而出。"你是超能者,"他说,"你的能力是非自然的,极其危险。你是危险人物。"

她撇了撇嘴:"来杀我的小子还好意思说我危险。"

"我不指望你理解——"

"我理解,但你今晚不要杀我,伊莱。"她的语气是如此随意。伊莱肯定皱起了眉头,因为她接着说,"别这么失望。今天不行,可以明天再试嘛。"

房间昏暗,墙外的喧嚣仍在轰鸣。女孩俯身从他头上取下红色的角,戴在卷曲的金发上。真好看,伊莱吃力地调动思绪,回想为什么她非死不可。

然后她说:"嗯,你是对的。"

"什么是对的?"伊莱问。他的思维迟钝了。

"我是危险人物,不应该存在。可你有什么权利杀我呢?"

"因为我可以。"

"这个回答不好。"塞雷娜说着,摸了摸他的下巴。然后女孩慢慢地滑到他身上,牛仔裤贴牛仔裤,髋部贴髋部,皮肤贴皮肤。

"再亲我一下。"她下令。伊莱照做了。

· · ✝ · ·

塞雷娜·克拉克有一半的时间觉得还是死了好,另一半的时间都用来告诉周围的人该做什么,同时希望有人不照做。

她曾经要求离开医院,医院的工作人员随即让路放行,当时她还没打完点滴。起初,她对此颇为受用,毕竟生活毫无阻力,万事称心如意。以前的塞雷娜意志顽强,时刻准备着为实现各种理想而斗争。忽然之间,她不用这么做了,因为没有人与她斗争。塞雷娜周围的世界变得柔软而温和,所遇见的人、交谈的人,个个目光呆滞,眼里洋溢着某种满足。生活中再也没有挫折和不安,反倒越来越令人崩溃。当她说想回学校去,父母立刻点头。老师们也不和她对着干了。每当她有了什么古怪的念头,朋友们只知道说"好好好"。男孩子则失去了激情,一味地满足她的要求,包括那种她压根不感兴趣、只是因为无聊而提出的要求。

以前的世界屈服于塞雷娜的毅力,如今直接缴械投降。她不必费口舌,也不必费心力。

她感觉自己像幽灵。

最糟糕的是,塞雷娜不愿意承认这种顺风顺水的生活方式多么容易上瘾,尽管她也偶尔自感凄凉。她多少次试图激起人们的斗志而未果,每当厌倦时,她就会逃回那种掌控一切的舒适感。她关不掉这种能力。即便她不是命令,只是建议和请求,他们也一样照做。

她感觉自己像神。

她做梦都希望有人反对她。或者拥有足够强大的意志力,不屈服于她。

有一天晚上约会,塞雷娜对那个小伙子发火了——真的发飙了——因为她受够了那种傻呆呆的眼神。不知道什么原因,无论塞雷娜怎样命令小伙子反抗她、违逆她,对方始终拒绝,非要俯首帖耳,死活不肯说句重话。塞雷娜忍无可忍,叫他从桥上跳下去。

他照做了。

塞雷娜还记得,收听坠桥新闻的时候,她盘腿坐在床上,朋友们则围坐于一旁——但没人碰她;似乎有一道无形的墙隔开了她们,是恐惧,或是敬畏——那个时候,她意识到自己既不是幽灵,也不是神。

她是怪物。

Part Two · 非凡的一天

··✝··

伊莱翻看着一张小小的蓝色卡片,是那个女孩昨天晚上塞进他口袋的。一面写的是大图书馆附近的一家咖啡馆——名为灯柱——以及时间,即下午2点。另一面写的是山鲁佐德——她居然拼写对了。伊莱当然知道这个典故。就是《天方夜谭》里给苏丹讲故事的女人,从不当晚讲完故事,以免被他杀死。故事留到第二晚接着讲。

穿行于梅大的校园中,伊莱十年来头一次产生了宿醉感,头脑昏沉,思维迟滞。他花了大半个上午才摆脱女孩的控制力,认清她是行动的目标。仅仅是目标罢了。

他把卡片塞回口袋。他知道塞雷娜不会露面。经历过昨晚的事情,她要是还敢接近自己,那就是傻子了。尤其是伊莱已经坦陈过此行的目的。然而塞雷娜真的来了,坐在灯柱咖啡馆的院子里,身穿深蓝色卫衣,戴着太阳镜,一头卷曲的金发贴在脸颊两侧。

"你想死吗?"伊莱站在桌边问。

她耸耸肩:"我死过一次。怕是早没了新鲜劲儿。"她抬手示意对面的空椅子。伊莱权衡了一番,觉得不能在校园里杀她,于是坐了下来。

"塞雷娜。"她说着,把墨镜推到头顶。阳光下,她的眼睛更明亮了。"不过你已经知道我的名字了。"她抿了一口咖啡。伊莱一言不发。"你为什么要杀我?"她问,"别说什么你可以。"

伊莱的想法刚一出现,立刻溜到嘴边。他皱起眉头,回答仍脱口而出:"超能者是非自然的。"

"这个你说过了。"

"我最好的朋友成了超能者,我亲眼目睹他的变化。就像魔鬼钻进了他的皮囊。他杀了我的女友,还企图杀我。"他咬住舌头,极力阻止言语从嘴里鱼贯而出。这种控制力究竟来自她的眼睛还是声音?

"所以你就怪到你所找的每一个超能者头上，"塞雷娜说，"让他们替你朋友赎罪？"

"你不明白，"他说，"我是在保护别人。"

她端着咖啡杯，笑了。不是开心的笑容。"什么人？"

"普通人。"

塞雷娜报以冷笑。

"正常人。"伊莱极力辩驳，"超凡能力者不该存在。他们不仅得到了第二次机会，而且在获得武器的同时，没有人告诉他们应该如何使用。没有束缚他们的规则。他们的存在本身就是罪孽。而且他们是不完整的。"

塞雷娜的红唇掠过一丝笑意："什么意思？"

"意思是，当一个人复活并成为超能者，他们并非原封不动。他们丢失了一部分。"即便是受到上帝祝福的伊莱，也知道自己有所缺失，"很重要的东西，比如同情心、对分寸的把握、恐惧以及对后果的顾虑。这些或许可以调和他们的超能力，但却找不到了。告诉我，我错了。告诉我，你以前拥有的一切，如今还在。"

塞雷娜探身过去，把咖啡杯搁在一摞书上。她没有反驳，而是问道："你的超能力是什么，伊莱·伊弗？"

"你凭什么认为我有超能力？"他飞快地说出来，抵消了回答的冲动。这是一个小小的胜利，是一次成功的反击，但伊莱知道她留意到了。塞雷娜笑得颇有深意。

"告诉我你的超能力。"她说。

这一次伊莱回答了："我能自愈。"

她纵声大笑，引得院子另一边的几个学生扭头张望。"难怪你这么大义凛然呢。"

"什么意思？"

"这么说吧,你的天赋不能影响他人,是被动能力。所以在你的认知里,你不构成威胁。但我们其他人都构成了威胁。"塞雷娜说着,用指头敲了敲那一摞书,伊莱看到在几本英语书里夹杂着心理学的书。"我说的对不对?"

伊莱怀疑自己没那么喜欢塞雷娜。他本想搬出他与上帝的神圣契约,嘴里说的却是:"你怎么知道我是超能者?"

"你的言行举止,"她说着,把墨镜拉下来戴好,"充满了自我厌弃的意味。我可不是批评你。我懂这种感觉。"听到手表"哔"了一声,她很快站起身。这么简单的一个动作,在伊莱眼里如行云流水般,好看极了。"说实话,也许真应该让你杀了我。因为你说得很对。虽说我们复活了,但有些东西仍然死了,丢失了。我们忘记了一部分从前的自我。真是可怕、奇妙,而又荒谬啊。"

此时此刻,在午后阳光的照耀下,她的神情是如此哀伤,伊莱有一种靠近她的冲动。他的心怦动不已。塞雷娜令他回想起安吉,或者说,回想起安吉陪伴在身边的感觉。那时一切都还没改变,他还是从前的他。十年来,那一部分自我失落在鸿沟的另一边,他只能遥望而不可即,如今,面对这个女孩,他感到鸿沟在收缩,在合拢,他似乎伸手就可以触到彼端——差之毫厘。伊莱是那么渴望亲近她,哄她开心,渴望跨越鸿沟,挽回失落的一切——他再次咬住舌头,在血腥味的刺激下,脑子清醒了许多。他知道这种感觉不完全是他的,并非自然产生。他回不去了。他成为现在的自己有其原因,以及目的。这个女孩,这头怪物,拥有危险而难辨的天赋。那不是简单的控制,而是一种吸引,令人产生取悦她的欲望和需求。那不是自己的感觉,而是她的感觉渗透了伊莱的意识。

"我们都是怪物,"她说着,抱起那一摞书,"可惜你也不例外。"

伊莱没怎么留心听,这句话却依然钻进了耳朵里,好在还没来得及占领他的意识,就被他强行驱散了。他站起来,而塞雷娜已经转身走开了。

"你今天不能杀我,"她扭头喊道,"我上课迟到了。"

..✝..

伊莱仰着头,靠在心理学教学楼外的一张长椅上。天气不错,多云却不昏暗,清冷而非酷寒,微风吹动衣领,穿透头发,令他始终保持警惕。塞雷娜不在,他又恢复了清晰的思维,知道自己遇到难题了。他需要在眼不见、耳不闻的情况下,杀死那个女孩。伊莱陷入沉思。如果她失去知觉,也许就可以——

"你这样子真是美如画呀。"那声音既冷淡又温暖。塞雷娜抱着书,低头看他。"在想什么?"她问。

"杀你。"伊莱说。回答脱口而出,根本来不及撒谎。

塞雷娜缓缓地摇了摇头,叹道:"陪我去下一节课的教室。"

他站起来。

"说说,"塞雷娜挽起他的胳膊,"昨晚的聚会上,你打算怎么杀死我?"

伊莱望着天上的云朵:"下药迷晕你,然后推出窗外。"

"真冷血。"她说。

伊莱耸耸肩:"但可行度很高。孩子们聚会时喝醉是常事。除了判断力,酒后最先丧失的是平衡感。所以坠楼,从窗户摔下去很寻常。"

"哟,"塞雷娜靠在他身上,秀发撩拨他的脸颊,痒痒的,"你有披风吗?"

"你这是嘲笑我?"

"那就是面具侠了。"

"你到底是什么意思?"他问。这时他们走到了塞雷娜要去的教学楼。

"总之呢，你是英雄……"她抬头直视伊莱的眼睛，"在演一场自编自导的戏。"她登上台阶。"还能再见到你吗？你是不是把我列为了本周的重复待办事项？我就是想知道，看有没有带狼牙棒的必要。本着现实主义的态度，垂死也要挣扎一下吧。"

塞雷娜是伊莱见过的最奇怪的姑娘。他这样说了。塞雷娜微微一笑，走进了教室。

· · ✟ · ·

次日，塞雷娜见到他，眼睛一亮。

时近黄昏，伊莱端着两杯咖啡，候在教学楼前的台阶上。傍晚的校园闻着像枯死的落叶混杂远处的篝火，伊莱呼气如云，递来一杯咖啡，她欣然接过，再次挽起他的胳膊。

"我的英雄。"她打趣道。这是属于他们的小笑话，伊莱不禁面露微笑。将近十年来，他从未容许外人如此亲近，尤其是超能者。如今他却与一个超能者漫步在黄昏的校园，而他满心欢喜。他企图提醒自己，这种感觉是伪造的、强加于他的，企图说服自己这样做自有道理，他只是想知道女孩的天赋，知道如何才能有效地消灭对方。伊莱一边想着，一边跟随她走下台阶，向校外行去。

"所以你是在保护这个纯良的世界，防止坏透了的超能者作恶。"塞雷娜挽着他的胳膊说，"你怎么找到他们呢？"

"我有一套流程。"伊莱边走边解释自己采取的方式。首先，基于莱恩的三步辨认法，缩小目标范围。再就是观察一段时间。

"好无趣哦。"她说。

"的确。"

"等你找到他们，就直接杀掉？"她放慢了脚步，"不提问？不审判？不评估他们是否真的是危险分子？"

"我以前跟他们谈。现在不了。"

"你扮演法官、陪审团和刽子手的权利是谁给的?"

"上帝。"伊莱不想说出来,不想让这个陌生女孩知道他的信仰,从而将其扭曲变形,为她所用。

她撇撇嘴,半晌不作声,但也没出言嘲讽。

"你怎么杀他们?"塞雷娜又开口了。

"取决于他们的能力。"他说,"一般用枪,但如果他们的能力涉及金属、爆炸物或是无形的圈套,我就得另想办法。比如对付你吧。你年纪很轻,常与人交往,这样一来会非常棘手,所以不能采取犯罪的方式。我必须把现场伪装成一场意外事故。"

他们走上一条小路,两边是独栋的公寓楼和住宅。

"你用过的最怪异的杀人方式是什么?"

伊莱略一沉吟:"捕熊器。"

塞雷娜花容失色:"细节就免了。"

他们好一阵子没说话,默默走路。

"你做这种事情多久了?"塞雷娜问。

"十年。"

"不可能吧。"她斜瞟着伊莱,"你多大?"

伊莱笑了:"你觉得我看起来多大?"

他们走到塞雷娜的公寓楼前,站住了。

"二十,或者二十一吧。"

"理论上我有三十二岁了。可我这样子和十年前一样。"

"也是自愈能力的影响?"

伊莱点点头:"重生。"

"让我见识一下。"塞雷娜说。

"怎么见识?"伊莱说。

她两眼发亮:"你身上带武器没?"

伊莱稍显犹豫,随后从外套里掏出一把格洛克手枪。

"给我。"塞雷娜说。伊莱照做了,眉头却皱得很紧。塞雷娜退开一步,举枪对准他。

"等等,"伊莱说,他环顾四周,"这儿人来人往的,最好换个地方。我们进去吧。"

塞雷娜打量了他好一会儿,然后微微一笑,带他进了公寓。

X
今天下午
君子酒店

"维克托给你送了个信儿。"塞雷娜说着,轻轻抚摸简笔画上的希德妮。纸条的角落有一个深棕色的斑点,不知道是谁的血迹。"你打算回信吗?"

在她的注视下,回答顺着伊莱的喉咙爬上来。"我不知道怎么回。"他低声叹道。

"他就在这座城市。"她说。

"城里有成千上万人,塞雷娜。"伊莱吼道。

"他们都在你这边。"她说,"或者说,他们可以在你这边。"她牵起伊莱的手,把他从椅子上拉起来。塞雷娜搂住他,两人靠得很近,额头抵着额头。"让我帮你。"

塞雷娜看到他咬紧了牙关。伊莱无法拒绝她的要求,但一直都在努力。她甚至能看见他在极力对抗时,眼里的僵持,眉间的激斗。她每一次提问,每一次发出小小的指令,随后都有片刻的停顿,仿佛伊莱试图将其修改和扭曲,变成他自己的东西。仿佛他可以夺回自己的意志。当然不可能,但塞雷娜喜欢看他努力的样子,甚至有种心理依赖。她尽情地享受着伊莱无谓的抵抗。然后,为了帮他解脱,塞雷娜加了一把劲,迫使他屈服。

"伊莱,"她的语调稳如磐石,不可动摇,"让我帮你。"

"怎么帮?"他问。

塞雷娜从他的外套口袋里掏出手机,说:"给斯戴尔警探打电话。告诉他,我们需要召集梅里特警局的人开会,所有人都要到场。"不止是维克托在城里,希德妮也在。找到一个,就能找到另外一个——简笔画透露的信息足以证明这一点。伊莱低头看着手机。

"那种场合过于公开化了,"他一边拨号,一边进行着激烈的思想斗争,"会导致我们暴露。我要是站到聚光灯下,未必能干这么久。"

"只有这样才能把他们赶出来。况且,你也不用担心。你现在可是英雄,忘了吗?"

他干笑一声,没有否认。

"你需要面具吗?"她打趣道,然后从头上取下眼镜给伊莱戴了回去,"或者有这个就够了?"

伊莱的拇指在手机上徘徊,犹豫了片刻,终于按下拨打键。

XI
去年秋天
梅里特大学

塞雷娜·克拉克一个人住。刚进公寓,伊莱就看出来了。房间整洁干净,气氛沉稳,风格统一,布置得颇有章法,而且塞雷娜在门口脱掉鞋子后,没东张西望,直接转过身,举起手枪对准伊莱。

"等一下,"伊莱说着脱掉外套,"这件是我的最爱。我可不希望打出破洞。"他从口袋里掏出一个小小的圆柱状物体,扔给塞雷娜。

"你真的知道怎么用枪吗?"他问。

塞雷娜点点头,把消声器拧了上去。"罪案剧的铁杆粉丝。我偷拿过父亲的柯尔特手枪,自学成才。躲在树林里打罐子什么的,都玩过。"

"枪法准吗?"伊莱解开衬衣扣子,然后脱掉,连同外套一起搭在玄关处的边桌上。塞雷娜用欣赏的目光,全方位打量了他一番,然后扣下扳机。他喘着粗气,踉跄后退,肩头溅起一片血红。子弹穿透身体,嵌在背后的墙上,疼痛如昙花一现。创口迅速闭合,皮肤也合拢复原。他看到塞雷娜瞪大眼睛,情不自禁地击掌,枪还握在手里。伊莱揉着肩膀，迎上她的目光。

"现在满意了？"他抱怨道。

"别这么酸嘛。"塞雷娜把枪搁在桌上。

"我可以自愈，"伊莱说着，从她身边拿起衬衣，"但不代表不疼。"

塞雷娜一手抓住他的胳膊，一手捧着他的脸，凝视他的眼睛。伊莱感觉自己深陷其中。"要不要我亲一下？"塞雷娜的嘴唇扫过他的嘴唇，"感觉会好些吗？"

第二次了，他胸中又是一阵奇异的悸动，如同落满灰尘、十年不曾蠢动的欲望苏醒了。也许这是塞雷娜耍的把戏。也许这种感觉——凡人皆有自然欲望——并不是他自己产生的。但也有可能是的，可以是他自己的。他微微点头，两人的嘴唇正好贴在一起，然后塞雷娜转过身，牵着他走向卧室。

"今晚别杀我。"她又说了一句，然后两人隐没在黑暗之中。伊莱早把这事儿忘到九霄云外了。

··✝··

塞雷娜和伊莱面对面躺在一片狼藉的床单上。塞雷娜抚摸着他的脸颊，他的喉咙，他的胸部。她似乎格外迷恋之前开枪打中的部位，如今光滑依旧，在黑漆漆的房间里白皙动人。然后，她的手四处游移，顺着伊莱的肋骨，绕到后背，最后停留在纵横交错的伤疤上。她轻轻地吸了口气。

"那是以前的旧伤，"他轻声说，"后来就没有留疤了。"塞雷娜微启朱唇，还没来得及问出口，就被他打断了，"拜托。别问。"

于是她没问，只是收回手，贴在伊莱光滑的胸前，心脏的位置。

"杀了我之后，你准备去哪里？"

"我不知道。"他实话实说，"那要重新计划。"

"你会跟下一个目标上床吗?"她问,伊莱笑了。

"勾引可不是我惯常的方式。"

"那好,我觉得自己很特别。"

"的确。"他轻声答道。这是事实。特别。与众不同。迷人。危险。塞雷娜的手滑落到床上,似乎睡着了。他喜欢这样看着她,明知自己能够杀死她,却没有动手的想法。如此一来,他感到控制权又回到手中。或者说,接近于回到手中。与塞雷娜共处的时光,有如一场美梦,一段插曲。伊莱似乎变回了凡人,遗忘了所有的不快。

"肯定有更简单的办法,"她睡意蒙眬地咕哝道,"可以找到他们……只要你有权限进入特定的网络……"

"那就好了。"伊莱低声说。不一会儿,他们都睡着了。

·· ✝ ··

阳光照进房间,空气依然寒凉。伊莱打了个冷战,坐起身来。他身边的床位是空的。他找到了裤子,却怎么也找不到衬衣,几分钟后才想起丢在门口了,于是赤着脚出了卧室。塞雷娜不在。枪还搁在边桌上,他拿起来塞进裤子后腰,走到厨房里煮咖啡。

伊莱最爱厨房。他喜欢观察人们对生活的安排、所使用的橱柜、储存食物的场所,以及储存的是哪种食物。他十年来研究过无数人,发现从他们家里收集到的信息量大得惊人。包括他们的卧室、卫生间,当然还有衣柜,以及厨房。塞雷娜的咖啡放在吊柜的最底层,紧靠水槽,说明她经常喝。还有一台黑色的小型咖啡机,可煮两到四杯的量,紧挨着橱柜的挡水板,再次证明她一个人住。这栋公寓对于一个大学新生来说太奢侈了,能分到简直是撞了大运。伊莱拿出一个滤网,心不在焉地想,或许她是靠天赋得来的。

他在水槽左侧找到杯子,然后迫不及待地启动了咖啡机。咖啡刚刚煮好，他就灌满杯子，喝了一大口。此时只有他一人，思绪又专注地转向如何消灭塞雷娜的问题。突然，前门打开，她走了进来，两个男人一左一右，紧随其后。一个是警察，另一个是斯戴尔警探。伊莱的心猛地一沉，但他还是勉强笑笑，杯子在手，橱柜在后，挡住塞在裤腰里的枪。

"早上好。"他说。

"早……"斯戴尔回应。伊莱注意到，他表面神色平静，实则疑虑重重。伊莱立刻明白了塞雷娜的意图。将近十年过去了，洛克兰的案子早已尘埃落定，伊莱却时常想起斯戴尔，担心遭到他的追踪。斯戴尔并没有追踪伊莱，但此时显然认出了他。（怎么可能认不出？伊莱和照片上一样，丝毫未变。）不过，斯戴尔和警察都没有掏枪的意思，看情况还不错。伊莱望向得意洋洋的塞雷娜。

"我给你送来了大礼。"她摊开手，示意旁边的两个男人。

"还是不送为好。"伊莱一字一顿地说。

"这位是弗雷德里克·戴恩警官，这位是他的上司，斯戴尔警探。"

"卡代尔先生。"斯戴尔说。

"我现在改姓伊弗了。"

"你们俩认识啊？"塞雷娜说。

"斯戴尔警探负责维克托的案子，"伊莱解释，"那还是在洛克兰的时候。"

塞雷娜瞪大双眼，立马明白了。伊莱讲过那天发生的事，但省去了大量细节。此时此刻，面对唯一一个有理由怀疑他耍诈，而且有可能怀疑到超能力上面的人，他多么希望当初巨细无遗地告诉塞雷娜。

"好久不见，"斯戴尔说，"你一点儿都没变啊，卡……伊弗先生。完全没有——"

"什么风把你吹到梅里特来了？"伊莱打断他。

"几个月前调过来的。"

"换个环境?"

"跟踪调查一系列谋杀案。"

伊莱早就知道应该打破常规,改变行为模式,但实在太顺利了。梅里特吸引了为数不少的超能者,因为此地人口众多,到处都是不见光的犄角旮旯。他们以为可以混在人群中,却逃不过他的眼睛。

"伊莱,"塞雷娜说,"本来是给你惊喜,结果被你搞砸了。斯戴尔、戴恩和我,三个人聊了半天,聊得很投机,一切都安排好了。他们会帮我们。"

"我们?"伊莱问。

塞雷娜扭头对两人笑道:"请坐。"两人顺从地坐在餐桌旁。

"伊莱,能去给他们倒杯咖啡吗?"

一旦伊莱转身,警察就会看到背后的枪,他不知如何是好,于是拉过塞雷娜,抱紧了。又是一次小小的反抗。看样子只是情侣间自然而然的拥抱,但他手上使了劲儿。"你要做什么?"他凑在塞雷娜耳边低吼道。

"我在想,"她歪着脑袋,靠在伊莱胸前,"一个一个地寻找超能者,真是太费事了。"她没有刻意压低声音。"然后我就想,肯定有简单的办法。梅里特警局有一个数据库,专门用来采集嫌犯资料。当然,它不是针对超能者的,但那个搜索算法,是这么说的吧?"戴恩警官点点头,"是的,它的搜索范围足够大,我们可以借用。"塞雷娜看样子特别自豪。"于是我去了一趟警局,希望找调查超能者的相关人员谈谈——你说过,记得吧,警局有人受过这方面的训练——然后负责接待的人就带我见了这两位好先生。戴恩是斯戴尔的弟子,他们都同意与我们共用警局的搜索引擎。"

"你又说到'我们'了。"伊莱大声说。塞雷娜没理会他。

"我认为我们都说清楚了。对吧,戴恩警官?"

那个瘦高的黑发男人点点头,把一个薄薄的文件夹放到桌上。"第一批。"他说。

"谢谢警官。"塞雷娜拿起文件夹,"够我们忙一阵子了。"

我们。我们。我们。这到底是怎么回事?但即便伊莱这样想,他还是克制着不去碰背后的枪,集中精神听塞雷娜对警察下达指令。

"这位伊弗先生希望保护这座城市,"她对警察们说,水蓝的眼睛闪闪发亮,"他是个英雄,对吧,两位警官?"

戴恩警官立刻点头,斯戴尔却盯着伊莱没作声,但最终还是点头了。

"是英雄。"他们附和道。

XII
今天下午
福尔肯·普赖斯工地

戴恩趴在地上轻声呜咽。

维克托靠着椅背，双手交扣扶在脑后，手指还勾着一把折刀，刀身来回晃荡，扫过他的浅色头发。其实没有动刀的必要，但在有疼痛来源的情况下，他的超能力借势发挥，可以起到最好的效果。戴恩警官蜷缩在水泥地上，制服破烂不堪，鲜血恣意流淌。令维克托颇为赞赏的是，米奇事先在地上铺好了塑料布。他有点忘乎所以了，因为太久没有这样施展能力，太久没有尽情释放。他感到神清气爽，心如止水。

戴恩的双手依然被绑在背后，但嘴上的胶带已经被拿掉了，浸透汗水和鲜血的衬衣紧贴在胸前。当然，他招出了数据库的登录密码，维克托在手机上测试并确定有效。然后，没过多久他在维克托的稍加鼓励下，又把自己所了解的斯戴尔警探的事情和盘托出：早年在洛克兰的经历，调到梅里特是因为追踪连环凶杀案——无疑是伊莱的杰作——以及对戴恩的培训。据他所述，这段时间以来，所有警察都学习了一份有关超能者的文件，无论他们对超能者的存在相信与否，每个辖区至少有一名警员掌握了相关知识，不仅熟知如何判断超能者，还负责对疑似存在超能者的地方进行调查。

十年前在洛克兰调查的就是斯戴尔，如今时过境迁，他又出现了，还收了戴恩为弟子。这也罢了，不知道伊莱使了什么手段，竟能说服负责调查超能者的警探反过来帮助他。

维克托一边听戴恩招供，一边不住地摇头。伊莱一次又一次地出人意料。如果他和斯戴尔从洛克兰那时就合作了，倒也另当别论，但这次的情况并不一样——斯戴尔和戴恩是从去年秋天开始协助伊莱的。伊莱是如何哄骗梅里特警局帮助他的？

"戴恩警官，"维克托说，那警察一听到他的声音就哆嗦，"你能不能讲讲你和伊莱·伊弗之间有何交流？"

见戴恩不肯回答，维克托站起来，抬起靴尖把他掀翻在地。"说不说？"他淡淡地问道，同时踩住对方肋骨的断裂处。

戴恩厉声惨号。等叫声止住，他喘着粗气说："伊莱·伊弗……是……英雄。"

维克托气得笑出声来，踩在戴恩胸前的脚加了把劲儿。"是谁告诉你这话的？"

警察神色一凛。他回答的时候，表情十分坚定。"塞雷娜。"

"你就信了？"

戴恩警官看着维克托，似乎无法理解这个问题。

维克托明白了。"塞雷娜还说了什么？"

"帮助伊弗先生。"

"所以你就帮了。"

戴恩警官一脸不解："当然。"

维克托冷冷一笑。

"当然。"他重复道,继而从腰间抽出手枪。他揉揉眼睛,无声地咒骂了一句,然后对准戴恩的胸膛连开两枪。这是自安吉·奈特之后(前提是不算监狱里的那个人,他当年还在磨炼技术,维克托认为那次并不作数)他第一次杀人,也是第一次故意杀人。他不是不敢杀人,只是人死了对他没什么好处。毕竟,疼痛又不能作用于尸体。至于杀死戴恩,实属一桩憾事(却也必要),其实要说对维克托有什么影响,他也无非是略感惋惜而已,如果他不是满脑子都在想复活此人的话,说不定还会懊恼片刻。

听到沉闷的枪声,米奇低头钻过塑料布,回到房间里。他已经戴好手套,胳膊底下还夹了一块备用的塑料布。他低头看着警察的尸体,叹了口气,可当他准备把铺在地上的塑料布连同戴恩抬起来的时候,维克托伸手制止了他。

"别动他。"维克托说,"带希德妮过来。"

米奇犹豫了:"我不想……"

维克托转身面对他:"我说了,带她过来。"

米奇看样子很不高兴,但还是领命而去,留下维克托独自守着警察的尸体。

XIII
去年秋天
梅里特大学

塞雷娜送走了警察，回到厨房，见伊莱双手撑着台子，背靠水槽，脸色惨白。他仿佛变了一个人，自从那场事故过后，塞雷娜从未见过他如此紧张的表情，不禁心头一颤。伊莱发火了，而且是针对她的。她看着伊莱从背后掏出枪，放在厨房的台面上，用手按住。

"我应该杀了你，"他吼道，"真的，真的该杀了你。"

"可你不会杀我。"

"你疯了。斯戴尔调查的就是我犯的案子，你还把他拖进来。"

"我不知道你和斯戴尔的事。"塞雷娜满不在乎地说，"其实，这样反而更好了。"

"怎么好？"

"因为你看到了非常关键的一点。"

"就是你丧失了理智吗？"

她噘起嘴："不，是我活着对你更有用处。"

"我觉得你在找死，"伊莱说，"把一个我千方百计躲了十年的人带来，我可不会认为你是好心，塞雷娜。你不觉得斯戴尔脑子里的齿轮在转动吗，连你施展的咒语都控制不住他了吗？"

"冷静。"她只说了两个字。这就够了，尽管伊莱不愿放弃，怒气却渐渐消散，最后无影无踪。塞雷娜非常好奇，不知道受到自己的影响是怎样的感受。

伊莱肩膀一松，放开台子，塞雷娜则拿起戴恩警官给他们的文件夹翻了翻。她抽出一张纸，其余的放回桌上。她漫不经心地浏览了一番。是个二十多岁的男人，相貌英俊，可惜有只眼睛上压着一道疤痕，一直延伸至喉咙处。

"你妹妹呢？"伊莱又倒了一杯咖啡，他的手不抖了。

塞雷娜皱着眉头，抬眼问道："问她干什么？"

"你说她是超能者。"

她说过吗？莫非是半梦半醒之间充满愧疚的呓语？不经意流露了那些隐秘的想法、渴望和恐惧？

"又有得忙了。"她冲着文件夹点头，企图掩饰内心的焦虑。她不愿回想希德妮，尤其是现在。妹妹的能力令塞雷娜非常难受，倒不是因为天赋本身，而是因为妹妹不再完好无缺，与塞雷娜、伊莱一样，失去了一部分。出院后，她再也没有见过希德妮，一想到与妹妹面对面就无法接受。

"她有什么能力？"伊莱逼问。

"我不知道，"塞雷娜撒谎，"她只是个孩子。"

"她叫什么名字？"

"别说她了。"塞雷娜厉声命令，但很快又重新绽放笑容，她把手里的档案递给伊莱，"我们试试这个吧。这家伙看样子不好对付。"

伊莱盯了她半天，才伸手接过去。

XIV
今天下午
君子酒店

伊莱坐着等电话接通的同时，目送塞雷娜穿过起居室，向厨房走去。铃声戛然而止，有人粗声粗气地接听了电话。

"我是斯戴尔，你哪位？"

"我是伊弗。"伊莱摘掉傻气十足的眼镜。塞雷娜忙着捣腾咖啡壶，但伊莱见她歪着脑袋，手上的动作轻得悄无声息，说明注意力都在电话这边。

"先生，"警探应道，尾音微微上扬，伊莱尤其讨厌这一点，"有什么能帮你的？"

伊莱拨号的时候并不知道给斯戴尔打电话到底是好事儿还是坏事儿，或者说因为是塞雷娜的指示，所以依稀感觉是个好主意。这时与警探通上了话，他才意识到这样做非常不好，甚至可以说糟透了。过去的十年中，尽管他手上的人命越来越多，自己的容貌也一成不变（在永葆青春的同时隐姓埋名可不简单），但足有九年半的时间他都是神出鬼没、避人耳目的。在塞雷娜把斯戴尔牵扯进来之前,伊莱成功地避开了警探,而且,他从来都是一个人办事。他不相信别人,不管是知情者还是超能者,更别提两者一同出现。眼下的风险很大,而且大得惊人。

那么回报呢?通过教导警察部队,他不仅得到了警方的支持,协助他搜索维克托及其他目标,而且有权继续执行他的清除计划,处决超能者。但是,这也意味着他必须和一个人绑在一起,对于那个人,他既不能信任,也无法拒绝合作。实际上,警察不听他的指挥,他们完全听命于塞雷娜。伊莱和她的目光相遇了,房间另一头的塞雷娜面带微笑,递出一只马克杯。他摇摇头表示不用,塞雷娜忍不住笑了,还是端着杯子走来,塞到他空闲的手里,又捏紧了他的手指。

"伊弗先生?"斯戴尔提醒他。

伊莱吞了吞口水。不管是不是好主意,他只知道一件事:放走维克托是绝对不能接受的。

"我要召开会议。"他对警探说,"通知你手下的警察全体出席。越快越好。"

"我来通知他们。但集合起来需要一定的时间。"

伊莱看看手表,快四点了。"我六点到。顺便通知戴恩警官一声。"

"等我找到他再说。"

伊莱皱起眉头:"这话什么意思?"

"我刚刚在银行处理完你那个林奇,没见着戴恩的影子。肯定是出去抽烟了。"

"肯定是的,"伊莱说,"有情况通知我。"他挂断电话,沉吟了一会儿,翻来覆去地把玩手机。

"出了什么问题吗?"塞雷娜问。

伊莱没回答。他可以做到拒绝回答,但这次只是因为他不知道答案。也许并没有出问题。也许那个警察出去休息了,或者提前下班了。

也许……这种不舒服的感觉,与他听到斯戴尔语调上扬时一样,与他知道自己只是遵从塞雷娜的意志时一样。仿佛有什么东西断掉了。他并不置疑这种感觉的对错,相反,他选择相信,正如他相信杀戮后的片刻安宁。

于是,伊莱拨打了戴恩警官的手机。

嘟。

嘟。

嘟。

· · ✠ · ·

在那栋尚未竣工的高楼里,维克托踱来踱去地思考着塞雷娜·克拉克的问题。此人似乎很有影响力,也难怪伊莱留她在身边。维克托明白,要想干掉她,动作必须非常快。他环顾这间毛坯房的四周,盘算着应对的方案和各种选择,目光却老是落回那具尸体——戴恩四仰八叉地躺在房间中央的塑料布上。维克托决定,为希德妮好,还是尽量抹去严刑逼供的痕迹。

他跪在旁边,扶正尸体,调整四肢,尽可能摆出比较自然的姿态。他注意到戴恩的手指上戴着一枚银质婚戒,便取下来塞进戴恩的口袋里,又把胳膊放到两侧。伊莱尽力了,要想让这具尸体不那么死气沉沉,只能指望希德妮。

几分钟后,米奇回来了。他挡开一块塑料布,方便希德妮钻进来。维克托对刚才的成果颇为满意,戴恩的遗容称得上安详(除了破烂的制服和血迹)。不过,当希德妮的目光被吸引到尸体上时,她还是惊得站定了,低低地叫了一声。

"这样不好吧?"她指着戴在尸体胸前的警徽说。"杀死警察可不好。"

"除非是好警察,"维克托解释。"可惜他不是。这个警察帮助伊莱追踪超能者。即使塞雷娜不把你交出来,这家伙也不会放过你。"只要他没有摆脱塞雷娜的魅惑,维克托心想,却没有说出口。

"所以你就杀了他?"希德妮轻声问道。

维克托眉头一皱:"我为什么杀他不重要。重要的是你把他复活。"

希德妮眨了眨眼:"我为什么要复活他?"

"因为这很重要。"他开始晃来晃去,"我保证,等他复活了就再把他干掉。我只是需要证实一件事。"

希德妮双眉紧蹙:"我不想复活他。"

"我不管。"维克托厉声怒吼,嗡鸣声陡然而起。米奇冲过去,庞大的身躯挡在希德妮前面。维克托没有失控,很快恢复了镇定。看样子,三个人都对这次冲突感到意外。维克托望着忠实的护卫和神奇的小女孩,胸口泛起一丝愧疚之情——或者说某种淡化的愧疚。他不能失去他们——应该是他们的协助,他立刻纠正自己的想法——尤其是今天,于是他咬紧牙关,强行把那股能量收回体内。

"很抱歉。"维克托轻轻地吁了一口气。米奇往旁边挪了一小步,随时准备保护希德妮。

"太过分了,维克。"他吼道。如此胆大,对米奇来说实属罕见。

"我知道。"维克托活动了一下肩膀。虽说能量已被收回,但伤人的欲望依旧在内心膨胀。他将其控制住了,只要多等一会儿,等他找到伊莱就行。"我很抱歉,"他又说了一遍,目光转向娇小的金发女孩——希德妮还躲在米奇后面,露出半边身子。"我知道你不想这样做,希德妮。可我如果要阻止伊莱,就离不开你的帮助。我这是在保护你和米奇,还有我自己。而我一个人是做不到的,我们必须齐心协力。你愿意为我再做一次吗?"维克托举起手枪给她看。"我绝不让这个警察伤害你。"

她犹豫片刻,终于小心翼翼地蹲在尸体旁,生怕沾到血。

"他配得到第二次机会吗?"她小声问。

"别那样想,"维克托说。"他只能活一小会儿,够他回答一个问题的工夫。"

希德妮吸了口气,挑中衬衣上相对干净的地方,按住了。很快,戴恩喘着气坐起来,希德妮慌忙躲到米奇旁边,抓住他的胳膊。

维克托低头看着戴恩警官。

"再说一次伊弗的事情。"他说。

警察与他对视:"伊莱·伊弗是英雄。"

"啊,真让人泄气。"维克托怒道。他对准警察的胸口,又开了三枪。希德妮扭过头,把脸埋在米奇的衣服里,与此同时,戴恩重重地倒在塑料布上,和先前一样死透了。

"不过总算搞清楚了。"维克托说着,踢了踢尸体。米奇的目光越过希德妮的淡金色头发,投向维克托。这么短的时间内,他第二次露出反常的表情,这次介于恐惧和愤怒之间。

"这他妈的到底怎么回事,维尔?"

"塞雷娜·克拉克的超能力,"维克托说,"她操纵人们的行为。"他把手枪插回腰间。"语言,还有思想。"他摆手示意那具尸体,"即便死亡也不能切断这种联系。"*好吧,应该说是警察的死。*维克托在心里补充道。"这儿的事办完了。"

希德妮一动不动。她早已松开米奇的胳膊,紧紧抱住自己,似乎浑身发冷。维克托走过去,正要伸手搭上她的肩膀,她却退开了。维克托单膝跪下,微微抬头,看着她的眼睛。

"他们认为你姐姐和伊莱是一对搭档。但是,这对搭档可没有资格跟我们比。走吧,"他站起身来,"你好像很冷。我给你买杯热巧克力。"

希德妮那双冰冷的蓝眼睛与他对视,似乎有什么话想说,可还没来得及开口,维克托听到了手机铃声。不是维克托的手机。从米奇的表情可以看出,也不是他的。希德妮的手机肯定留在酒店里了,因为她连掏口袋的动作也没有。米奇在警察的尸体上拍来拍去,终于找到他的手机,掏了出来。

"别接。"维克托说。

"我觉得,你应该很想接这个电话。"米奇说着,把手机扔了过来。屏幕上的来电者一栏,只有一个词。

英雄。

维克托的嘴角掠过一丝阴森森的笑容,他活动了一下脖子,按下接听键。

"戴恩,你在哪儿?"电话那边的人劈头盖脸地问。一听到这个声音,维克托的神经瞬间绷紧了,但他没有应答。他有十年没有听过这个声音了,但时间并不重要,因为这个声音,如同伊莱·伊弗所有的一切,没有丝毫改变。

"戴恩警官?"对方问道。

"恐怕你刚刚错过了与他通话的机会。"维克托终于说话了。他闭上眼睛,仔细品味电话那头的沉默。他是如此全神贯注,甚至可以感受到伊莱听见他声音时的紧张。

"维克托。"伊莱说。这个名字简直像是咳出来的,仿佛这两个字卡在他胸口。

"我承认,这一招很聪明,"维克托说,"利用梅里特警方的数据库,寻找你的目标。数据库没有登录我的名字,不大给面子啊,但也不急。毕竟我初来乍到嘛。"

"你在城里。"

"当然。"

"你逃不掉的。"伊莱说。他终于找回一点气势,多少抵消了声音里的震惊。

"我没打算跑,"维克托说,"我们午夜再见。"他挂断电话,把手机掰成两半,扔到戴恩的尸体上。一片死寂中,他盯着尸体端详片刻,然后抬起头。

"抱歉。你现在可以清理了。"他对目瞪口呆的米奇说。

"午夜?"米奇嚷道,"午夜?今天晚上吗?"

维克托看看手表,已经下午四点了。"今日事,今日毕。"

"我感觉那不是托马斯·杰斐逊说这句话的本意。"米奇咕哝道。

维克托没听到。他的脑子转了整整一个上午,在距离最后行动只有几个钟头的时候却不动了,暴烈的能量不再汹涌,平静统驭了他的内心。他扭头问希德妮:"来杯热巧克力如何?"

· · ✠ · ·

米奇抄起胳膊,目送他们离开,希德妮跟在维克托后面,金色短发一蹦一跳。当时她抓住自己的胳膊,手掌异常冰凉,能感觉到她在不住地发抖。那种透彻骨髓的战栗,不单单是因为冷,更多的是害怕。米奇很想说点什么,很想知道维克托到底怎么考虑的,很想告诉他,他岂止是不顾自己的性命,根本就是连别人的性命也不顾了。但等到他发现应该说的只有一个词,一个简单而有力的词——站住——时已经晚了。他们已经离开,米奇一个人站在满是塑料布的房间里。于是他拼命咽下这个词,以及随之而来的不祥预感,然后面对警察的尸体,开始干活了。

XV
很久以前
不同城市

米切尔·特纳受了诅咒。

摆脱不掉的诅咒。

无论他怎么把劲儿往好处使，麻烦事始终如影随形，不离不弃。在他手里，好事变坏，坏事成双。更糟糕的是，母亲去世，父亲保释，姑妈看了他一眼就挥手道别，米奇只能在各家各户进进出出，如同漂泊无依的旅人。

他遇到的困难主要源于一种刻板印象，即人们通常认为体型和智力呈反比。当人们看到他虎背熊腰的大块头，就想当然地认为他脑子笨。但米奇不笨。非但不笨，还很聪明，相当聪明。可是一个人既有大块头，又有大智慧，那就很容易惹上麻烦。尤其是还受了诅咒。

十六岁之前，米奇已经饱经世事，从打黑拳到收账，再到帮助守财奴教训那些欠钱不还的混混。但他第一次入狱并不是因为这些事情。实际上，他是无辜的。

Part Two · 非凡的一天

米奇背负的诅咒——他有个西班牙养母称之为霉运——在于他身边不断有坏事发生。那个女人压根不知道坏事能坏到什么地步（她说的霉运主要是指碟子摔碎、棒球破窗而入和汽车被贴罚单等等），而米奇是在错误的地点、错误的时间，撞上一件天大的事情。鉴于他在课堂外参与的活动数不胜数，而且大多非法，因此难以提供不在场证明。

那天，发生在两条街外的一场斗殴出了人命，一个男人死了，而米奇的指关节正好有瘀青，那是他头一晚打黑拳挂的彩，于是情况不妙了。尽管那次他洗脱了罪名，但不到两周又出了事。又有人死了。事情过于离奇，另外，尽管米奇不愿承认，但确实有点毛骨悚然。或者说，本来是挺吓人的事儿，可米奇总是免不了有嫌疑，这就太糟心了。命案接连出现，麻烦随之而来，虽说没有一件是米奇干的，但警察肯定不这么想。等到发生第三起命案时，梅里特警局干脆把他关了起来。以防万一嘛、地痞流氓、社会败类，犯事只是时间问题，诸如此类的闲言碎语满天飞。

就这样，背负着诅咒和莫须有的前科档案，米切尔·特纳进了监狱。

·· ✟ ··

四年。

米奇对坐牢不是特别在意。他反而很适应这种生活。在高墙外的世界，路人只要看他一眼，就会抓紧提包，加快步伐。警察只要看他一眼，就会认为他有罪，或者即将犯罪。可进了监狱，犯人们只要看他一眼，心里想的就是"我要跟他混"，或者"我可不要招惹他"，又或者"他一肘子能打碎我的脑壳"等各种实在的想法。他的块头成了地位的象征，却也因此失去了与人正常沟通的权利，每次他要借阅一本书，就会招来工作人员怀疑的眼神，说出的单词超过两个音节，收获的便是惊讶的目光。他每天都花费大量时间，试图黑掉监狱电脑系统的各种安全设置和防火墙，这么干主要是因为无聊，而不是真想惹什么麻烦。好在他背负的诅咒在这里失灵了。

出狱后，米奇的形象更吓人了。健壮的少年长成了魁伟的汉子，还有了文身。一个半月过去，诅咒又来了。他找到了一份配送食品的活儿，主要是因为他的装卸量是卡车上其他人的四倍，同时他也喜欢体力劳动。也许他的智商更适合坐办公室，但他怀疑大多数办公桌都不适合他。一切安稳顺遂——住宿条件差，薪水也少得可怜，不过都是合法挣来的——直到有人被活活打死，当时他和同事正在搬运桃子，距离案发现场有好几个街区。警察看了米奇一眼，就将他记录在案。指关节好好的呢，还有两个同事作证说，他怀里满满当当全是水果，根本没有作案时间，然而，这些通通没用。米奇又回到了监狱。

由于品行良好、证据极度缺乏，几周后他就又出来了，但极少愤世嫉俗的米奇这次做了个决定，如果还要回监狱的话（考虑到他背负的诅咒，坐牢是时间问题，不存在如果），不如真正地犯一次罪，因为替别人背黑锅实在太浪费生命了。于是，米奇开始制定犯罪计划。其实他早就想好了干什么，毕竟以此为主题的影视剧和小说太多太多了，这种经典的犯罪行为对智力的要求远远超过块头。

米切尔·特纳打算抢劫银行。

..✠..

关于抢劫银行，米奇明白三件事。

第一，因为出众的体貌，他不能直接走进银行。就算破坏了监控探头，银行里的目击者也能从一百个嫌疑人当中把他挑出来（凭他的运气，即便不在一百人里面也难逃此劫）。第二，考虑到安全技术的进步——很多都是他在监狱里观察到的，实际上有更多技术应用于民营企业——确保抢劫成功的关键一环就是黑进银行系统，破坏密码，导致保险库失效，这个可以远程操作。第三，他需要帮手。因为有两次坐牢的经历，米奇认识的狱友不在少数，虽然大多愚不可及、自暴自弃，却也有人愿意荷枪实弹地闯进银行。

  米奇没有算到的是，他顺顺当当地黑进了银行系统，带枪的搭档们却毫无预兆地栽了，不仅迅速被捕，而且迫不及待地供出了他的名字。不知为何，当警察们看到米切尔·特纳如此健硕，便将持枪抢劫的罪名安在了他头上，而块头较小、真正实施抢劫的三个人成了黑客，尽管他们戴着面具实施抢劫的过程在监控录像里清晰可辨。于是米奇第三次进了监狱，但这一次的监狱里关押的不是税务诈骗和非法泄露信息的犯人，而是杀人放火的亡命之徒——在戒备最为森严的赖顿监狱。他的块头虽大，却也不是免死金牌。

  三年后，他将在那儿遇见一个名叫维克托·维尔的人。

XVI
午夜前六小时
梅里特市中心

伊莱背靠警察局会议室的浅灰色墙壁,调整着脸上的面具。这张黑色面具造型简单,只遮住了从太阳穴到颧骨的部位,塞雷娜为此取笑过他,但此时此刻,梅里特警局的一多半警察都挤在会议室里盯着他(还有一小半没到场的只能靠耳朵听),他特别庆幸有一个遮脸的玩意儿。他这副无法改变的容貌,与眼下所做的事情一样不幸,如果全城的警察都记住了他的模样,那真是糟糕透顶。塞雷娜站在讲台前,脸上挂着懒洋洋的笑容,面对满屋子的男男女女发言。

"午夜会出什么事?"开车来警局的路上,她问道。

伊莱死死地握着方向盘,指节泛白。"我不知道。"他痛恨自己这样说,不仅因为说的是实话,代表他承认维克托棋高一着,还因为他没法不说,诚实的回答顺着喉咙爬上来,根本来不及咽下。当时,维克托说完午夜再见后就挂断了电话,伊莱强忍怒火,差点把手机摔到墙上。

"站在我身后的人是英雄,"塞雷娜说。伊莱注意到,她一开口,众人的眼神就变得有点呆滞了。"他名叫伊莱·伊弗。这几个月来，他一直在保护你们的城市，他所追捕的那种罪犯，是你们无法理解的，也是你们无力制裁的。他倾尽全力保护你们以及普通市民的安全。但是现在他需要你们的帮助。我希望你们听他调遣，服从他的命令。"

她微笑着离开讲台和麦克风，冲伊莱点头示意，同时慵懒地笑了笑。伊莱轻吁一口气，走上前来。

"大约一周前，一个名叫维克托·维尔的男人和他的狱友米切尔·特纳，从赖顿监狱越狱逃跑。你们可能会问为什么新闻没有报道，因为根本就没有上新闻。"伊莱在收到维克托的信儿、和他通电话之前也不知情，联系过赖顿方面才确认此事。对方拒绝透露更多情况，不过等他把手机交给塞雷娜后，他们就高高兴兴地全说了。原来，他们接到命令，不得宣扬越狱一事，因为监狱方面一直怀疑其中一名罪犯有问题，疑虑本来已经打消，结果嫌疑对象——也就是维尔先生——没动一根指头，就使一名人高马大的工作人员失去了行动能力。

"你们之所以没有听说越狱的消息，"伊莱接着说，"是因为维克托·维尔已经被确认为超能者。"一听到这个词，有几个人轻蔑地扬起头，尽管塞雷娜命令他们听伊莱发言，但他们多多少少不太相信这种事。伊莱知道，所有辖区的警察都被强制学习了一天应对超能者的行动指南，但大多数人并没有当回事。他们没法相信这个词被造出来已有几十年了，超能者依然是流传于坊间和网络论坛上的小道消息，如同在赖顿监狱发生的事件一样秘而不宣。火势难起，未能蔓延。凡是涉及超能者的案件都被捂得死死的，而不是公诸于众。这对于伊莱倒是好事——因此他才能畅通无阻——同时他也不止一次感到惊讶，政府竟然这么渴望息事宁人，涉事者竟这么渴望被人遗忘。当然，相信的人是有的，但好在绝大多数超能者不愿证实那些人的猜测，若真有这样的超能者，行啊，省了伊莱追踪他们的麻烦。

不过谁又知道呢，也许在另一个世界，超能者是众所周知的秘密，面前这帮警察听到他的话也不会有一丝怀疑。但在现实世界，伊莱的活儿干得太出色了。十年来，正是他不辞辛劳地消除异类，才保证了那些怪物只是茶余饭后的谈资。人群之中，只有站在会议室后面的斯戴尔，两眼直勾勾地盯着伊莱，毫不动容。

"但是现在，"他接着说，"维克托·维尔和他的同伙米切尔·特纳，就在梅里特。在你们的城市里。绝不能让他们跑了，必须抓住他们。这两人诱拐了一个名叫希德妮·克拉克的小女孩，今天早些时候，他们还杀了你们的同事弗雷德里克·戴恩警官。"

会议室一片哗然，人们惊怒交加。他们先前没收到这一噩耗——斯戴尔知道，但闻言后也脸色大变——一听到这个消息，顿时群情激愤。塞雷娜当然可以强迫他们，但这种消息起到的作用是不一样的。煽动他们的情绪。激发他们的报复心。

"我有理由相信，那帮家伙今晚会有所行动，就在午夜时分。所以我们非得尽快抓捕罪犯不可，"他又说，"为了人质的安全，我们必须活捉他们。"

十年前，伊莱一时的犹豫，留了那个怪物一命。今晚，他要纠正当年的错误，亲手了结维克托的性命。

"我们没有照片提供给各位，"他说，"稍后将把他们的体貌特征发到你们的手机上。我希望你们在城内进行地毯式搜索，封锁道路，尽一切所能找到罪犯，以免再有人因此牺牲。"

伊莱退了一步，离开讲台。塞雷娜走上前，伸手搭着他的肩膀，扫视全场。

"伊莱·伊弗是英雄。"她又说了一遍。这一次，全体梅里特警察同时点头，立正复诵。

"伊莱·伊弗是英雄。英雄。英雄。"

一遍又一遍的呼声，簇拥着他们走出去。伊莱跟着塞雷娜穿过警局的途中，那个词在他脑海里反复回响。英雄。难道不是吗？除暴安良，拯救世界，不惜自我牺牲。为了维护公平正义，他的灵魂和双手哪次没有沾血？把超能者窃取的性命再次夺走，这难道不是他的自我牺牲吗？

"现在去哪里？"塞雷娜问。

伊莱回过神来。他们从警局的车库出去，转向一条小巷，他们的车停在那儿。他从书包里抽出一个薄薄的文件夹，递给塞雷娜。里面是梅里特最后两个超能者或疑似超能者的档案。第一个名叫扎卡里·弗林奇，中年人，职业为矿工，去年因为矿井塌方严重窒息。事后他恢复如常……至少在身体上是的。第二个是年轻的军人多米尼克·拉舍，两年前触发了一颗地雷，人事不省。他苏醒后，就从医院里消失了。真的是消失。没人见他离开。他在三座不同的城市露过面——毫无踪迹可言，只是出现，然后消失——两个月前，此人出现在梅里特。据伊莱所知，他暂时还没有消失。

"维克托在电话里提到了数据库，"他们走到汽车旁，伊莱说，"说明他也有权限看到那些档案。不管他有什么计划，我不希望他再收留流浪儿了。"

"这次我也想去。"塞雷娜说。

伊莱皱起眉头，还好有面具遮挡。他总是单独行动。说他杀人也好，清除目标也好，反正不是玩高尔夫、看色情片或打扑克这种俗不可耐的男性嗜好，他不愿意有人陪同。这是一种神圣的仪式，是契约的一部分。况且，杀人是多日侦查和调研之后的结果，有时需要花费数周之久。所有这些都属于他。策划、执行以及事后的片刻安宁。塞雷娜明知如此，还要相逼。伊莱气炸了。

他在脑子里拨弄塞雷娜的命令，试图夺回控制权。他知道没时间享受这几次谋杀了。很有可能，他也没时间等对方展示超能力。今天的仪式注定会被破坏,被玷污。

伊莱察觉到塞雷娜看穿了他的想法,而且似乎颇为愉悦。但她没有让步。她从伊莱手中接过文件夹,取出扎卡里·弗林奇的档案。

"下不为例。"她说。四个字一锤定音。

伊莱看了看手表。六点多了。毫无疑问,有她协助,进展会比较快。

"下不为例。"他说着,钻进了汽车。

塞雷娜笑容满面地坐进副驾驶位。

XVII
午夜前五小时
君子酒店

米奇走进房间,看见希德妮偎在沙发里,多尔趴在她脚边,已故超能者的档案摊开着,搁在她膝上。落地窗外,夕阳西沉。她抬头望去,米奇从冰箱里拿了一盒巧克力牛奶。他看样子累得够呛,胳膊肘——沾满某种白色粉末——撑在黑色花岗岩台子上歇息。

"你还好吗?"她问。

"维克托呢?"

"他出去了。"

米奇无声地骂了一句:"他疯了。自从他显摆过后,这地方到处都是警察。"

"哪次显摆?"希德妮翻动着那些文件,问道,"杀警察还是接听伊莱的电话?"

米奇冷冷一笑:"都是。"

希德妮低头凝视着一张死去的女人的面孔。"他不是说真的吧,"她轻声说,"午夜和伊莱会面。他应该不是说真的吧?"

"维克托从来说话算数,"米奇说,"不过要是心里没有底,他也不会说。"

米奇离开台子,消失在过道里。过了一会儿,希德妮听见浴室的关门声、哗啦啦的水声。她接着翻看档案,自我安慰说只是因为电视没什么好节目。其实她是不愿设想午夜会发生什么事,更不愿考虑事后有何影响。她只要稍一走神,各种假设就拼命地往脑子里钻。如果伊莱赢了,如果维克托输了,如果塞雷娜……她甚至不知道怎么考虑姐姐的事儿,到底希望什么、害怕什么,统统不知道。她有叛逆的想法,却也盼望着重温塞雷娜的怀抱。但她现在很清楚,对于姐姐,她必须远离,而不是接近。

希德妮尽可能直视文件夹里的档案,尽可能地把注意力集中在超能者的生平和死因上——尽可能不去想象维克托的照片也在其中,面貌清晰,平静的脸上画了一个黑色的叉——猜测他们有过何种能力,不过她也知道,一切皆有可能。维克托解释过,能力因人而异,取决于他们的欲望、意愿以及临终一念。

最后一份档案是她自己的。维克托取走了先前的一份,这是她重新打印的。希德妮的目光在自己的脸上游移。与其他档案上偷拍的照片不一样,她的照片是摆拍的:抬头挺胸,直视镜头。这是她去年的年鉴照,出事前一周左右拍的,希德妮非常喜欢,因为镜头神奇地捕捉到了她欲笑未笑的瞬间:下巴骄傲地抬起,嘴角有一点点褶皱,特别像塞雷娜。

这份档案和原来那份的区别在于,照片上没有打叉。伊莱知道她没有死,而且就在这儿,当他听说巴里的尸体又走回那家银行,当他前思后想发现是希德妮的杰作,当他意识到随便朝树林里开上几枪,并不一定能杀死一个女孩,但愿他会难受。或许难受的人应该是希德妮,看到自己的档案归在已故超能者的文件夹里,她一开始确实有点难受,但当情绪渐渐缓和,她又意识到,档案被丢进数据垃圾箱里的事实,足以证明他们低估了自己,以为她死了,而她没有死。想到这一点,希德妮情不自禁地笑了。

"你笑什么?"

希德妮抬起头,发现米奇洗完了澡,脖子上搭着一条毛巾。她失去了时间概念。这样不是一次两次了,她只是不愿承认。一眨眼的工夫,天上的太阳就换了个位置,或者电视节目早就播放完毕,又或者对方的话快讲完了,而她连开头都没有听到。

"我希望维克托惩罚他,"她痛痛快快地说,"狠狠地惩罚。"

"老天啊,这才三天,你就这么像他了。"米奇一屁股坐在椅子上,摸了摸剃得锃亮的脑袋,"听着,希德妮,你要知道维克托是什么样的人——"

"他不是坏人。"她说。

"在这场较量中可没什么好人。"米奇说。

可希德妮不关心所谓的好坏。她甚至不知道自己是否信仰正义。"我不怕维克托。"

"我知道。"他的语气是那么哀伤。

XVIII
五年前
赖顿监狱

米切尔·特纳第三次进监狱，诅咒随之而至。

无论他去哪里，无论他做什么（或者没做什么），身边的人接二连三地死去。他失去了两个室友，都不是他干的，一个是自杀，还有一个交情不错的，放风时倒在院子里。所以某天下午，当体形修长、道貌岸然的维克托·维尔出现在牢房门口——深灰色囚服衬得他的肤色格外苍白——米奇认定此人必死无疑。他犯的事儿可能是洗钱，或者庞氏骗局。事儿闹得比较严重，以至于激怒了什么大人物，把他送进了戒备最为森严的监狱，却也严重不到哪儿去，因为他看样子跟这儿格格不入。米奇本应把此人从生死簿上划掉，但先前那个室友的死仍令他心有不安，于是他决定尽量保住维克托的性命。

他以为他所做的一切对维克托有用。

足足三天，维克托没和米奇说话。当然，米奇也没主动找维克托说话。此人拥有某种特质，米奇说不上来，反正本能地不大喜欢，每当维克托接近，他会不由自主地躲开。其他犯人也有类似的反应，那是他在第一周观察到的，有几次维克托难得地出门与众人共处。不过，尽管米奇感觉不大舒服，他还是跟在此人左右，随时留意有没有人挑事儿，或是别的什么危险。根据米奇的经验，诅咒对于接近他的人必然生效。只要他接近对方，对方就会受到伤害。可他搞不清楚距离多少算近，害死一个人需要多近。他心想，如果这次有意接近别人，能够救人一命，而不是莫名其妙地置他们于死地……也许从此可以破除诅咒。

维克托没有问他为什么老是跟在旁边，但也没有叫他走开。

米奇知道迟早有人挑事儿。这是监狱里的传统，老人试探新人的法子。有时候下手不重，揍几拳，推搡几下而已。但有的时候，他们存心找人出气，可能是因为起了争执，甚至也可能只是在某天心情不爽了，那可就不分轻重了。

他跟随维克托去公共区，去院子，去餐厅。维克托坐在桌边吃午饭，米奇坐在对面，从始至终扫视着餐厅四周。维克托头也不抬地吃东西，其实他的注意力也不在餐盘里。他双眼明亮而迷离，仿佛神游天外，压根不关心这座笼子和笼中的野兽。

就像掠食者，米奇有一天忽然意识到。他在公共区看了不少博物杂志，因此知道猎物们总是东张西望，随时保持警惕，而掠食者向来直视前方，一副无所畏惧的架势。虽说维克托的块头不抵大多数囚犯的一半，而且看样子连架也没打过，更别说打赢了，可他浑身都是掠食者的气场。

米奇终于开始怀疑，维克托是否真的需要被保护。

XIX
午夜前四个半小时
梅里特市郊

扎卡里·弗林奇一个人住。

还没见着他，塞雷娜就知道了。前院杂草丛生，停在砾石车道上的汽车挂着两个备胎，纱门破烂不堪，有根绳子系在树上，不知道先前拴的是什么动物，已经把那棵树啃得半死不活了。如果此人真是超能者，他似乎没能依靠能力赚到钱。塞雷娜眉头微皱，回忆起他的档案。整整一页资料都看不出问题，除了性情大变——伊莱称之为复生原理，即重塑自我。这种情况并非必然出现，也未必是有意为之，却是识别超能者的关键标志，而弗林奇在这一点上的表现再明显不过了。在他遭受创伤后，生活中的一切都变了。而且不是微小的变化，是翻天覆地的变化。他本来已经结婚，有三个孩子，随后离婚、失业，还收到了限制令。他大难不死——或者说死而复生更准确——本来是一件值得庆祝的喜事，结果却是一无所有，妻离子散。应该说，是他抛弃了一切，逼走了妻儿。他去看过不少精神科医生，接受过药物治疗，但根据他家院子的状况判断，疗效堪忧。

塞雷娜颇为好奇，不知道一个曾经战胜了死亡的男人，出于何种畏惧，竟然抛弃了全部的生活。她敲了敲门。

没人应门。夕阳沉到了地平线以下，暮色中，她呼出的气凝结成一团团白雾。她又敲了敲，屋里传来电视机的声响。伊莱背靠油漆剥落的墙板站在门边，叹了口气。

"你好，"她喊道，"是弗林奇先生吗？能开一下门吗？"

她听到窸窸窣窣的脚步声。过了一会儿，扎卡里·弗林奇出现在门口，上身是一件洗旧了的网球衫，下身是一条牛仔裤。衣裤对他来说太大了，仿佛他自从穿上这些衣裤就日渐消瘦。在他身后，可以看到茶几上散落着空罐头，外卖盒堆放在旁边的地板上。

"你是谁？"他粗声粗气地问道，嗓音微微颤抖，眼睛底下的黑眼圈尤其明显。

塞雷娜把他的档案抱在胸前。"一个朋友。我有几个问题想问你。"

弗林奇哼了一声，但没有摔门而去。塞雷娜稳住他的目光，不让他看到右侧几英尺开外、戴着黑色英雄面具的伊莱。

"你的名字是扎卡里·弗林奇？"塞雷娜问。

他点头。

"你是否遭遇了去年的矿难？那场矿道塌方事故？"

他点头。

塞雷娜察觉到伊莱有点不耐烦，但她还没有问完。她想弄清楚。

"事故发生后，你的生活有改变吗？你有改变吗？"

弗林奇诧异地睁大双眼，表情困惑，又有几分得意。即便如此，他仍旧点头作答。塞雷娜温柔地笑了笑。"我明白了。"

"你是怎么找到我的？你是谁？"

"我说过了，我是朋友。"

弗林奇向前迈了一步，跨出门槛。青褐色野草气势汹汹地占领了门廊，缠住了他的鞋子。"我不想一个人死掉，"他咕哝道，"仅此而已。底下那么黑，我不想一个人死，可我也不想这样过。你能叫它们停下来吗？"

"叫什么停下来，弗林奇先生？"

"请叫它们走开吧。德鲁本来看不到它们，后来我给她看了，它们无处不在。我只是不想一个人死，可我又受不了。我不想看到它们，不想听到它们。请叫它们停下来吧。"

塞雷娜伸出手。"不如你让我也看看，是什么——"

话没说完，伊莱突然抬起枪，对准扎卡里·弗林奇的太阳穴扣下扳机。一道鲜血喷射而出，溅到了墙板上，溅到了塞雷娜的头发和脸上，密密麻麻的血珠好似雀斑。伊莱放下武器，画了个十字。

"你干吗？"她铁青着脸吼道。

"他希望叫它们停下来。"伊莱说。

"可我还没有——"

"我够仁慈了。他脑子有病。而且，他也承认自己是超能者，"伊莱说着，转身走向汽车，"没必要让他展示能力。"

"你就是这么一个人，"她厉声说道，"什么事都由你说了算。"

伊莱发出低沉而嘲讽的笑声："这话轮不到塞壬女妖说。"

"我是帮你的忙。"

"不，"他说，"你是觉得好玩。"说完他大步走开。

"伊莱·伊弗，站住。"

他的鞋子猛地卡在砾石小道上。枪依然握在手里。一时间，塞雷娜恶向胆边生，差点命令伊莱举枪自绝，幸而她咬住了舌头。等杀人的冲动消退了，她走下台阶，跨过弗林奇的尸体，追上了伊莱。塞雷娜张开胳膊从背后抱住他，亲吻他的后颈。

"你知道我不想要这种控制,"她轻声说,"把枪拿开。"伊莱把枪放回枪套里。"你今天不会杀我。"

伊莱两手空空地转过身,抱住了她,拉到身前,嘴唇贴着她的耳朵。

"总有一天,塞雷娜,"他耳语道,"你会忘了说这句话。"

塞雷娜在他的怀里僵住了,也知道伊莱有所察觉,但当她开口回应时,声音依旧平稳而轻柔。

"至少今天没忘。"

他放开双臂,转身走向汽车,为塞雷娜拉开车门。

"你还跟我一起去吗?"伊莱一边问,一边倒车出了砾石车道,"接下来是多米尼克。"

塞雷娜咬着嘴唇,摇摇头:"不了。你自己玩吧,我要回酒店洗掉头发上的血,黏黏糊糊的可不好受。路上把我放下吧。"

伊莱点点头,看表情显然是松了口气。汽车开走了,留下弗林奇躺在门外,一只了无生气的手没在野草丛中。

XX
午夜前四小时
梅里特市区

维克托提着一袋子外卖，返回酒店。带外卖只是借口，如此一来，他有机会摆脱酒店房间的桎梏，呼吸新鲜空气，同时思考和计划。他顺着人行道缓缓而行，尽量放松步态，神色也保持平静。自从与戴恩警官见面，又和伊莱通过电话，还发出了午夜时分的最后通牒后，梅里特街头就冒出了一大堆警察。当然也有便衣，个个高度警戒。米奇从警方系统里抹掉了他们的影像资料，从洛克兰大学时期的登记照，到存进赖顿监狱档案的入案照。警察此次行动所依据的画像，是凭借伊莱的记忆（已经十年了，维克托毕竟不是他，相貌老成了不少），以及监狱工作人员的描述画出来的。但也不能小瞧了警察。米奇的块头太引人注目，希德妮的孩童形象也很显眼。只有维克托，作为团队中的头号通缉犯，可以蒙混过关。他与一名警察擦肩而过，对方近在咫尺，却头也不抬，他不禁暗自一笑。

维克托早就知道，疼痛是一种极其微妙而又不容忽视的感觉。当然了，激烈的、突发的剧痛足以致残，但它的用处远不止严刑拷问。维克托发现，通过对一定范围内的人施加微量疼痛，可以引发对方本能的反感。人们不会视其为疼痛，但身体会稍稍避让。他们的注意力也会绕行，导致维克托在某种意义上处于隐身状态。他在监狱里常用这一招，此时不过是故技重施。

维克托路过烂尾的福尔肯·普赖斯工地，又看了看表。复仇竟是如此简单，多年的等待、谋划与渴望，真正实施起来不过几个小时——甚至以分钟计。一想到如此，在他返回君子酒店的途中，心跳便不由地加快了。

· · ✝ · ·

伊莱把塞雷娜放在了君子酒店前，并要求她多加注意，一旦发现任何不寻常的迹象，即刻通知他。再有维克托的消息只是时间问题，伊莱知道，在时针指向十二点之前，控制权的强弱几乎完全取决于获取消息的速度。速度越慢，留给他制订计划和准备的时间就越少，而他很清楚维克托的意图——竭尽全力把他蒙在鼓里。

此时，汽车仍停在酒店前的彩漆迎宾车道上，他顺手摘下面具，扔进副驾驶位，然后拿起多米尼克·拉舍的档案。拉舍进城不过几个月，已经在梅里特警方有了案底，违法次数不少，但没有重罪，几乎全是对他醉酒后扰乱社会治安的指控。绝大部分闹事现场并不在多米尼克位于城南的破败公寓附近，而是在一家酒吧。酒吧叫三只乌鸦。伊莱知道地址。他驾车离开酒店，正好错过了提着一袋子外卖的维克托。

· · ✝ · ·

两名警察站在君子酒店的大堂里，正全神贯注地盯着一个年轻的金发女郎，目送她出了旋转门。没人注意到维克托进了酒店，走向楼梯。

等他回到房间,发现希德妮窝在沙发里看文件,多尔趴在她脚边,米奇一边从台子上抓起纸盒豪饮,一边单手在笔记本电脑的键盘上敲打。

"有什么麻烦吗?"维克托放下食物,问道。

"你问尸体?没有。"米奇把纸盒搁在台子上,"但附近好多警察。老天啊,维尔,他们无处不在。我都不好浑水摸鱼了。"

"停车场的入口就是给这种情况用的。况且,再忍耐几个小时就到头了。"维克托说。

"说到这个……"不等米奇说完,维克托在一张小纸片上写了几个字,推到他面前。

"这是什么?"

"戴恩的账号和密码。数据库的。我要你新建一份做过标记的档案。"

"给谁做标记?"

维克托面带微笑,比了比自己。米奇呻吟了一声说道:"肯定跟午夜的约定有关系吧。"

维克托点点头:"福尔肯·普赖斯大楼。一楼。"

"那地方简直就是笼子。你会被困在里面出不来的。"

"我自有计划。"维克托应道。

"方便说来听听吗?"见维克托不愿多说,米奇咕哝道,"我不想用你的照片。从系统里抹掉费了我好大力气。"

维克托四下张望,目光落在新买的维尔励志书上。他拿起来,把书脊亮给米奇看,大写的维尔闪闪发光。"这个可以。"

米奇嘴里嘀嘀咕咕的,但还是接过书,开始干活了。

维克托扭头望向希德妮。他拿起一碗面条走到沙发前,一屁股坐到皮垫子上,递给希德妮。她放下已故超能者的文件夹,接过面条,捧着仍旧温热的碗。希德妮没有吃。维克托也是。他望着窗外,聆听米奇敲击键盘的声响。他手指发痒,又想涂改字句了,然而那本书在米奇手里。于是他闭上眼睛,试图恢复平静。他在脑海中想象的不是无边的田野、湛蓝的天空或水滴,而是连扣三次扳机,看伊莱的胸膛绽放出血红的花朵,与他当年一样。他想象着如何切开伊莱的皮肤,看伤口愈合,然后再切一次,一次又一次。**你终于害怕了吗?** 等湿滑的地板淌满伊莱的鲜血,他会这样问。**你害怕吗?**

XXI
午夜前三个半小时
君子酒店

"你真有计划吗?"过了一会儿,希德妮问。

维克托睁开双眼,说了和先前在墓园里一样的话,当时希德妮问是不是赖顿监狱放他出狱的。同样的话,同样的语调,同样的表情。"当然。"他说。

"是个好计划吗?"希德妮追问。她的小腿在沙发边晃荡,靴子一次次擦过多尔的耳朵。大狗似乎并不介意。

"不,"维克托说,"可能不算好。"

希德妮发出的声音怪怪的,既像咳嗽又像叹气。维克托还不是特别熟悉她的表达方式,但大致能猜到是某种悲伤的回应,就是儿童版的"知道了"或者"好吧"。墙上的挂钟显示已经快九点了。维克托再次闭上眼睛。

"我不明白。"几分钟后,希德妮又说。她提起靴子挠多尔的耳朵,狗脑袋随之前后摇晃。

"不明白什么?"维克托问,双眼依然紧闭。

"如果你想找伊莱,伊莱也想找你,那你们还费什么劲儿?直接找到对方不就行了?"

维克托眨眨眼,端详着身边的金发小姑娘。她的眼睛睁得老大,等待维克托回答,然而眼中早没了当初的天真无邪。面对维克托无情的处决、承诺和恐吓,她在雨中街头残存的那一点点童真,如今已消失殆尽。她经历过背叛、枪击、收留、治愈、伤害、再次治愈,还被迫复活过两个人,亲眼目睹了其中一人的再次死亡。她之所以牵扯到这种破事当中,先是因为伊莱,后是因为维克托。她的样貌仍是孩子,却已不是孩子了,维克托下意识地想到,是不是成为超能者的过程改变了她,正如维克托自己和所有超能者一样——切断了与正常人类的至关重要的连接。把她当正常孩子对待并不是在保护她。她不是正常孩子。

"你刚才问我有没有计划,"他往前挪了挪,"一开始是没有的。没错,我有选项,有主意,有点子,但没有计划。"

"可你现在有了。"

"有了。但是因为伊莱,因为你姐姐,我只有一次实施计划的机会。最先行动的一方会丧失掉后发制人的良机,而我承担不起这样做的代价。伊莱身边有塞壬女妖助力,意味着全城的人都可以为他所用。或许他已经这么干了。而我只有一个黑客、一条半死不活的狗和一个孩子。手里的牌不够出啊。"

希德妮皱起眉头,拿起在世超能者的文件夹,递到他面前:"那就挑一张牌。说不定你会有一手好牌。试试吧。伊莱把我们超能者当作怪物,你不这么看,对吧?"

维克托不确定自己如何看待超能者。在路边捡到希德妮之前,他只认识一个超能者,那就是伊莱。如果要他基于他们两人评价,那么至少可以说，超凡能力者是人格受损。不过维克托认为，最近常听到的那些词——人类、怪物、英雄、坏蛋——只是不同的说法而已。有人可以自称英雄，却杀人如麻。有人因为阻止前者，而被贴上了坏蛋的标签。太多的人类怪诞畸形，太多的怪物知道如何扮成人类。至于维克托和伊莱之间的区别，他怀疑不是他们如何看待超能者，而是如何对待。伊莱看样子有斩草除根的决心，维克托则无法理解，为何要消灭一种有用的能力，仅仅因为它来源不正。超能者是武器，没错，却是拥有思维、意志和身体的武器，可以被弯曲、扭转、破坏和使用。

但还有许多无法解释的问题。超能者是生是死难以说清。超能力的本质也不明朗。他们能否接纳外人，也是未知因素。与此同时，维克托找到了一个非常有力的论据，既然对方要他们死，而他又需要他们活着，从而加以利用，那么据此可以推断出，招募一个超能者进来，意味着在等式中引入了不可预知的变量。鉴于伊莱很有可能正忙着减少维克托的可选项，招募新人似是自找麻烦，还未必讨得到好处。

"拜托，维克托。"希德妮说，文件夹还递在他面前。于是，为了安抚希德妮，同时也打发时间，他接过来，翻开了。蓝发女孩的档案已被抽走，剩下的只有两份。

第一份档案属于一个名叫扎卡里·弗林奇的男人。早在维克托等米奇的电话时，他就看过此人的档案，知道查下去没用。这个疑似超能者的相关细节太模糊了——超能者的能力似乎与死亡的方式或死者的心理状态存在一种微妙的联系，当然说白了还是靠蒙——而且事故发生后所有人都离开了他，说明这家伙麻烦缠身。维克托没时间去招惹那么多麻烦。

他翻到第二份档案，这个还没看过。他扫了一眼，愣住了。

多米尼克·拉舍将近三十岁，退役军人，在海外服役时，不幸距离爆炸的地雷太近。爆炸导致多米尼克全身多处骨折，昏迷了整整两周。

但吸引维克托的不是他昏迷过久,也不是他无端消失的怪癖。档案最底下标有简略的处方。根据军方医院记录,医生给拉舍开了35毫克的甲基羟化酮。

对于这种成分不明类似鸦片的药物,医生开的剂量非常大。维克托曾在牢里花了一整个漫长的夏季,通过药方记住了大量的、当今医药界所使用的止疼药,包括其用途、用量、官方名称以及医学名称,所以他一眼就认出了这种药。不仅如此,而且他非常确信,除非伊莱也花费了同样的时间,不然根本认不出来。

看来,命运女神再次向维克托露出了微笑。

距离午夜只剩几个小时了,他知道现在已经没有建立信任和忠诚的时间与机缘,但也许能用需求来替代。维克托知道,需求可以与任何情感纽带一样强而有力。情感纽带是神经质的、复杂多变的,需求却很简单,与恐惧、疼痛同属原始知觉。需求可以是最基本的忠诚。维克托正好知道多米尼克的需求。他可以提供,前提是多米尼克的超能力值得他付出。现在只有一个办法能搞清楚。

维克托把文件折起来,塞进口袋里。

"拿上外套,米奇。我们出去一趟。"

"开车还是步行?"

"开车。"

"绝对不行。你没看警方备忘录吗?上次我查过,那辆车报失了。"

"那好,我们就确保不要引起警方的注意。"

米奇去拿外套时,不满地嘀咕了几句。希德妮的外套扔在卧室里,她飞快地跑了进去。

"不行,希德,"见她整理着红色的宽大外套走出来,维克托说,"你要留在这里。"

"可这是我出的主意!"她说。

"是个好主意，但你还是得留下。"

"为什么?"她抱怨道，"别说什么太危险了。你去找那个警察的时候也这么说，后来还不是把我拽过去了。"

维克托哈哈一笑："是很危险，但我不是因为这个要你留下的。就算不带上你这个失踪儿童，我们也够引人注目的了，我是要你留下来帮我的忙。"

希德妮抄起胳膊，一脸怀疑地瞪着他。

"如果我十点半还没回来，"他说，"我需要你点击米奇那台电脑上的发布键，把我的档案上传到数据库。他已经准备好页面了。"

"为什么是十点半?"米奇一边扣外套一边问。

"时间久到能让某些人看到，但又不让他们做好充足的准备。这是冒险，我知道。"

"倒也不是最要命的一次。"米奇说。

"就这样?"希德妮问。

"还有。"维克托说，他浑身上下摸索一遍，最后从口袋里掏出一个蓝色打火机。他不抽烟，但这玩意儿用处不少。"等到十一点，你就动手烧掉那些档案，所有的文件。在水槽里烧。"他递出打火机。"一次烧一张，明白了吗?"

希德妮接过蓝色的小东西，翻来覆去地把玩。

"这件事非常重要，"他说，"我们不能把证据留在这里，懂吗?你明白我留下你的原因了吧?"她终于点点头。多尔轻轻地呜咽了一声。

"你会回来的，对吧?"当他们走到门口时，希德妮问。

维克托回头一望。"当然会回来，"他说，"那是我最喜欢的打火机。"

房门关上的时候，希德妮似乎想笑，却没有笑出来。

"我知道烧掉文件的必要性，可是为啥一次烧一张?"走下楼梯时，米奇问道。

"不让她闲着。"

米奇双手插进外套里:"这么说,我们今晚不回来了,对吧?"

"今晚不回。"

XXII
午夜前三小时
三只乌鸦酒吧

    伊莱坐在三只乌鸦酒吧里靠后墙的雅座，等多米尼克·拉舍现身。他一进来就找调酒师聊过了，对方表示拉舍每晚九点左右会来。伊莱到得有点早，但反正他在午夜之前无事可做，也不知道到时候会发生什么事，于是他点了一杯啤酒，坐到角落里。比起喝酒，他更享受远离塞雷娜的光景。

    喝酒基本上只是装装样子，因为自愈能力消除了酒精的影响，而缺少醉酒的感觉，酒水的吸引力也大幅下降（他还被要求出示年龄证明，这种新鲜感许久不曾有过了）。不过，与塞雷娜保持距离很重要——可以说至关重要——他借此维系仅存的一点点控制权。与她在一起的时日越久，模糊不清的事情就越多，这种慢性中毒是伊莱的身体难以对抗的。他本该抓住机会杀死塞雷娜。如今，随着警方的介入，情况越发混乱。他们效忠于塞雷娜，而不是他，两人都清楚这一点。

    他需要换一座城市。

等过了午夜,维克托这摊子事就结束了,他要另找一座城市,重新开始。远离斯戴尔警探,也远离塞雷娜,如果他能做到的话。他甚至不介意走回老路,花费大量时间和精力,数周的调查,换来不过片刻的回报。近来,事情变得太过容易,而容易意味着危险,导致犯错。塞雷娜就是个错误。伊莱抿了一口啤酒,查看手机短信。什么都没有。

几年前,伊莱还没遇到塞雷娜的时候,曾经在这儿追踪过目标,当时他还是幽灵,是过客。这地方闹哄哄的,门庭若市,适合那些爱热闹而不喜静的人,充斥着杯碟磕碰、高声喊叫的噪声,还有含混难懂的歌声。你很容易藏身其中,消失不见,被昏暗的光线、喧哗的醉鬼和豪饮的怒汉所吞没。虽说知道这一点,伊莱也没有鲁莽和愚蠢到公然杀人的地步。塞雷娜或许说服了警方为他提供保护,但三只乌鸦酒吧里的客人可不吃执法部门那一套。在这种地方,一点小问题可以演化成一场灾难,尤其是塞雷娜不能及时赶来安抚民众。

伊莱再次提醒自己,他十分乐意摆脱塞雷娜的影响,不管是对别人的,还是对他自己的影响。无论从意愿还是从必要性来看,现在他可以按照自己的方式来办事。

他又看了看时间,只剩不到三个小时了……然后呢?维克托设定截止时间,就是要他心慌意乱,不知所措。他搅扰得伊莱心神不宁,就像孩子往水塘里扔石子,激起一道道涟漪,而旁观的伊莱真的心潮翻涌,越发烦躁不安。好吧,伊莱又逐步找回了控制权,属于他的思想、他的生活,还有这个夜晚。酒杯在老旧的木桌上留下一圈水印,他用指头蘸了蘸,写下两个字。

伊弗。

XXIII
十年前
洛克兰大学

"为什么选伊弗?"

坐在对面的维克托抛出这个问题。伊莱刚死过,维克托把他救了回来。两人坐在距离宿舍几个街区的酒吧里,为了庆祝劫后余生,痛痛快快地喝了几轮,现在已经有点醉意了(至少维克托是)。伊莱感觉有点古怪。倒也不坏,只是……不一样。有种疏离的意味。他无法准确形容。有什么东西消失了,尽管他可以感觉到空缺,却无法推断出具体是什么。在身体上——他认为身体是一切的本钱,是最重要的——他感觉还好,一如既往,好得出奇,毕竟那天晚上他死了一会儿。

"什么意思?"他一边啜酒,一边问道。

"我是说,"维克托说,"选择很多,你为什么选伊弗这个名字?"

"为什么不呢?"

"不对。"维克托晃动着酒杯说,"不对,伊莱。你不会做这样的事。"

"什么样的?"

"毫无道理的。你肯定有你的理由。"

"你怎么知道?"

"因为我了解你。我熟悉你。"

伊莱用手指蘸着杯底留在桌上的水印:"我希望永远不被遗忘。"

伊莱的声音很轻,而酒吧里人声嘈杂,他以为对方没听见,维克托却伸手捏住了伊莱的肩膀。那一刻,他的表情异常严肃,但很快又松开手,坐了回去。

"告诉你吧,"维克托说,"只要你记得我,我也记得你,这样一来,我们就不会被遗忘。"

"什么狗屁逻辑,维克。"

"完美的逻辑。"

"那等我们死了怎么办呢?"

"那么我们就不死。"

"说得好像逃过一死是很容易的事。"

"看样子我们都很擅长。"维克托快活地说,然后端起酒杯,"敬长生不死。"

伊莱也举起酒杯:"敬名垂千古。"

当他们的玻璃杯碰到一起时,伊莱又说:"敬永远。"

XXIV
午夜前两个半小时
三只乌鸦酒吧

多米尼克·拉舍是个破破烂烂的人。当然是破烂的字面意思。

在他身体左侧，即接近炸弹的一侧，大部分骨头都经过缝合或加固，甚至是人造的，遮在衣服底下的皮肤满是疤痕。他的头发——在军人标准发型的基础上长了三年——如今杂乱无章地搭在眼前，其中一只是假眼。他的皮肤呈棕褐色，肩宽体壮，姿态依然挺拔，因此，尽管这具躯壳破烂不堪，但在酒吧里仍是显得鹤立鸡群。

以上情况，伊莱不用翻阅档案就看得出来——那人走向吧台，坐上高脚凳，点了杯喝的，一举一动都在伊莱眼里。时间一分一秒过去，他眼看这个退役大兵用杰克丹尼威士忌兑可乐为夜生活拉开序幕，情不自禁地握紧了手中的杯子。他恨不得马上离座，扔下酒杯，对准多米尼克的后脑勺开枪，赶快完事。伊莱尽力扑灭了躁动的火苗，他的仪式有其存在的道理。某些情况下，他在执行时可以妥协，也确实打过折扣，但不可能完全抛弃，即便是现在。毫无道理的杀戮，属于滥用权力，是对上帝的玷污。他可以洗掉超能者的血，却洗不掉无辜者的血。他需要把多米尼克引出酒吧，如果没有展示其能力的机会，至少在处决之前，对方必须坦承身份。而且，多米尼克是一个很好的诱饵。伊莱越发觉得，此人活着和死了一样有用，如果维克托在午夜之前来找这个落魄大兵，他便可以守株待兔了。

..✟..

维克托开车，米奇平躺在后座里，尽量不显露出魁梧的身躯。当汽车驶过大街小巷，那些灯红酒绿、办公楼透出的白光，犹如一条条彩带涂抹在车窗上。维克托驾车离开市中心，进入旧城区。他们选择从背街小路绕行，而不是在进出梅里特市的主干道上招摇，避开了所有通向收费站、桥梁和可能设置临时关卡的道路。他们时刻注意着行车速度，在车流过快的时候及时调整，因为车速太慢和超速一样显眼。维克托开着这辆偷来的车横穿梅里特，不久，用数字和字母编号的道路变成了有名字的街巷。真正的名字，有人，有树，有形形色色的场所，还有成片的房屋，有的阴暗、空荡、废弃已久，有的充满生气。

"左转。"米奇说，建议来自手机上卡片大小的电子地图。维克托看了看手表，估算着到达酒吧的时间，它与午夜时分的差值，就是他们实际拥有的时间。他不能迟到。尤其是今晚。维克托尽力保持镇定，但心里仿佛有人打翻的零钱罐，叮铃咣当响个不停。没扶方向盘的那只手反复敲打腿部，克制着不断冒出来的坏念头。总比坐着不动强。况且，他们有时间。充足的时间。

"再左转。"米奇说。维克托照做。

他们在车上已经花费半小时过了一遍计划，此时一切安排妥当，剩下的就是执行了。于是他们陷入了沉默，只有米奇指路时的只言片语，以及维克托持续敲打腿部的声响，与此同时，脚下的路不断地被他们抛在脑后。

..☩..

维克托开车时，米奇在思考。

不知道自己能否活过今晚。

也不知道维克托能否活过今晚。

不知道如果两人都活下来了，明天是什么样。

不知道在伊莱死后，维克托还有什么打算。假设伊莱死了的话。

米奇也不知道自己接下来做什么。他和维克托从未谈论过这次合作的关系、具体内容和终止日期，反正从头到尾就是一件事，那就是找到伊莱。从不提及以后怎么办。他不知道在维克托的意识里有没有以后。

手机上不断移动的绿点，接近了代表三只乌鸦酒吧的静态红点。米奇坐了起来。

"我们到了。"

..☩..

维克托把车停进了酒吧对面的一块空位，尽管这儿非常拥挤，空间狭窄，在需要的时候无法快速离开。不过，这辆汽车毕竟是偷来的，警方又在四处盘查，他不敢做出任何出格的举动。他不想因为偷来的汽车违章乱停而被捕。尤其是今晚。他熄了火，推门下车，仔细观察对街那座名为三只乌鸦酒吧的砖房，看见三只铁鸟栖在前门的招牌上。酒吧左面是一条小巷，两人过街的时候，维克托看到酒吧脏兮兮的砖墙外开有一扇侧门。等他们抵达马路牙子，他朝小巷行去，米奇则走向酒吧。维克托仿佛看见，他的棋子在以城市为背景的棋盘上一字排开，犹如国际象棋、战舰军棋和大战役游戏。这一步棋该他下了。

"喂，"米奇刚要推门，维克托喊道，"当心点。"

米奇狡黠地一笑，进去了。

XXV
五年前
赖顿监狱

"你还要点牛奶吗?"

这是维克托·维尔对米切尔·特纳说的第一句话。

两人坐在餐厅里。整整三天,米奇时不时地琢磨维克托有一副怎样的嗓子,前提是他打算说话。或者他会说话。吃午饭的过程中,米奇真的以为他不会说话,他的囚衣领子底下有一道骇人的伤疤,仿佛刻在喉咙上的笑脸,说不定他紧抿的嘴里面根本没有舌头。这种想法挺奇怪的,只是监狱的生活太无聊了,米奇发现自己经常胡思乱想,冒出一些古怪的念头。所以当维克托终于开口,用抑扬顿挫的优美嗓音问米奇要不要再来一盒牛奶,后者既吃惊又失望。

他的回答支离破碎。"呃。是。当然。"他自觉这个回答蠢毙了,而且显得反应迟钝,不禁为此懊恼不已,但维克托只是轻轻一笑,站起身来。

"要强身健体。"他说完,横穿餐厅,走向食品柜。维克托走开的时候，米奇自知应该跟上去。三天来，他寸步不离这个新室友，但刚才的问题使他失去了警惕，随之而来的是沮丧，他可能错过了一次破除诅咒的机会。他正伸长脖子搜寻维克托，突然有人把他压向饭桌，一条胳膊扳住他的肩膀。远远地看，这种动作或许是亲热的表示，但米奇瞟见伊恩·帕克手里握有尖锐的铁器，锋利的刃部贴着他的脸颊。米奇的块头比他大两倍，可他清楚自己来不及在伊恩动手之前甩开对方。而且，尽管帕克块头不大，却是这儿有权势、有影响的人物之一。在这么小的地方，他的能耐可不小。

"嘿，嘿，"帕克嘴里臭气扑鼻，"扮小狗玩呢？"

"你要干什么？"米奇低声吼道，两眼始终盯着面前的托盘。

"本来想让你来我们组当一年看门狗，本来对你这坨和平主义的狗屎充满关怀和耐心——"米奇吃了一惊（还有点佩服），没想到帕克知道"和平主义"这个词，"结果那只小弱鸡一出现，你就演戏演上瘾了。"他在米奇耳边发出啧啧声，"他这么浪费你的时间和天赋，我真应该教训他一顿，特纳。"

一小盒牛奶放在他的托盘上，米奇抬起头，发现维克托站在对面，正饶有兴致地打量着两人。帕克的注意力转移到来人身上，手中的利器握得更紧了。米奇心里一沉。又要失去一个室友了。

维克托却只是歪着脑袋，好奇地端详帕克。

"那是剃刀吗？"他抬脚踩上长凳，手扶膝盖，"单人间里没有这玩意儿。"单人间？米奇一愣。"我总想弄一个瞧瞧。"

"行啊，我拿近了给你瞧个仔细，你这个小混蛋。"帕克放开了米奇，冲向维克托。维克托只是把脚从长凳上放下来，握手成拳，除此之外没别的动作。然而帕克冲到半路，突然栽倒在地，惨叫起来。米奇眨了眨眼，对于刚才发生的事——应该说没发生的事——完全摸不着头脑。维克托根本没有碰到那家伙。

一听到惨叫声,餐厅里顿时炸开了锅,囚犯们纷纷起身,看守们立刻赶来。米奇坐着观望,维克托站着观望,帕克则在地上翻滚哭号,捏着刀片的手指鲜血淋漓。有那么一会儿,在看守们赶到之前,米奇发现维克托笑了。那是恶狼的笑容,极轻极淡,冰冷骇人。

"怎么回事?"看守们跑到饭桌边,其中一人喊道。米奇望向维克托,维克托则耸耸肩,笑容早已消失,眉头微微皱起。

"不知道,"他说,"这家伙过来说话。先前还好好的,接着就——"维克托突然捏响指节,吓了米奇一跳,"开始抽搐了。最好赶快送他去检查,免得他伤了自己。"

看守们按住满地打滚的帕克,从他血淋淋的手里取走刀片,惨叫声渐渐减弱,化作痛苦的呻吟,最后没声儿了。犯人昏死过去。在帕克袭击维克托事件发生后——也就是维克托一个眼神放倒帕克,看守们随后赶到现场——米奇中途寻机离开了长凳,此时正站在室友身后几英尺远的地方,一边喝牛奶,一边观察事态进展。他为眼前这幕奇景惊叹不已,同样不可思议的是他破天荒地没背黑锅。

可是,到底发生了什么事?

米奇肯定在无意中问出了声,因为维克托扬起一边淡淡的眉毛望向他,然后转身走向牢房。米奇跟了过去,两人踏上水泥走廊。

"怎么?"半路上,维克托问,"你觉得我浪费了你的时间和天赋吗?"

米奇打量着身边这个不可思议的男人。有什么东西改变了。持续三天的厌恶和难受的感觉消失了。路过的其他人仍然有意地避开他,而米奇对他只有好奇,不可否认的是,还有一点害怕。等他们到了牢房门口,他依然没有回答,维克托停下脚步,背靠栅栏看着他。不是看他宽厚的肩膀或粗壮的拳头及其伤痕累累的指节,或爬满脖子的文身,而是看他的脸。维克托直视他的眼睛,尽管这样做必须稍稍抬头。

"我不需要保镖。"维克托说。

"我注意到了。"米奇说。

维克托的笑声和咳嗽没两样:"是的。好吧,"他说,"我不希望别人也注意到。"

米奇猜对了。维克托·维尔是羊群里的狼,而463个重刑犯反而成了一群猎物。

"那你需要什么?"他问。

维克托扬起嘴角,露出和先前一样骇人的笑容:"朋友。"

"就这样?"他不敢相信。

"好的朋友,特纳先生,是很难找到的。"

米奇目送维克托推开栅栏,走进房间,从小床上拿起一本从图书馆借来的书,然后躺了上去。

米奇仍然不理解刚才餐厅里到底发生了什么,但是十年来几度入狱的经历教会他一件事:有些人是你必须远离的,他们危害无穷。有些人是你愿意打交道的,那些家伙有舌灿莲花、点石成金的本事。有些人是你需要站在他们身边的,因为你不能挡他们的道。不管维克托·维尔是什么身份,什么来历,犯了什么罪,米奇只知道一件事儿:他不想挡这家伙的道。

XXVI
午夜前两小时
三只乌鸦酒吧

伊莱点亮手机，显示的时间令他略感紧张。依然没有维克托的信儿，多米尼克在酒吧里却像是生了根。他皱着眉头，拨通了塞雷娜的电话，但没人接听。等转入语音信箱的提示声响起，他迫不及待地按下挂断键，阻止了塞雷娜用缓慢而富有韵律的嗓音传达指示。他想到了维克托的威胁。

这一招很聪明，利用梅里特警方的数据库，寻找你的目标。数据库没有登录我的名字，不大给面子啊，但也不急。毕竟我初来乍到嘛。

伊莱登录了数据库，希望找到一点线索，但已经过了十点，唯一做过档案标记的人，正坐在吧台前，喝着第三杯杰克丹尼威士忌兑可乐。伊莱心烦意乱地放下手机。诱饵已下，可没人上钩。多米尼克旁边的凳子是空着的——在过去一小时内，有人坐了又走，换了三拨——伊莱等得不耐烦了，于是喝干了啤酒，挪到雅座边沿。他正准备行动，只见一个人走向吧台,坐上了高脚凳。

伊莱停止了动作,坐在雅座边沿犹疑不决。

伊莱见过此人,就在君子酒店的大堂里。虽说他出现在这儿不算特别意外——相比四星级酒店的体面客人,他更像是三只乌鸦酒吧的老主顾——但伊莱还是吃了一惊。这个人的确有异常之处。他上次偶遇的时候并未想到,而此时此地,有梅里特警局的通缉令作参照,他终于有所发现。尽管没有维克托的同伙米切尔·特纳的照片,但针对其体貌特征的描述与常见的暴徒极为相似:高个儿,身材魁梧,光头,文身。符合描述的人不在少数,可两天就被伊莱撞见两次,这种概率有多低?

伊莱很久以前就不相信巧合了。

如果此人真是特纳,那么维克托必然在附近。

他环视酒吧,搜寻维克托的金发及其凛冽的笑容,却没有找到特征相符的对象,等他的目光移回吧台时,米切尔和多米尼克·拉舍正在交谈。那家伙的身体犹如一座大山,笼罩在退役军人的头顶,他们的谈话声淹没在喧嚣之中,伊莱只能看到他的嘴唇快速翕动,多米尼克则神色异样。然后,刚刚坐下不久的米切尔起身离座。他没有点酒水,也没有再说一个字。他东张西望,目光无心地掠过伊莱,最后落到一块指示牌上,黄色霓虹灯组成了"洗手间"的字样。米切尔·特纳行动了,他走到多米尼克身后,将其与酒吧里的其他人隔开,那庞大的身躯有那么一会儿——也就是一眨眼的工夫——完全遮住了多米尼克。等他走了过去——从退役军人的一侧走到另一侧——多米尼克不见了。

伊莱站起身来。

他的目标在那张高脚凳上坐了将近一个小时,现在凳子瞬间空了,四面八方都不见多米尼克·拉舍的影子。伊莱或许会下意识地认为这不可能。但也唯有伊莱知道,这种事完全有可能,可能性太大了。在伊莱看来,那家伙去了哪里是次要的,重要的是他为什么要走,而这个问题只有一个答案。他受惊了。他得到了警告。伊莱环顾四周，正好看到男洗手间的门在米切尔·特纳身后关上。

他抽出一张钞票，放在空酒杯旁边，然后跟了上去。

XXVII
午夜前九十分钟
君子酒店

希德妮抱着膝盖，偎在书桌前的椅子里，一会儿看墙上的挂钟，一会儿看电脑的时钟（挂钟足足快了九十秒）。米奇的电脑屏幕上，程序已经打开，发布键闪着绿幽幽的光。发布键上方就是他们制作的档案，顶部居中写着"维克托·维尔"，中间名是"伊莱"。本该填写出生日期的位置，写的是当天的日期。近期行踪一栏内填着福尔肯·普赖斯大楼工地的地址。其他空栏——比如背景资料、历史、警方编号——填的都是同一个词：午夜。

档案左边是照片的位置，本应上传肖像照，结果放上了书脊上竖排的大写字母——维尔。

他们用来制作照片的书，是昨天维克托在他们散步时买的，此时躺在一堆文件底下。希德妮不久就要开始烧文件了，蓝色打火机搁在上头，格外显眼。她把这本大部头抽了出来，抚摸着书的封面。她以前见过这本书，或者是类似的一本。父母的书房里收藏了一整套（当然了，书脊完好无损，连一条缝也没有）。希德妮打开书，翻到第一页，结果全是黑的。顺着翻下去，她发现前 33 页都被整整齐齐地涂黑了。一支记号笔夹在 33 页和 34 页之间，说明其后的页面未遭劫难，只是因为维克托还没涂到那儿去。希德妮又倒着往前翻，忽然发现只有两个词免遭涂黑。

"敬"和"永远"。

这两个词之间隔了好几页，跨越了一片又一片黑色的海洋。不仅如此，"永远"一词还被修改过，前面明明有"敬"字，却被小心地涂掉了，说明维克托希望这两个词不要拼在一起。

他显然希望两个词被分开。各成一词。

敬。

永远。

她轻轻抚过书页，以为指头会被染色，结果没有。椅子底下的多尔轻轻地呜咽了一声，不知道它是怎么钻进去的——至少有大半个身子挤在里面——希德妮合上书，又抬头看挂钟。十点半过了，挂钟和电脑时钟都是如此显示。她伸出食指，悬在屏幕上方。

她明白按下发布键的后果。

虽然不清楚维克托的计划，但她知道一旦发布档案，就没有退路了。伊莱会找到维克托，他们当中至少有一个人会死，到了明天，可怕的生活便卷土重来。

她又将孤独一人。

无论如何都是孤独的。一个超能者，胳膊受了伤，姐姐要她死，父母不在身边，拥有诡异而恶心的天赋，不管是顺利逃脱还是被杀死，两种结局都毫无吸引力。

她考虑不发布档案。她可以假装电脑死机了，为他们再拖延一天。为什么维克托非要这样做呢？为什么他和伊莱非要找到对方？然而，即便她问了，她也知道答案是什么。她之所以知道，是因为一想到塞雷娜,她的心跳还会不受控制地加速,是因为即便理智要求她离开姐姐,跑得越远越好,却有一种本能的渴望把希德妮拉回来。她无法摆脱这种引力。

但她可以不再坠落。维克托不行吗,哪怕只是一小会儿?他们不能飘在半空吗?不能好好活着吗?这时,米奇的忠告在脑海里回荡——这场较量之中没有什么好人——她闭上眼睛,企图赶走那句话,却看到了维克托·维尔,不是初次见面那天瓢泼大雨中的他,也不是被希德妮意外惊醒的他,而是今天下午立于警察的尸体旁,在噼啪作响、痛感弥漫的空气中,命令希德妮复活死人的他。

希德妮睁开眼睛,按下了发布键。

XXVIII
午夜前七十五分钟
三只乌鸦酒吧

维克托背靠酒吧侧面的冰冷砖墙，正在翻看多米尼克·拉舍的档案，一个与照片上一模一样的男人突然冒出来，摇摇晃晃地出现在狭窄的夹巷里。维克托大吃一惊，尤其是发现酒吧的侧门根本没有打开的迹象，但他尽量不动声色，以免失态。

而多米尼克那边，先是看了维克托一眼——他有一只眼珠是黑色，另一只是蓝色，根据档案记载，蓝色的是假眼——接着疼得弯下腰，捂住侧腹部，单膝跪地，缩成一团。不是维克托干的。此人的健康状况堪忧，这种来无影去无踪的绝技显然有损身体。

"你要知道，拉舍先生，"维克托合上文件夹，说，"你真不该把甲基羟化酮混合酒精一起服用。假如35毫克的剂量都不足以帮你缓解，喝一杯酒就更没用了。"

"你是谁？"多米尼克喘着粗气问。

"我朋友呢？"维克托问，"就是警告你的那个人？"

"还在里面。他刚才说有人——"

"我知道他说了什么。是我让他这样说的。有人想杀你。"

"可是为什么呢?"

维克托从来不喜欢强迫,同样不喜欢劝说。太浪费时间了。

"因为你是超能者,"他说,"因为你的存在违反了自然规律。诸如此类的说法。我应该讲清楚,那人不仅是想杀你,而且一定会杀了你。"

多米尼克挣扎着站起来,迎上维克托的目光:"说得好像我怕死似的。"他眼里闪着倔强的光。

"是啊,"维克托说,"死有什么可怕的? 毕竟你死过一次。不过,怕死和不愿意死是有区别的。我认为你并不想死。"

"你怎么知道?"他吼道。

维克托把文件放在垃圾桶上:"因为如果你想死,早就死了。你的身体状况糟糕透顶,疼痛无休无止,我猜,应该是一刻都不停吧。然而你没有结束自己的性命,说明你要么很乐观,要么很糊涂,同时也说明你想活下去。还有,因为你来了。"他朝这条巷子比画了一下,"米奇对你说,如果你想活下去,就来这儿。你可以选择离开,赌一把,考虑到你的身体状况,谁知道还能撑多久。关键是,你没有离开。你来了。所以,我丝毫不怀疑你会以军人的姿态迎接第二次死亡,但我也认为你没那么急于求死。"说话的同时,他的脑海中浮现出棋盘,因为多米尼克的天赋——棋子移位,局势剧变。这种天赋他只是看了一眼,就知道大有用处。"我给你一个选择,"他接着说,"一是回到酒吧里等死,二是回家去等死,三是跟着我活下去。"

"你为什么关心我的死活?"

"我不关心,"维克托坦言,"说白了,你的死活与我无关。但是那个想杀你的人,我希望他死。而你可以帮我的忙。"

"我为什么要帮忙?"

维克托叹了口气:"除了自保之外的理由吗?"他伸出一只手,掌心向上,微笑着说,"我保证你会得到超值的回报。"

多米尼克并未与他握手,维克托顺势按住了对方的肩膀。他能感觉到,甚至能看到疼痛渐渐离开多米尼克的身体,从肢体、下颚、前额和眼睛里溜走,那双眼睛惊骇地瞪大了。

"你……你干了……"

"我的名字,拉舍先生,叫维克托·维尔。我是超能者,我可以带走你的疼痛。所有的疼痛。永远带走。当然……"他的手从年轻人的肩膀上滑下,转瞬间,多米尼克五官变形,因为疼痛卷土重来,变本加厉,"我也能召回来,丢下你不管,任由你活在痛苦之中,或者命丧陌生人之手。对于一名军人来说,可不是什么好死法。"

"不,"多米尼克紧咬牙关,嘶声说道,"求你了。需要我做什么?"

维克托笑了:"辛苦一个晚上,换一辈子没有疼痛。你愿意付出多大代价?"见多米尼克不吭声,维克托拨动脑海中的刻度盘,对方脸色大变,疼得弯下腰。

"什么都愿意。"多米尼克终于气喘吁吁地说,"都愿意。"

· · ✟ · ·

米奇站在洗手间的水槽前,卷起袖子准备洗手。他拧开水龙头,除了水声,他还听到了开门声。他的身躯撑满了镜子,不留一丝空隙,所以看不到背后的人,却也不需要看。他听见伊莱·伊弗走进来,一拉门上的插销,把世界锁在外面。把他们锁在里面。

"你对他说了什么?"伊莱的声音从背后传来。

米奇关掉水龙头,但站在水槽前没动。"对谁?"

"坐在吧台前的那人。你对他说了几句话,然后他就消失了。"

擦手纸巾距离太远,米奇知道最好不要做出任何突然性的动作,于是在外套上擦干了手,转身面对那人。

"这是酒吧,"他耸耸肩,说,"来来去去很正常。"

"不,"伊莱厉声说,"他真的消失了。凭空消失。"

米奇假惺惺地笑了笑:"听着,老兄,"他一边说一边与伊莱擦肩而过,走向洗手间的门,装作没注意到插销已经拉上,"我觉得你的想象力有点太——"

他听见伊莱从外套里掏枪的窸窣响动,于是闭上嘴,放慢步子,然后站定了。伊莱抬起武器。通过拉动枪栓的金属摩擦声,米奇推断那是一把自动手枪,子弹已经上膛。他缓缓转过身。枪握在伊莱手中,消声器已经装上,却没有对准米奇,而是垂在身体一侧。这种姿态尤令米奇紧张,对方持枪如此随意,手指轻扣扳机,似乎不光是使枪,应付这种局面也是驾轻就熟。看他那样子,仿佛一切尽在掌控中。

"我见过你,"伊莱说,"在市中心的君子酒店。"

米奇歪过脑袋,扬起嘴角:"你看我像是出入那种地方的人吗?"

"不像。所以我才注意到你。"米奇的笑容消失了。见伊莱举起枪,他顿感压力迫在眉睫。"有人把监狱档案和警方记录里的影像资料抹掉了,不过我敢打赌,你是米切尔·特纳。说吧,维克托在哪里?"

米奇本想假装听不懂,但还是决定不冒这个险。反正他一向不擅长撒谎,而且他知道必须珍惜所剩无几的时间。

"你肯定是伊莱了,"他说,"维克托提起过你,说你专门杀害无辜的人。"

"他们不是无辜的。"伊莱吼道,"维克托人呢?"

"我们进了城就分道扬镳了,再也没见过他。"

"我不相信。"

"无所谓。"

伊莱吞了吞口水,手指向扳机移动:"多米尼克·拉舍呢?"

米奇耸耸肩，却向后挪了一步："那小伙子凭空消失了。"

伊莱逼近一步，手指扣住扳机："你对他说了什么？"

米奇抽动嘴角，挤出一丝微笑："我叫他快跑。"

伊莱眯起眼睛。他转过手枪，握住枪管，挥动枪把，狠狠地砸向米奇的脑袋。随着一声闷响，米奇头一歪，眼睛上方皮开肉绽，鲜血直涌，模糊了他的视线。伊莱又抬起脚，用力一蹬，把他踹翻在洗手间的地板上。伊莱掉转枪口，对准米奇的胸膛。

"维克托在哪里？"他问。

米奇努力睁开血肿的眼睛，瞪着对方："你很快就会见到他，"他说，"快到午夜了。"

伊莱咬牙切齿地垂下脑袋，米奇似乎看到他嘴里说的是"原谅我"，然后他抬起头，扣动扳机。

· · ✝ · ·

维克托看了看手表。快十一点了，米奇还没有出来。

多米尼克在旁边活动筋骨，摇头扭腰，前后左右地甩胳膊，仿佛刚刚卸下了千斤重担。维克托认为，千斤重担绝非虚言。毕竟，维克托非常熟悉疼痛，知道多米尼克吃过多少苦头，同时也真心佩服此人的毅力顽强。不过，尽管他可以忍着疼痛施展能力，但并不能发挥最大值。于是维克托消除了疼痛。完全消除掉。当然，他还是尽可能地保留了必要的知觉，这种微调相当有难度，因为痛感与知觉息息相关。然而，他不想看到刚到手的宝贝仅仅因为不小心割伤了自己，就失血过多而死。

维克托一会儿看手表，一会儿打量退役军人，后者正专心检查自己的身体。常人不把身体健康当回事儿，多米尼克·拉舍却爱死了无论做什么动作都不疼的手脚。他显然明白这份礼物有多么珍贵。*很好*，维克托心想。

"多米尼克，"他说，"我所做的事情是可以撤销的。记住了，我不用碰你就能做到。刚才只是为了让你看明白。懂了吗？我所带走的，一眨眼就可以还给你，别说隔着一座城市，就是隔着整个世界都没问题。所以别惹我生气。"

多米尼克严肃地点头。

其实，维克托只能在看见对方的情况下，才能调节痛感的阈值。他在监狱里试过的最远距离，是隔着足球场大小的院子，伸手一指就放倒了一个人。有一次，他试图撂倒最顶头那间囚室的犯人，只能透过栅栏看到对方的一只手，但依然有效。一旦超出视野范围，他立刻失去准星。不过多米尼克不需要知道这些。

"你的超能力，"维克托问，"是怎么运作的？"

"我不知道怎么解释。"多米尼克低头看着自己的双手，十指反复屈伸，像是在活动僵硬的肌肉，"是啊，我虽然行过死荫的幽谷——"

"别引用圣经，拜托。"

"地雷爆炸后，情况很糟糕。我没法……那种疼痛不是人能承受的。极度野蛮，并且无处不在。而我不想死。上帝啊，我真的不想，我想要安宁、黑暗和……太难解释了。"

没必要解释。维克托知道。

"我好像四分五裂了。事实就是那样。他们保住了我的命，但似乎没能完全救活。我昏迷了好几周。那段时间，我可以感觉到外面的世界。可以听见。我发誓，也可以看见。世界离我非常遥远，朦朦胧胧的，而我伸不出手，什么都摸不到。后来我苏醒了，一切是那么刺眼，那么明亮，而且疼痛又回来了，我只想找到那个地方，那个安逸、静谧的地方。我找到了。我称之为在影子里行走，因为找不到合适的词来形容。我跨进黑暗之中，可以从一处移动到另一处，没人能看见。时间也不流逝。什么都不变。看起来像瞬间转移，但我还得付诸行动。你一眨眼的工夫，我可以穿过整座城市，却要花费我好几个小时。全程必须徒步行走，而且走得非常艰难，就像在水里一样。当你打破了规则，全世界都会抗拒你。"

"你能带上别人吗？"

多米尼克耸耸肩："从来没试过。"

"那么，"维克托抓住多米尼克的胳膊，不顾对方本能地往后躲，"就当是对你的考验吧。"

"我们去哪儿？"

"我朋友还在里面，"维克托冲酒吧点点头，"他本来应该跟着你出来，结果没有。"

"是那大个子吗？他说他掩护我。"

维克托的眉间拧了个疙瘩："不让谁看见？"

"那个想杀我的人，"多米尼克皱着眉头说，"我先前就想告诉你的，那家伙坐到我旁边，说有人想杀我，就在酒吧里。"

维克托揪紧了多米尼克的袖子。*是伊莱。*"带我进去。快。"

多米尼克深吸一口气，拉起维克托的手。"不知道这样会不会——"

后半句话不见了，不是声音变弱了，而是瞬间坠入寂静之中。他们周围的空气颤动着劈开一道口子，大小足以供两人通过。多米尼克和维克托跨进裂缝的一刹那，世界变得静谧而黑暗，一切都凝滞了。维克托看得到他所拽着的人，也看得到那条巷子，但全部蒙上了阴影，不是夜幕降临那种，更像黑白照片，历经岁月摧残，渐渐泛黄、破旧。他们走动时，周遭的世界泛起了浓重的涟漪，黏稠的空气不断地压迫他们。等他们来到门前，那扇侧门在多米尼克的拉动下抵抗了好一阵子，最后才慢慢地打开了。

里面也是黑白相片般的世界。人们摆出各种各样的姿态，喝酒、打桌球、亲吻、斗殴，所有的动作都停止在一次呼吸之间。所有的声音也停止了，周围全是可怕而深沉的寂静。维克托拽着多米尼克的胳膊，犹如盲人，眼睛却四处张望、搜寻，目光掠过一张张定格的面孔。

然后看见他了。

维克托慢慢地站定了，多米尼克被拽得连连后退。他回头一望，问维克托怎么了，嘴里吐出几个字，却没有发出声音。反正也无所谓，因为维克托根本没注意到退役军人的嘴巴在动。他什么也没看，满眼都是那个黑发男人。对方与他们背道而行，已经挤过人群，走到大门边，正要握住把手。维克托琢磨着为何自己没看到正脸就认出了那人。是宽厚双肩微微耸起的傲慢姿态，还是从侧面望去暴露无遗的尖下巴。

是伊莱。

维克托逐渐松开多米尼克的胳膊。伊莱·伊弗就在那儿，距离仅仅半个房间，而且背对他们。他的注意力不在这边，身体也定格不动。维克托可以出手了。这家酒吧人满为患，除非一次性放倒所有的人才有机会成功——不行。维克托又拼尽全力抓紧多米尼克的袖子。他一直在等，等了这么久。他不愿意就此破坏掉精心的谋划、引导和对全局的掌控。在这儿动手是没用的，必须采取有用的方式。他强行收回钉在伊莱背部的目光，搜寻酒吧的各个角落，却没看到米奇的影子。他一路扫视过去，最后注意到了洗手间。男用洗手间的门上挂着一块告示牌，醒目地写着"故障中，请勿使用"，底下还画了几条线以示强调。他催促多米尼克向前走，两人穿过沉甸甸的空气，来到洗手间门口，推门进去了。

米切尔·特纳躺在亚麻地板上，脸颊浸在一小摊血泊里，太阳穴处的伤口触目惊心。维克托松开多米尼克的胳膊，周遭的世界瞬间还原，色彩和声音汹涌而至，令他猝不及防。须臾，多米尼克也现身了，抄着胳膊，低头望向米奇。

"大个子。"他轻声说。

维克托慢慢地跪在米奇身边，有点后悔当初把希德妮留在酒店里。

"他是不是……"多米尼克正要发问,维克托摸了摸米奇外套上被子弹打出的破洞。他收回一看,指头上没有沾血。维克托吁了口气,拍拍米奇的脸。对方呻吟了一声。

"操……他的……"

"看来你见过伊莱了,"维克托说,"他确实是个好战分子。"

米奇哼哼着坐起来,摸了摸脑袋,血渍已经干涸,伤口肿了起来。他望向多米尼克:"看来你还活着。正确的选择。"

他试图站起身,刚撑起一条腿就停下来喘气。

"能帮帮忙吗?"他苦着脸说。维克托抽动嘴角,轻微的嗡鸣声来而复去,带走了米奇的疼痛。大个子摇摇晃晃地站起来,扶着墙走到水槽边去清洗,留下一串血红的手印。

"这么说,他防弹?"多米尼克问。米奇哈哈一笑,拉开夹克,露出里面的防弹背心。

"太近了,"他说,"况且,我不是超能者,如果你想问的是这个。"

维克托扯出一大团纸巾,沾上水,尽量擦掉地板和墙上的血,而米奇正在清洗脸部的血渍。

"几点了?"维克托把用过的纸巾扔进垃圾桶。

多米尼克抬腕看表:"十一点。怎么了?"

米奇拧上水龙头:"时间不够了,维克。"

维克托却付之一笑:"多米尼克,"他说,"我们让米奇见识一下你的能耐。"

XXIX
午夜前六十分钟
君子酒店

塞雷娜用毛巾揉搓头发，又借着浴室的灯光仔细检查，确保头发里没有夹杂扎卡里·弗林奇的血肉。她冲洗了三次，只为去除鲜血和脑浆沾在头上的感觉。然而，尽管搓得头皮生疼，连头发都快被洗坏了，她还是觉得不干净。

毕竟杀了人，皮肤表面的干净显然远远不够。

这是她第二次参加处决行动。第一次是针对希德妮。塞雷娜每次回想起就浑身哆嗦。或许正因如此，她才希望再去一次，洗刷掉妹妹差点死在眼前的记忆，让新鲜的恐惧感替代它，似乎新的一幕可以遮盖旧的一幕。

或者另有原因，塞雷娜明知道伊莱不愿有人同行——也知道清除超能者的行动对他是多么重要，甚至于是他的专有特权——一定会抗拒，所以偏要提出参加。有时候伊莱会反抗，眼里迸射出不屈不挠的火花，也只有在这时，她才能感觉到自己还活着。她痛恨这个软弱无力的世界，目光所及之处，尽是呆滞的眼神和木然的点头，仿佛是在提醒她一切都不重要。她想要放手，任由伊莱挣扎，反过来又迫使她加强控制。万一哪天伊莱真的挣脱了束缚怎么办？她心里想着，不禁打了个冷战。

终于，血渍彻底洗掉了。她满意地擦干头发，披上睡袍，走进起居室，唤醒了电脑。她登录警方数据库，在填写"中间名"的窗口搜索关键词"伊"，本以为搜不到结果，因为伊莱这时候应该已经解决掉多米尼克了，不料出现了两份目标档案。一个是多米尼克。

还有一个是维克托。

她咬着嘴唇，仔细把那份档案看了三遍，然后满屋子找手机，进来时好像丢在床上了。她从一大堆衣服和毛巾底下摸出手机，还没拨完伊莱的号码，突然又停止了动作。

此时离午夜十二点不到一个小时。

这是陷阱。毫无疑问，伊莱也知道这一点，可他还是会去。为什么不去呢？不管伊莱的敌人有什么计划，今夜只有一种方式可以了结，那就是把维克托·维尔装进尸袋。希德妮呢？塞雷娜的心揪紧了。她头一次这么犹豫——她不知道自己有没有勇气看着伊莱再杀一次妹妹。即便那不是与她相伴十二年的希德妮，只是妹妹的影子，扮成妹妹的样子，可塞雷娜还是做不到。

她的手指悬在空中。她可以把文件拖进垃圾箱，让伊莱不能及时发现。但也只是权宜之计。维克托想找到伊莱，伊莱想找到维克托，无论怎么做，他们终会成功。她又看了一眼维克托的档案，想象着对方的样子，毕竟维克托曾是伊莱的朋友，救过他的命，改变了他的命运，还救了自己的妹妹……当她拨出伊莱号码的一刹那，她甚至希望维克托有一丝胜算。

XXX
午夜前五十分钟
三只乌鸦酒吧

伊莱冲出三只乌鸦酒吧的大门,同时拨通斯戴尔警探的电话,叫他派个警察过来处理事故。

"是超能者吧?"斯戴尔的问题,以及提问时那种略带怀疑的语气,令伊莱深感不安。可他此刻无暇顾及警探的反应,时间正在一分一秒地流逝。

"当然是的。"他厉声答道,迅速挂断电话。

遮阳棚上有三只铁乌鸦,伊莱就站在底下,捋了捋头发,仔细地搜寻多米尼克·拉舍和维克托·维尔的影子,但只看到了酒鬼和流浪汉、风驰电掣的汽车,还有速度快得根本看不清驾驶员和乘客。他骂了一声,铆足劲儿踢向旁边的垃圾桶,享受着疼痛的爆发与消退。不知道伤到了哪儿,反正愈合了,骨头、肌肉和皮肤完好无损地回归原位。

他不应该杀死米切尔·特纳。

他心里清楚。倒不是因为那人无辜,还真不是无辜的。伊莱查看了警方记录。特纳犯过事儿。况且,跟怪物厮混在一起的人,也不比怪物好到哪里去。话虽如此,办完了事,他却没有安宁的感觉,也没有片刻的平静,这种意外的状况令他心头一沉。一直以来,正因为有上帝的认可,他才不至于迷失。

伊莱低下头,画了个十字。他的情绪刚有所缓和,手机响了。

"什么事?"他凶巴巴地嚷道,同时朝停在对街的汽车走去。

"维克托在数据库里发了消息,"塞雷娜说,"福尔肯·普赖斯工地。一楼。"他听见阳台玻璃门打开的声音。"就在这儿,酒店对面。你解决掉多米尼克·拉舍了吗?"

"没有,"他吼道,"但米切尔·特纳死了。截止时间还是午夜吗?"走着走着,他的怒火渐渐平息,理智又回来了,如同愈合的皮肉。一切仍在轨道上。不是他设定的,但毕竟是轨道。

"还是午夜。"塞雷娜说,"警察呢?需要我给斯戴尔打电话吗?叫他派人去大楼?"

伊莱轻轻地敲着车身,他想起了斯戴尔的问题还有他的语气:"不。等午夜过后再去。特纳死了,维克托逃不出我的掌心。叫他们十二点准时赶到,不要立刻行动,命令他们待在墙外,等我们结束了再进去。告诉他们,里面不安全。"他钻进汽车,吐出的气在玻璃上凝结成霜。"我这就过来,要来接你吗?"对方没有回答,"塞雷娜?"

沉默了好一会儿,她终于开口了:"不,不用了。我还没换衣服。我去那儿找你。"

· · ✢ · ·

塞雷娜挂断电话。

她靠在阳台上,似乎没有觉察到贴着胳膊的铁栏杆是那么冰冷,因为一缕黑烟吸引了她的全部注意力。

两层楼下，再数过去几个房间，黑烟是从一扇打开的门里飘出来的，飘向她所在的地方。好像是烧纸的气味。塞雷娜之所以知道，是因为上高中的时候，她和朋友们每次都在暑假第一天晚上燃起篝火，烧掉所有的文章和试卷，将旧学年付之一炬。

可是，豪华的君子酒店，房间里也没有壁炉。她正在琢磨原因，忽然看到一条大黑狗跑到了阳台上，隔着栏杆往外看。接着有一个女孩的声音在唤它回去。

"多尔，"女孩唤道，"多尔！进来。"

塞雷娜浑身一激灵。她太熟悉这声音了。

过了一会儿，一个瘦小的金发女孩，曾被无数人错以为她们俩是双胞胎的那个丫头，蹦蹦跳跳地出来了，伸手拽住狗脖子。

"进来，"希德妮哄着大黑狗，"我们进去。"

大狗转过身，顺从地跟着她回房了。

这是哪间房？塞雷娜数了起来。下两层楼，再隔三间房。

她一拧身子，进屋了。

XXXI
午夜前四十分钟
三只乌鸦酒吧

多米尼克拉着维克托和米奇，三人在寂静无声的阴影中走出洗手间，穿过酒吧，来到旁边的小巷子。

见维克托点头，多米尼克立刻撒手，现实世界汹涌而至。比起刚才静得可怕的时空夹层，即便是这条荒无人烟的巷子也显得过于喧嚣。维克托活动了一下肩膀，抬腕看表。

"太……诡异了。"米奇说。自从挨了一枪，他的情绪就糟糕透了。

"棒极了，"维克托说，"我们走。"

"那么我通过考验了吧？"多米尼克仍在反复地屈伸手指。维克托看到了他眼中的恐惧，那种唯愿远离疼痛的强烈渴望。他很欣赏多米尼克这种毫不掩饰的坦率。这让一切都保持简单、明了。

"今晚还没过去呢，"他说，"不过到目前为止，你做得很好。"他们朝巷子口走去，途中米奇抱怨起外套上的破洞。维克托知道，那是越狱后米奇买的第一样东西，外套做工精良，内填深色鹅绒，现在随着他走下马路牙子，细碎的绒毛纷纷掉落出来。

"往好的一面想，"维克托说，"你还活着。"

"今晚还长着呢。"米奇轻声说，此时他们准备过马路了。

他似乎还有话要讲，刚一开口，突然被尖厉的警笛声打断。

一辆警车拐过街角，冲着他们驶来，红蓝白三色灯光疯狂闪烁，警笛声如阵阵惊涛。米奇立刻转过身，维克托愣在原地，然后时间慢了下来，最终停止不动。维克托感到有只手挽住他的胳膊，一眨眼的工夫，夜晚的声音和颜色消失了。警车一动不动地定格在多米尼克的阴影世界。多米尼克的另一只手拽着米奇的手腕，三人站在时空夹层的暗处，似乎也无法动弹。维克托应该承认——可惜他做不到，说不出话，发不出声——多米尼克·拉舍实在太有用了，但他只能冲着停车场的方向点点头。凝滞的空气中，三个人朝马路对面艰难跋涉。

维克托知道目前的处境不利。

尽管多米尼克的身体状况好了不少，却也不能拉着他们步行穿过城市。他们需要开车，但又必须离开阴影才能使用汽车，而一旦这样做，现实世界便会恢复，那辆警车则会继续驶向三只乌鸦酒吧。维克托领头走向偷来的轿车，两人依次跟在后面。等走到车边，维克托打了个手势，要他们蹲在前面一辆车的背后，避开驶过来的警车。原先停在这儿的是一辆敞篷车，现在换成了体形庞大的卡车。他深吸一口气，无声地骂了一句脏话——算是维克托祈求好运的方式——然后他冲多米尼克点点头。退役军人松开手，寂静瞬间解除，整个世界成了喧嚣的海洋。

在震耳欲聋的警笛声中，警车飞速驶向酒吧，然后猛地刹车。维克托屏住呼吸，紧贴冰冷的车身，透过保险杠和卡车之间的狭缝望去。这时，警笛声戛然而止，耳朵里仍嗡嗡作响。

两名警察下了车，在酒吧门口碰头。

一名警察进去了，另一名站在路边，通过对讲机报告他们已经抵达现场，还说了尸体什么的。他们是为米奇的尸体而来。这就麻烦了，因为里面没有尸体，警察很快就会发现这一点。

快进去，他暗暗祈祷。

警察没有动。维克托掏出手枪，抬了起来，慢慢地对准警察的头部。射击视野不错。他吸了口气，稳住枪口。维克托并不觉得内疚或是恐惧，甚至没有半点良心上的不安，完全不像普通人。这类感觉早就枯竭了——或是因为无用而钝化——多年以来都是这样。但他进行过训练，利用记忆在意识中重建此类感觉，并将其整编为某种可运行的代码。这套规则远没有伊莱的那么复杂，只是出于一个单纯的愿望，即在可能的情况下，尽量避免杀伤旁人。当他的手指碰触扳机时，并没觉得有何不妥，但他的意识提出了抗议。维克托稍稍放低枪口，他知道，错过了射杀警察的机会，必然会降低他们顺利逃脱的概率。

在他吐出一口气的同时，对讲机哇啦哇啦地响起来。维克托听不清说的是什么，但可以听到警察的答复："什么样的麻烦？"过了一会儿，又说："什么意思？根据伊莱和斯戴尔……算了。稍等。"

然后，那名警察走向酒吧大门。维克托放下武器，望向天空，只见灰云压顶，淡化了漆黑的夜色。他从不信神，从不像伊莱那般狂热，也不需要天意，但如果这些真的存在，如果真有命运或上帝的意志，或许连它们也看不惯伊莱的所作所为了吧。等两名警察都进去之后，维克托、米奇和多米尼克立刻起身，不等酒吧大门完全归位就上了车。

雨刷底下别了一张罚单，黄色的纸片随风扑打着挡风玻璃。维克托探身出去，扯下罚单，揉成一团，随手扔到地上。它即刻被风卷起，连滚带跳地消失在视野里。

"乱丢垃圾。"米奇说。维克托发动了汽车。

"但愿这不是我今晚最严重的一次犯罪。"维克托说着，驾车开出停车场，驶离三只乌鸦酒吧和那辆警车，返回市中心。时间一分一秒地走向午夜十二点。"给希德妮打电话。确定她那边一切正常。"

一辆急救车呼啸着与他们擦肩,驶向酒吧的方向。白跑一趟。

"要不是我知道状况,"米奇边说边拨号,"我会以为你是关心她。"

XXXII
午夜前三十分钟
君子酒店

烧掉文件花费的时间比希德妮预计的更久,等烧过了七八张,搞破坏的新鲜感已经没了,驱使她的只有麻木的责任心。她站在水槽边,脚下垫着维克托买的书,每次用小小的蓝色打火机点燃一张,待其彻底化成灰,再拿起下一张。她非常怀疑维克托安排这个任务只是为了不让她闲着。不过她倒也不介意。有事忙活总比傻坐着强,否则只能盯着挂钟,琢磨他们什么时候回来。

天知道他们回不回得来。

多尔立在她身边,狗鼻子差点凑到了摆文件的台子上。每次她用打火机点纸,它就轻轻地呜咽一声。她尽可能把点燃的文件在手里多拿一会儿——一次比一次时间长——然后盯着档案上被打叉的照片渐渐地焦黑、翻卷,眼看火舌吞噬了这些受害者的名字、生日和履历。

希德妮打了个寒战。

阳台的门敞开着,房间里渐渐有些冷了,多尔因为不喜欢火,出去躲了一会儿又回来。但她不能关门,因为有烟。余烬里冒出缕缕黑烟,希德妮一直担心警报响起。她很想一次性点燃全部文件,早点烧完算了,却又担心触发烟雾报警器,所以只能慢慢地来。看来单张纸烧出的烟不足以触发警报,但如果一沓纸同时起火肯定会造成问题。

多尔很快失去兴趣,又跑到阳台上了。希德妮不希望它出去,就喊它进来,结果忘了及时丢掉残余的纸,差点烧到指头。

这时,希德妮口袋里的手机响了。

手机是维克托买给她的。或者说,是维克托见识过她的能力后,特意买来手机送给了她。在希德妮看来,这是一种邀请她留下来的表示。就因为她和米奇还有维克托有相同型号的手机,希德妮莫名地感到开心。就像参加了某个社团一样高兴。她在学校时就希望参加社团,可她既不擅长运动,又不喜欢学生会(话说回来这种组织在中学就是笑话)。复活了科学课所使用的仓鼠后,她有点胆怯,不敢参加课外自然小组。她说服自己,高中的社团会更有意思。

前提是她活得到那个时候。

手机还在响,希德妮把打火机搁到一边,从口袋里掏出来接听。

"喂?"她应道。

"嘿,希德。"是米奇,"你那边还顺利吧?"

"文件快烧完了。"她说着,拿起打火机,又点燃一张。是那个蓝发女孩的档案。头发几乎和打火机一样蓝。希德妮看着女孩的脸扭曲起来,继而化为乌有。"你们为了不让我闲着,又想出什么新招儿?"

米奇笑了,但听起来并不是很开心。

"你还是孩子。看看电视吧。我们晚点就回来。"

"米奇,"希德妮轻声细气地问,"你……你会回来的,对吧?"

"办完事就回,希德。我保证。"

"说话算话。"她又点燃一张,"不然我就喝光你的巧克力牛奶。"

"你敢。"米奇说，声音里似乎带着笑意，然后电话挂了。

希德妮放下手机，点燃最后一张纸。是她自己的档案。她用打火机点燃一角，提了起来，只见火舌开始向上翻卷，吞噬了纸上那个有着金色短发、水蓝色眼睛的女孩。明亮的火焰所过之处，什么也没有留下。等火舌舔到指头，她才把残余的纸片扔进水槽，脸上露出了微笑。

那个女孩死了。

突然，有人敲响了房门，吓得希德妮差点丢掉打火机。

敲门声再次响起。

她屏住呼吸。多尔挡在她身前，冲着房门发出低沉的喉音。

第三次敲门声响过后，有人说话了。

"希德妮？"

希德妮踮起脚也够不着门上的猫眼，但没有这个必要。她听过对方的声音，比自己的声音还熟悉。她紧紧地捂住嘴巴，大气都不敢喘，唯恐惊叫出声，或忍不住回应——她似乎连自己的嘴也信不过。

"希德妮，拜托。"塞雷娜的声音穿透房门，平稳、轻柔而又低沉。

一时间，希德妮忘了酒店、枪击和破裂的冰湖，仿佛她们在家里玩捉迷藏，希德妮太厉害，塞雷娜只好认输，又或是无心再玩，恳求妹妹别躲了。如果她们在家，塞雷娜会说她有饼干、有柠檬水，或者提议看一部希德妮期盼已久的电影。她们可以做爆米花吃。当然了，这些话都不算数。当年为了哄妹妹出来，塞雷娜什么话都肯说，希德妮也不介意，一点儿都不介意，因为她赢了。

可她们不在家里。

她们离家很远很远。

而这场游戏太不公平，因为姐姐不必说谎，不必贿赂，不必欺骗。她只用提出要求。

"希德妮，快来开门。"

希德妮把打火机放到一边，走下垫在脚底的书，穿过房间，手按在木门上停留了片刻。然后，她不由自主地握住把手，拧开了门。塞雷娜站在门口，穿着一件豌豆绿外套和一条紧身裤，脚蹬乌黑的高跟皮靴。她的双手分别撑在两侧门框上，一只手空着，另一只手握着枪。随着金属与木头的摩擦声，那只持枪的手顺着门框滑落，垂在她身边。希德妮吓得面如土色。

"你好，希德妮。"她一边说，一边拿枪漫不经心地在腿上拍打。

"你好，塞雷娜。"妹妹说。

"别跑。"塞雷娜说。希德妮根本没想过逃跑。但也说不好，或许逃跑的想法刚刚冒出来，就被姐姐的命令连根斩除，或许她特别勇敢，不愿意临阵脱逃，也有可能她只是认清了局势，知道再怎么快也跑不过子弹，况且这儿不是树林，而且先机已失。

无论是何种原因，希德妮站在原地，纹丝不动。

塞雷娜刚一进房间，多尔就狂吠起来，她命令它坐下，大狗勉强照做了。塞雷娜经过妹妹身边，观察着水槽里的灰烬，以及台子上的一盒巧克力牛奶（希德妮已经暗自决定将其喝掉——至少喝一部分——要看米奇能不能及时赶回），然后走到希德妮身边。

"你有手机吗？"她问。

希德妮点点头，不由自主地从口袋里掏出维克托给的手机。与维克托的同一型号，米奇的也是。他们因为使用同样的手机而成为一个团队。塞雷娜伸出手，希德妮便递了过去，把手机放到姐姐的手掌里。然后，塞雷娜走向仍在通风的阳台，把手机扔进了夜色中。

随着它的坠落，希德妮的心也沉了下去。她真的很喜欢那部手机。

塞雷娜关上阳台的门，坐在沙发背上，面朝妹妹，手枪搁在膝盖上。她的坐姿与希德妮一样，应该说，是希德妮总在模仿姐姐的习惯性坐姿，半坐半靠，似乎随时准备冲上前。但希德妮坐在那儿时总是缩成一团,塞雷娜的姿态却如此闲适,甚至有几分懒散,除了那把吓人的手枪。

"生日快乐。"她说。

"还没过午夜呢。"希德妮轻声说。*你可以来我这儿过生日*。塞雷娜答应过。现在,她哀伤地微笑着。

"以前你总不肯睡,非要等到转钟,尽管妈妈让你别这样,因为她知道第二天你会困得不行。你就坐在床上一边看书一边等,等到十二点,你会拿出一根藏在床底的蜡烛点燃,许下一个愿望。"沙发背上搭着一件红色外套,那是维克托叫希德妮留在酒店后,她扔那儿的。而此时塞雷娜正拨弄着上面的一颗纽扣。"这就好像是一个秘密的生日派对,"她柔声说道,"在别人回来庆贺之前,专门为你办的。"

"你怎么知道?"希德妮问。

"我是你姐姐,"塞雷娜说,"我的职责就是知道。"

"那你告诉我,"希德妮说,"你为什么讨厌我?"

塞雷娜迎上她的目光:"我不讨厌你。"

"可你想要我死。你觉得我出了毛病。坏掉了。"

"我觉得我们都坏掉了,"塞雷娜把红色的外套扔给她,"穿上。"

"我不觉得坏掉了,"希德妮轻声说着,套进长长的袖子,"而且就算是,我也可以把人治好呢。"

塞雷娜端详着妹妹:"你治不好死人,希德。超能者就是证明。况且,你没有资格做这种事。"

"你也没有资格控制别人的生活。"希德妮厉声回敬。

塞雷娜扬起眉毛,乐了:"是谁教你这么嚷嚷的?我认识的小希德妮说话像蚊子的嗡嗡声。"

"我已经不是那个希德妮了。"

塞雷娜脸色一沉,握紧了手枪。

"我们出去走走。"她说。

希德妮扫视着房间，双脚却着了魔似地跟随塞雷娜走向房门，与交出手机时一样顺从。手脚全都叛变了。她本想留一张字条或者什么物件作为线索，可塞雷娜不耐烦地揪住她的袖子，推着她穿过起居室。多尔蹲在房间中央，望着她们轻声呜咽。

"我能带上它吗？"

塞雷娜停下脚步，拉出手枪的弹夹，清点子弹。

"好。"她喝止了多尔的呜咽声，"狗绳呢？"

"没有。"

塞雷娜拉开门，叹了口气。

"跟紧希德妮。"她对多尔说。大狗一跃而起，蹿出门去，护在小女孩身边。

塞雷娜带着希德妮和多尔顺着电梯旁的楼梯走下去，最后来到停车场。这座敞开式建筑位于君子酒店中轴线的下方，光线昏暗，一股浓浓的汽油味儿，空气寒冷刺骨，过堂风短促又猛烈。

"我们要开车去哪儿吗？"希德妮拉紧了外套。

"不，"塞雷娜回头望向妹妹。她抬起枪口，指向希德妮的额头，抵在那对水蓝色的眼睛之间。多尔吠了起来。希德妮伸手抚摸大狗的背部，安抚它的情绪，目光却一刻也未离开塞雷娜的脸，只是近在毫厘的枪管使得瞳孔难以聚焦。

"过去我们的眼睛一模一样，"塞雷娜说，"现在你的颜色浅些了。"

"很高兴我们终于不一样了，"希德妮强忍着没有战栗，"我不想成为你。"

姐妹俩一时无言，万般滋味涌上心头。

"我不要你成为我，"塞雷娜开口了，"但我要你勇敢，要你坚强。"

希德妮强行闭上眼："我不怕。"

塞雷娜站在停车场里，指头贴着扳机，枪管抵着希德妮的眉心，就这样一动不动。枪口下的女孩是，也不是她的妹妹。也许伊莱关于超能者都有缺损的说法不对，至少不能一概而论。也许伊莱是对的，她熟识的希德妮已经不在了。然而，这个新的希德妮不是空壳，不是黑暗的影子，不是行尸走肉。这个希德妮所散发出的生机，甚至是原来的希德妮不曾有过的。她充满活力。

塞雷娜松开持枪的手，枪管从妹妹脸上滑落。希德妮仍紧闭双眼。她的前额有一圈浅浅的凹痕，那是枪口抵额所留下的印记，塞雷娜用拇指将其抚平了。直到这时，希德妮才慢慢睁开眼，原本坚毅的神情有所动摇。

"为什么——"她刚开口就被打断了。

"我要你认真听我说，"塞雷娜的语气沉静如水，没有人——包括伊莱在内——能够反抗。那是一种绝对的威严。"我要你完全按照我说的做。"她把枪交到希德妮手上，抓住妹妹的肩膀。

"走。"她说。

"去哪儿？"希德妮问。

"哪儿安全就去哪儿。"

塞雷娜松开手，轻轻地把妹妹往后一推。若是以前，这种嬉戏玩闹的动作再寻常不过，但她的眼神、希德妮手里的枪，还有越来越刺骨的寒夜，无不强烈地说明，这并不寻常。希德妮把手枪塞进外套，目光却没离开塞雷娜的眼睛，脚底仿佛生了根。

"走。"塞雷娜厉声命令。

这一次，希德妮照做了。她转过身，揪住多尔的后颈，在车与车的夹缝中飞奔起来。塞雷娜目送妹妹渐行渐远，直至变成了一个小红点，彻底消失不见。至少她有了活着的机会。

外衣口袋里的电话响了。塞雷娜揉揉眼睛,按下接听键。

"我到了,"伊莱说,"你在哪里?"

塞雷娜打起精神:"我这就过来。"

XXXIII
午夜前二十分钟
福尔肯·赖斯工地

希德妮跑了。

她跑出君子酒店的停车场，跑上一条迂回酒店正门的小道，最后在距离正门左侧几码之遥的地方刹住脚。一个警察站在几英尺开外，背对着她，正喝着咖啡讲电话。沉甸甸的口袋令希德妮备感担忧——似乎比起牵了一条大黑狗、外套鲜红夺目的失踪小女孩，这把藏起来的武器更容易引起别人的注意——不过警察始终没有转身。夜色已深，街上的交通几近停滞，车辆寥寥无几，没人看到希德妮和多尔狂奔过街。

她非常清楚该去哪里。

塞雷娜不是命令希德妮回家，也没有叫她跑远，而是说安全的地方。经历了过去的一周，安全对于希德妮来说不是一个地方，而是一个人。

说白了，维克托就是安全的化身。

至于维克托会出现的地方，希德妮只知道一处（维克托叫她今晚上传到警方数据库的那份档案,她在等待期间读了不下十来次,最后才鼓足勇气按下发布键),所以她向那里跑去。

福尔肯·普赖斯大楼的工地。

那片建筑工地是城区的一块黑斑,犹如隔在路灯与路灯之间的阴影。烂尾楼的外面围了约两层楼高的木板,因为是临时搭建,又非常惹眼,于是成了某些人搞破坏的好对象。木板上贴了不少海报和广告画,街头涂鸦东一块西一块,最底下是几张施工许可状,还有一家建筑公司的商标。

原本进入工地只有一条路,那就是穿过前面的门——其实就是一块木板——但是门上挂了锁链,好几个月都无人问津。

不过,先前米奇带她来这儿复活戴恩警官时,走的是另外一条路,他们不用对付上锁的木门,而是绕到大楼背后,从两块木板稍有重叠的地方钻进去——为了方便进出,米奇撑开了木板——只听"啪嗒"一声,木板又在他们身后闭拢。希德妮发现,木板即使闭拢了,底下仍有一块较小的三角形空隙,所以她不用撑开木板也能进工地。她松开多尔的项圈,有点担心大狗跑掉,可它只是原地不动地目送希德妮爬过去。看到女孩义无反顾的举动,多尔似乎非常焦虑,但眼神却很坚定。等她爬到另一侧,起身拍掉裤子上的浮灰,大狗也伏下身子,匍匐着挤过木板之间的空隙。

"好狗狗。"她悄声说。多尔又站起来,抖了抖毛。

木板墙的里面类似一座院子,宽敞的土地上到处堆放着金属部件、三夹板以及袋装水泥。院子里黑漆漆的,阴影重重,导致从木板墙通向楼内的道路艰险难行。尚未竣工的大楼矗立在眼前,空有一副钢铁和水泥的骨架,裹着一层层薄纱般的塑料布。

而在一楼,透过几层塑料布,希德妮看见了亮光。

亮光四处散射,要不是院子太黑,她或许注意不到。但她毕竟注意到了。此时，多尔紧贴在身边，希德妮站在院子里，不知道该怎么办。维克托来了吗？还没到午夜十二点吧？她没有手机，又看不见月亮，虽说她知道如何根据方位判断时辰，但天上只有厚厚的云层，反射出城市的微光。

至于从楼里射出的亮光，不晃不闪，可能是灯，而不是手电筒。希德妮多少感到了一点慰藉。有人在那里安了灯，按计划做好了准备。维克托最会做计划了。可当她刚刚向前迈出一步，多尔忽然挡住了去路。希德妮打算绕过去，大狗却一口咬住她的前臂，不让她走。她拽了几下，没能挣脱，虽说多尔特别小心，嘴下留情，但咬得死死的。

"放开。"她轻声喝令。大狗并不松口。

这时，大楼另一边的木板墙外，传来车门关闭的声音。多尔听到响动，丢开希德妮的胳膊，猛地扭过脑袋，警惕地张望。那种强烈的金属撞击声，令希德妮联想到枪击，她的心跳陡然加快，"安全安全安全"的反复呼唤，敲击着她的耳膜，震得热血激荡。她飞快地跑向大楼，跑向木板与钢铁的庇护所，途中差点被一截钢筋绊倒。终于，她冲进了空有躯壳的大楼里，多尔跟在后头，一人一狗很快消失在福尔肯·普赖斯工地的某处。与此同时，有人推开了另一边的门。

· · ✟ · ·

米奇关上车门，目送维克托和多米尼克开车走了。他原本打算绕到大楼背面，撬开一块松脱的木板再进去，可走到前门时发现不必费事了。锁链已经断开，堆在他脚边，犹如一条死蛇。有人进去了。

"很好。"米奇低声说着，拔出维克托给他的手枪。

其实，米奇一直很讨厌枪械，今晚发生的事情尤其令他反感。推开那扇门的同时，安装在木板上的金属合页吱呀作响，他不禁皱了皱眉头。院子里一片漆黑，目力所及之处，空无一物。米奇抽出手枪的弹夹，检查了一番又推回去。他一边神经质地用枪管拍打掌心，一边走到院子中央——夹在木板墙和铁骨大楼之间的是一块赤裸的土地。

从楼里流泻出的微弱光亮没照到他，但鉴于他块头太大，而这里又没有别人，米奇非常痛苦地认定自己很快就会被人发现。数英尺开外有一堆盖着油布的木材，米奇赶紧躲过去，又检查了一次弹夹，然后开始等待。

· · ✝ · ·

塞雷娜刚刚穿过马路，手机又响了。她正走在空无一人的街区，朝福尔肯·普赖斯大楼的方向前进。

"塞雷娜。"打电话的人说。不是伊莱的声音。

"斯戴尔警探。"她应道。她听见车门开了又关。

"我们正在赶过来。"他说。听筒里的声音有一阵子模糊不清，是电话那头的人正捂住话筒传达命令。

"记住，"塞雷娜说，"你们要守在外围——"

"我知道，"对方说，"我不是为这事儿打电话。"

塞雷娜已经看到了烂尾楼的标识，于是放慢了脚步。"那是为什么？"

"伊弗先生叫我派人去酒吧，处理事故现场。那儿应该有一具尸体。"

"是的，死者是米切尔·特纳。"她说。

"我刚刚接到出警人员的电话。那里没有尸体，连一点痕迹都没有。"塞雷娜的步子越来越慢，最后站定了。"我不知道出了什么事，"斯戴尔说，"这已经是第二次出岔子了，还有——"

"你没给伊莱打电话。"她轻声打断对方。

"很抱歉，如果这样不对……"

"你为什么给我打电话？"

"我相信你。"他毫不犹豫地回答。

"那伊莱呢?"

"我相信你。"他重复道。塞雷娜的心微微一颤,因为这个警察略有反抗,巧妙地避开了问题,也因为他对自己依然忠心耿耿。她又迈开脚步。

"你做得很好。"她说。这时,她已经抵达工地外围的木板墙。透过那扇破门的缝隙,她一眼就看到了米奇壮实的身躯。"交给我处理,"她轻声说,"相信我。"

"我相信。"斯戴尔警探说。

塞雷娜挂断电话,推开了门。

XXXIV
午夜前十分钟
福尔肯·普赖斯工地

  米奇似乎听到背后的大楼里有什么响动，可等他仔细听时，那种声音断断续续，而且极其微弱，可能是透过层层塑料布或是什么管道传出来的缘故。他本想进去看看，但维克托的命令非常明确，况且，即便他有心抗命，此刻也无暇顾及。外围木板墙上的那扇门再次吱呀一声打开，一个女孩走进了院子。

  她真像希德妮，米奇心想。如果希德妮再长高一英尺，长大几岁。一样的金发，卷曲着搭在眼前，双眸在夜色中仍是那么水蓝而明亮。她肯定是塞雷娜。

  她看到米奇等在原地，便抄起胳膊。

  "特纳先生，"她踩着黑色皮靴走过来，毫不费力地穿梭于一堆堆杂物之间，"你死而复生，真是叹为观止啊。是希德妮的杰作吗？"

  "我是猫，"米奇离开了木材堆，"九条命够我挥霍的呢。话说回来，"他抬起了手里的枪，"我希望地狱里有个专门的地方，留给那些把亲妹妹喂给狼吃的姑娘们。"

塞雷娜脸色一沉:"你应该当心点儿,玩枪很危险,"她说,"迟早要吃枪子儿。"

米奇竖起枪管:"你男友拿我的胸脯当靶子打,吃枪子儿的新鲜感早过了。"

"可你活得好好的,"塞雷娜慢悠悠地说,嗓音带有一丝慵懒的甜腻味儿,"看来他发出的消息不够准确。"

米奇握紧手枪,直直地对准她。

塞雷娜只是微微一笑:"还是换个安全点的目标吧,"她说,"把枪口对准你的太阳穴。"

米奇竭尽全力克制住身体的异动,却感觉这只手不再属于自己。他的肘子塌了下去,前臂抬了起来,手腕转动,直到枪管抵在脑袋边上。

他拼命地吞着口水。

"有痛不欲生的死法,"塞雷娜说,"还有生不如死的活法。我答应给你一个痛快。"

米奇看着她,这个女孩与希德妮十分相像,却也十分不像。他无法直视塞雷娜的眼睛——此时比她妹妹的还要明亮,但极其空洞,毫无生气——于是盯着对方的嘴,眼看其中吐出了几个字。

"扣下扳机。"

他照做了。

· · ✝ · ·

希德妮和多尔循着亮光的指引,跑向一楼正中央的区域,半路上听见了脚步声——不是她自己的,也不是大狗的,比他们的更沉重——立刻定住了。虽说她和维克托还有米奇只相处了短短几天,但已经很熟悉他俩的声音。不光是他们的说话声,还有不说话时发出的各种声音,他们的呼吸、欢笑、一举一动,他们在某个空间里的往来穿行。

米奇的块头超大,步子却格外谨慎,似乎他有自知之明,害怕一不小心踩碎了什么东西。维克托则悄无声息,落脚平稳且轻盈,举手投足也一样。

希德妮现在听到的脚步声隔了几层塑料布,却依然响亮,似乎在炫耀脚上的好鞋子。伊莱穿的就是好鞋子。希德妮见到他的那天很冷,他正在和一个大学女生约会,当然他看样子也像大学男生,当时牛仔裤下面就是皮鞋。那种走路时会发出清脆响声的皮鞋。

希德妮屏住呼吸,从外套口袋里轻轻掏出塞雷娜给的手枪,拉开保险。塞雷娜演示过一次使枪的要领,但这把枪对她的手掌来说大了一点点,而且原本就沉,拧上消声器后更是难以握持。她扭头瞟了一眼,盘算着如何穿过层层塑料布,原路返回院子,不等伊莱有机会……

她的思绪被打断了,因为脚步声停了下来。

她的目光在塑料布上扫来扫去,搜寻移动的影子,但什么都看不到。于是她蹑手蹑脚地往前走,钻过又一块塑料布,这儿亮堂多了,和光源之间只隔了几块塑料布。维克托应该已经到了。听不见他的响动,是因为他太安静了,希德妮对自己说。他从来都是那么安静。而且安全。

*希德妮,看着我。*维克托说。*没人能伤害你。你知道为什么吗?因为我会先伤害他们。*

安全。安全。安全。

她掀开最后一块塑料布。她只用找到维克托就行,他会保证自己的安全。

伊莱坐在房间中央的一把椅子上,还有一张由几块木板和碎砖头拼成的桌子,上面好像摆放着一套厨刀,在灯下闪着寒光。灯泡没有罩子,光线漫射到四面八方,照亮了每一块帘子,也照亮了伊莱。他手里松松垮垮地勾着一把枪,眼神飘忽不定。

然后他看到了希德妮。

"瞧啊,这是什么?"他起身问道,"一头小怪物。"

希德妮并未犹豫。她抬起塞雷娜的枪,照着伊莱的脸开火。武器太沉,准星偏了,后坐力使得手枪脱出掌握,但射出的子弹依然击中了伊莱的下颚。他踉跄后退,捂着脸,指间满是鲜血和骨头渣。希德妮转身要跑,伊莱却一把抓向她的袖子,尽管没能完全抓住,她还是失去平衡,跪倒在水泥地上。

希德妮翻过身,多尔猛冲上前,伊莱则挺起胸膛,下颚咯咯作响,很快恢复如常,只剩沾在皮肤外的一片血污。他抬起枪,扣下扳机。

..✝..

咔嗒。

米奇扣下扳机,手枪只有轻微的响动,那是枪膛里的弹簧驱动撞针,直接击打管壁的声音。因为没有子弹。

弹夹是空的。

米奇应该知道,毕竟他检查了三次。

他看到塞雷娜露出惊讶的表情,继而是困惑,然后向冷酷转变,却永远变不到位,因为此时此刻,夜色被撕开了。塞雷娜·克拉克身后的黑影蠕动着,突然一分为二,两个人凭空出现。多米尼克手拿一瓶红色汽油罐,维克托则一步跨到塞雷娜背后,刀子瞬间抵住她的喉咙,横向一抹。

鲜血喷涌,她张了张嘴,然而伤口太深,发不出一点声音。

"为了抵挡塞壬的歌声,尤利西斯堵住了双耳,"维克托说着从耳朵里拔出塞子,与此同时,塞雷娜跌倒在泥土地里,"因为歌声即死亡。"

"老天啊,"多米尼克扭头不愿看。"她还是个小姑娘。"

维克托俯视着她的尸体。鲜血在塞雷娜的脸颊底下汇聚成池,闪耀着黑色的光泽。"别侮辱她,"他说,"她可是本城最强大的女人。当然,不算希德妮的话。"

"说到希德妮……"米奇低头看着死去的女孩。从这个角度审视,她的体型似乎变得瘦小了,脑袋歪向一侧,金发凌乱地披在衣领上,相似程度之高,令人深感不安。"我们怎么处理才好?"

多米尼克把塑料汽油罐放在尸体旁边。

"烧掉,"维克托说着收起刀子,"我不希望希德妮看到这种场面。我绝对不希望她摸到尸体。我们最不愿意接受的事情就是塞雷娜复活。"

米奇刚刚拿起汽油罐,大楼里突然掠过开枪的火光,瞬间照亮了荒凉的工地,犹如一道闪电。

"怎么回事?"维克托吼道。

"看来伊莱先到了。"米奇说。

"可我在外面,"维克托说,"伊莱对谁开枪呢?"他抓住多米尼克的肩膀。"带我进去。快。"

· · ✝ · ·

枪声回荡,最终止于水泥地面,多尔的身体猛地蜷起,虽然看样子并未感到疼痛,却也歪倒在地,急促地喘息起来。它的胸脯剧烈地起伏了一阵,然后……不动了。女孩向大狗伸出手去,但伊莱的手枪再次上膛,枪口对准了她。

"再见,希德妮。"他说。

忽然,女孩周围黑影涌动,一双手凭空出现,把希德妮拉进了虚无之中。伊莱扣下扳机,子弹穿过女孩先前所在的空间,击中了一块塑料布。

他懊恼地大喊一声,又对着希德妮曾经躺过的地方连开两枪。而目标已经不在了。

XXXV
午夜十二点
福尔肯·普赖斯工地

希德妮感觉有人抓住她,把她拉进了黑暗之中。

前一刻她还瞪着伊莱的枪管,转眼间,她牵上了一个人的手——当初她交给维克托的档案就是这人的。她没有撒手,只是四下张望,发现他们仍在挂满塑料布的房间里,可又好像不在。这里似乎位于鲜活的世界之外,是完全静止的空间,她永远不会承认这种体验有多么可怕。她看到了伊莱,子弹悬在她刚才所在位置的半空中,多尔死气沉沉地倒在地上。

还有维克托。

刚才他还不在,此时他就站在伊莱背后几英尺处,探出手去,似乎想按住伊莱的肩膀。而伊莱并没有发现。

希德妮想对牵着她的人说,必须带上多尔,可嘴里发不出声,而且对方根本没有看她,一个劲儿地拽着她,跋涉于凝重的黑暗之中,穿过一块块塑料布,最后离开了大楼,来到一片泥土地上。远处有一团明亮的光,投射出钢筋铁骨的大楼硕大的影子,但那人拉着她走向另一头,来到工地后方的一处阴暗角落。他们刚一回到现实世界,死寂的气泡立刻炸裂,噪声灌进耳中。比起阴影世界的静谧,就连呼吸的声音、时间的流动都显得震耳欲聋。

"你得回去一趟,"希德妮跪在泥土里,厉声说道。

"不行。维克托有命令。"

"但你必须带多尔出来。"

"希德妮……你是希德妮,对吧?"那人跪在她面前,"我看到那条狗了,好吗?我很遗憾。可惜太迟了。"

她盯着那人的眼睛,塞雷娜就经常这样对付她。神色平静而冷淡,眼睛一眨不眨。她知道自己没有姐姐的天赋和控制力,但在成为超能者以前,塞雷娜就是这样做的。她是塞雷娜的妹妹,她要对方知道这一点。

"回去,"她斩钉截铁地说,"带多尔出来。"

这一招确实有用。多米尼克吞了吞口水,略略点头,然后消失得无影无踪。

· · ✟ · ·

伊莱对着空气打光了枪膛里的所有子弹,却连个人影也看不到。他咆哮着,空弹夹"啪嗒"一声掉落在地,他又从兜里掏出一个满满的弹夹。

"在我眼里,你就像两个人。"

他循着声音,猛地转过身,看到了倚靠着水泥柱子的维克托。

"维克——"

维克托毫不迟疑。他照着伊莱的胸膛连开三枪,对应自身伤疤所在的位置。十年来,这是他做梦都希望的事。

感觉很好。他曾经担心,等待了太久,渴望了之久,到时候真的对伊莱开枪，那种滋味会远不如梦想的美好，事实证明是他多虑了。四周的空气嗡嗡鸣响，痛感愈来愈强烈，伊莱呻吟着扶住椅子。

"所以我允许你留下，"维克托说，"所以我喜欢你。外在的魅力，内里的邪恶。你体内有一头怪物，早在你死之前就有了。"

"我不是怪物，"伊莱咆哮着，抠出嵌在肩膀里的一颗子弹，把血淋淋的弹头扔到地上。"我是上帝的——"话还没说完，维克托已经逼到了眼前，一把折叠刀深深地插进伊莱的胸膛。这一刀扎破了伊莱的肺，从他喘不过气的样子可以看出来。维克托嘴角抽动，面不改色，抓握刀柄的指节却已泛白。

"行了吧，"维克托说着，眼前浮现出刻度盘，伊莱发出凄厉的惨叫。"你不是什么复仇天使，伊莱，"他说。"你既不是神佑之人，也不是上帝的宠儿，更没有背负什么使命。你只是一次科学研究的实验品。"

维克托拔出刀子。伊莱单膝跪地。

"你不懂，"伊莱气喘吁吁地说，"没人明白。"

"没人明白通常是好事，说明你错了。"

伊莱的皮肤愈合如初，他挣扎着起身，把手伸向那张临时拼凑的桌子。

维克托目光一转，看到桌上摆着一排厨刀。一切如故。"你还真怀旧啊。"他一脚踩上桌子，将其蹬翻过去，刀具纷纷散落在地上。他注意到狗的尸体不见了。

"你杀不死我，维克托。"伊莱说，"你知道的。"

维克托笑得愈加灿烂，一刀插进伊莱的肋骨缝里。

"我知道，"他提高嗓门说道，因为要盖过伊莱的惨叫，"可你必须满足我，毕竟我等了这么多年。"

不过转眼的工夫，多米尼克又出现了，半抱半拖着那条死透的大狗。他一屁股坐在尸体旁边，上气不接下气。希德妮匆匆赶来，谢过了他，又叮嘱他不要妨碍接下来的事情。多米尼克瘫软在地，望着她伸手抚摸大狗的侧腹，轻轻摩挲中弹的部位。希德妮收回手，发现掌上满是暗红色的血，不禁皱起眉头。

"我说过，"他说，"我很遗憾。"

"嘘。"她张开十指，按住大狗的胸部。寒意顺着胳膊汹涌而来，她战战兢兢地吸了口气。

"醒过来。"她低声说，"醒过来，多尔。"

然而什么反应也没有。她心里一沉。希德妮·克拉克可以赋予生命第二次机会，但这条狗已经得到过了。她将其复活过一次，不知道还能不能再来一次。她按得更用力了，感到那股寒意从她体内吸走了什么。

大狗依然死气沉沉地躺在地里，尸体僵硬得像外面的木板。

这种事不该如此艰难，希德妮打了个冷战，仿佛她伸出去的不止是双手，还有一股看不见的力量在向下探寻，似乎指望找到一星半点的火花，并将其抓住。透过僵死的毛皮，她不断地向深处摸索，双手疼痛彻骨，肺部绷得难以呼吸。

她终于感觉到了，一把抓住，大狗的尸体立刻变得柔软而松弛。它的四条腿抽动了一下，胸膛鼓了起来，维持片刻，又瘪下去，接着再次鼓起。最后，这头畜生伸展身体，一骨碌站起来。

多米尼克吓得连滚带爬。"噢，我的老天。"他低声说着，画了个十字。

希德妮气喘吁吁地坐下，脑袋抵着多尔的鼻子。"乖狗狗。"

· · ✝ · ·

维克托笑了。他正在经历杀死伊莱的绝妙体验。每次他认为这位老朋友放弃了挣扎,伊莱便又会恢复了元气,给维克托再来一次的机会。而每当伊莱痛苦地蜷缩身体,他都希望对方挣扎的时间再久一些,但维克托心里非常确定,在伊莱的身体被疼痛侵袭时,他必须保持十二分的专注。伊莱喘着粗气,又摇摇晃晃地站起来,差点跌倒在血泊里。

地上满是湿滑的血。大多是伊莱的,维克托知道。但也不全是。

维克托只胳膊在流血,腹部也是,两处轻微割伤的罪魁祸首是一把外形唬人的厨刀——那是维克托开枪后,伊莱从地上捡起来的。两把手枪的子弹全都被打光了,他们浑身冒血,手持武器对峙——伊莱拿的是锯齿刀,维克托拿的是折叠刀。

"浪费时间,"伊莱说着,调整了一下刀柄的握姿,"你赢不了我。"

维克托深吸一口气,眉头微微皱起。他不得不调低阈值,因为他不能因流血过多而死,尤其是现在,尤其是在没有旁观者的时候。他远远地听见了警笛声。他们的时间不多了。他冲向伊莱,企图割开对方的衬衫,然而伊莱挡开这一刀,刺中了维克托的大腿。他倒吸一口凉气,膝盖一软,跪倒在地。

"你的计划是什么?"伊莱恶狠狠地问。他伸出手,目标却不是维克托,而是椅子。有什么东西缠绕在椅子上,维克托先前没注意到,伊莱将其取了下来。"你听见警笛声了吧?警察们全都归我指挥。没人是来救你的。"

"正合我意。"维克托咳了几声,这才看清了伊莱手里的东西。剃刀般锋利的钢丝。

"你就吹牛吧。"伊莱嗤之以鼻,"话说回来,我也有计划。"

维克托企图站起来,可惜动作太慢了。伊莱圈起钢丝,套住维克托的手腕,也就是持刀的那只手,然后用力一拉,登时皮开肉绽,鲜血淋漓。维克托被迫松开手,折叠刀"当啷"一声落在地上。伊莱牢牢地抓住他的另一只手,同样缠上钢丝。维克托使劲拉扯,钢丝却在皮肉里越嵌越深。

他这才发现，那根钢丝穿在椅子上，而且伊莱肯定把椅子固定在地上了，因为椅子从始至终就没移动过，打斗时没动，现在也不动——伊莱向后一扯，松散的钢丝猛地绷直，带动维克托的双手朝椅背的方向抬起。鲜血顺着手腕不断地流下，他有点头晕。此时，警笛声清晰可闻，嘹亮刺耳，而透过塑料布，他甚至看见了闪烁不定的红蓝色灯光，只觉眼花缭乱。

他冷冷一笑，彻底关闭了痛感。

"你永远杀不了我，伊莱。"他嘲讽道。

"那你可错了，维克托。这一次，"伊莱捏紧了钢丝，"我要看着你的眼睛彻底失去生气。"

· · ✝ · ·

米奇盯着正在焚烧的塞雷娜的尸体，尽量不去操心大楼里传出的枪声。他必须相信维克托。维克托从来成竹在胸。可他在哪儿呢？还有多米尼克呢？

他的注意力又回到了尸体和眼前的任务上，这时，木板墙外闪耀起红蓝色灯光，给漆黑的建筑抹上一层奇异的色彩。坏了。警察还没进院子，但要不了几分钟，他们就会把这里围个水泄不通。米奇不敢冒险从前面的破门出去，他绕过大楼，跑向木板墙的缺口处，却发现希德妮靠着半死不活的多尔，多米尼克站在一旁，默默地做祷告。

"希德妮·克拉克，"他呵斥道，"你在这里做什么？"

"她说我得去安全的地方。"希德妮抚摸着多尔，轻声说道。

她，米奇心想。应该就是在大楼另一边烧着的那个她。"所以你跑到这儿来了？"

"那条狗之前死了，"多米尼克低声说，"我亲眼所见……绝对死透了……现在……"

米奇拉着多米尼克的袖子:"带我们离开这里。快。"

多米尼克的目光离开女孩和大狗,似乎刚刚注意到从木板墙外射来,在大楼上跳跃不定的灯光。关闭车门的响声接连不断,然后是靴子与路面的摩擦声纷至沓来。"见鬼。"

"是啊,活见鬼。"

"维克托呢?"希德妮问。

"我们得去别处等他了。这儿可不行,希德。我们绝对不能在这儿等他。"

"可如果他需要帮忙呢?"她抗议道。

米奇勉强笑了笑。"那可是维克托啊,"他说,"没有他处理不了的事情。"

然而,当希德妮抱住多尔,多米尼克牵起希德妮,米奇拉住多米尼克,他们同时消失的那一刻,米奇萌生出一个可怕的想法:他错了,诅咒从未离开。

· · ✝ · ·

伊莱听到了杂乱的脚步声,警察们一边高声喊叫,一边钻过层层塑料布,朝他们冲过来。维克托颓然倒地,椅子周围遍地湿滑,全是他的血。他的眼睛仍然睁着,却失去了神采。伊莱希望亲手杀了他,不想交给梅里特警局,更不想交给塞雷娜。

这一刻专属于他。

伊莱看见维克托的刀搁在数英尺开外的地上,于是捡了起来,蹲在他面前。

"*英雄啊*。"他听见维克托吐出最后几个字,气若游丝。伊莱小心翼翼地把刀抵在维克托的肋骨下。

"再见,维克托。"他说。

然后他把刀插了进去。

· · ✝ · ·

多米尼克一头栽倒在地。

他惨叫一声,趴在地上。这儿是四个街区外的一条巷子,足以避开大楼附近的一大波警察,以及焚烧的女尸和枪支。与此同时,希德妮按住胳膊上的枪伤,米奇揉着青紫的肋部。忽然之间,曾经的疼痛去而复返,如潮水般席卷了三人。他们很快明白了这意味着什么。

"不!"希德妮大喊一声,转身跑向大楼。

米奇一把将她拦腰抱起,她尖叫着要下来,两条腿在空中胡乱蹬着。

"结束了,"他低声说,而希德妮仍在挣扎,"结束了。结束了。很遗憾。全都结束了。"

· · ✝ · ·

伊莱看着维克托瞳孔放大,然后发散,额头贴着椅背的铁杆滑了下去。死了。奇怪的是,伊莱曾经比其他人更相信维克托不可战胜。他看错了人。伊莱从维克托胸前抽出刀,伫立在血流遍地的房间里,等待平静降临,等待安宁的时刻。他闭上眼睛,仰起头,可还没等到那一时刻的来临,警察们便蜂拥而入,带队的是斯戴尔警探。

"离开那个人。"斯戴尔举起手枪,高声喝令。

"没事了。"伊莱说。他睁开眼睛,望着满屋子的警察。"结束了。"

"双手放到头上!"另一名警察大喊。

"放下刀!"又有警察下令。

"没事了,"伊莱重复道,"他已经没有危险了。"

"举起双手!"斯戴尔命令。

"我解决了他。他死了。"伊莱恼羞成怒。他摆手示意这间血淋淋的屋子,还有被钢丝捆在椅背上的尸体。"你们看不到吗?我是*英雄*。"

警察们端着枪,仍然大喊大叫,他们看伊莱的眼神像是看怪物一样。他发现了一个问题。他们的眼神不再呆滞。魔法失效了。

"塞雷娜呢?"他问,声音却被警笛声和喊叫声盖过,"她人呢?她会告诉你们!"

"放下武器。"斯戴尔声如洪钟。

"她会告诉你们。我是*英雄*!"他大喊着,扔掉手里的刀,"我救了你们所有人的命!"

然而,刀子刚落下,警察们就纷纷冲上前,将他打翻在地。他趴在地上,看见了维克托那张毫无生气的脸,似乎正对着他微笑。

"伊莱·伊弗,你因为涉嫌谋杀维克托·维尔被捕……"

"等等!"警察们铐住他的时候,他大喊道,"尸体。"

斯戴尔接着宣读他的权利,两名警察把他拽了起来。又有一名警察匆匆跑到斯戴尔身边,好像说院子里有什么火。

伊莱拼命地挣扎着说:"你们必须烧掉尸体!"

斯戴尔一声令下,警察们拖着伊莱钻出了塑料布。

"斯戴尔,"伊莱再次高声叫道,"你必须烧掉维尔的尸体!"

余音回荡,而警探、血淋淋的房间,还有维克托的尸体,一并消失在他的眼前。

XXXVI
两夜之后
梅里特墓地

希德妮整了整扛在肩上的铁锹。

寒气凛冽，但夜空晴朗，月光照亮了湮没于荒草丛中的残破墓碑。她在墓园中穿行，多尔一路相随。第二次复活它相当困难，不过，它终究回到了身边，仿佛他们真的血脉相连。

米奇紧紧地跟在后面，肩上扛了两把铁锹。他提议把希德妮的铁锹也一并带上，但她认为自己扛很重要。多米尼克落在他们身后几码之遥，吵着要止疼药和威士忌，而且走不了几步，就会绊到一丛野草或脱落的碑石。希德妮不喜欢他这副模样——酒精使他无能，疼痛令他刻薄——但尽量不去想。同时，她也尽量忽略掉自身的伤痛，胳膊上的枪伤依然火烧火燎，皮肉仍在缓慢地愈合。她希望可以留下一道醒目的疤痕，以便永远记住那个天翻地覆的时刻。

并不是说希德妮害怕忘记。

她又整了整扛在肩上的铁锹，心想如果伊莱可以永生不死，究竟可以记住多久的事情，尤其是在没有印记的情况下。

说到伊莱，一整天都是关于他的新闻。

她和米奇都看了。说是那个疯子自称怪物屠夫和英雄，在福尔肯·普赖斯建筑工地杀了两个人。根据媒体报道，他在工地上杀了一个年轻女人并焚烧尸体，然后在建筑物的一楼折磨并杀害了一名有前科的罪犯。女人的身份尚未公布——警方需要比对牙科记录——希德妮知道那是塞雷娜。她叫米奇黑进了验尸官的报告，但在此之前她就知道。她感觉到姐姐不在了，内心与塞雷娜相连的一部分消失无踪。但她难以理解为什么伊莱要这样做。她决定查清真相。

诸家媒体对塞雷娜的兴趣，远不如对伊莱那么浓厚。

当时的情形是，伊莱站在维克托的尸体旁，浑身是血，手持凶器，高呼自己是英雄，说他救了所有的人。发现没人相信他是英雄，他又声称现场发生了激烈的打斗。然而，他的对手伤痕累累，他自己身上连一道抓伤也没有，这套说辞同样不可信。另外，警方在伊莱的酒店房间里发现了他背包里的文件——他显然没有维克托的先见之明，并未烧掉所有可能成为证据的物品——以及电脑上的目标档案，伊莱背负的命案很快升到了两位数，目前正在等候审判以及精神评估。新闻只字不提梅里特警方也卷入了最近的一系列谋杀案。

当然也没有提到伊莱的超能者身份，话说回来，有什么必要提呢？对伊莱而言，如果他在监狱里被人捅了，他会活下来，那么会导致这种事接二连三地发生。幸运的话，他会被关进单人间，就像维克托一样。希德妮希望他们别把他关进单人间。说不定等他暴露了自愈能力，伤害他将成为监狱里最流行的活动。

希德妮牢记在心：无论他去了哪儿，这个风声一定要放出去。

墓园里万籁寂静，黑暗中只有草丛里窸窸窣窣的脚步声，于是希德妮想起了当初去挖巴里的半道上，维克托发出的哼鸣。她有样学样，但从她嘴里哼出来就变了味儿，怪异而又悲伤，所以她闭上嘴，专心找路。白天的时候，她用记号笔在手背上画了一张地图，但梅里特墓园一到夜晚就大变样，大多数事情都是如此。

终于，她看见了那块新修的墓地，于是加快了步伐。墓地没有标志物，只有一本维克托的书。早晨，她躲在一尊石雕天使的阴影下，等掘墓人干完活儿走掉，便把那本书摆在坟头，权当作墓碑。名叫斯戴尔的警探当时也在场。他一直站在那儿，看着那口式样简单的木棺被放进墓穴，掩埋于泥土之下。

米奇赶了过来，两人低头看着墓地，过了一会儿，希德妮把铁锹插进土里，开始干活。多尔在附近的墓地里游荡，但始终没让希德妮离开视野。多米尼克好不容易晃悠过来了，坐在一块墓碑上，留意着周围的动静，另外两人则默默地挖坟。

嚓。

嚓。

嚓。

一铲又一铲，渐渐地，温度升高了些，夜色也淡了些，微明的天光抹亮了梅里特市的街景。破晓之前，希德妮的铁锹碰到了木头。他们铲掉棺材上的最后一点浮土，然后抬起盖子。

希德妮俯视着维克托的尸体，继而坐在棺材边，双手按在他的胸前，尽可能地向深处探寻。须臾，寒意顺着她的双臂涌上来，攫住了她的呼吸，手掌底下的心脏跳了一下，维克托·维尔睁开了眼睛，面露微笑。

鸣谢

感谢我的家人,因为在我说出我要写什么的时候,他们并未投来异样的眼光。

感谢我的代理人霍莉,因为在我说出我写了什么的时候,她也并未投来异样的眼光。

感谢帕特里夏·赖利喜欢书中乌合小队的每一个成员(尤其是米奇和他最爱的巧克力牛奶)。

感谢鲁塔·塞普提斯听我喋喋不休,然后一本正经地叮嘱我写完本书。

感谢珍·巴恩哈特陪我看每一部漫改电影,包括那些不大精彩的。

感谢雷切尔·斯塔克始终提出苛刻的问题,也督促我这样做。

感谢马修·利奇和迪安娜·莫里斯提供医学方面的知识。

感谢索菲定义了超能者。

感谢各位读者随我越过荒野,穿过黑暗的廊道,最后来到梅里特的市中心。

感谢我的编辑米里亚姆让这趟旅程的每一步都非同凡响。从独角鲸涂鸦到关于道德、死亡和邪恶的深夜长谈,我认定米里亚姆是本书无可替代的合作者。